ライアー・ライアー
11
嘘つき転校生はクリスマスの悪魔に溺愛されています。

CONTENTS

It's said that the liar transfer student controls
Ikasamacheat and a game.

liar liar

11

ライアー・ライアー 11
嘘つき転校生は
クリスマスの悪魔に溺愛されています。

久追遥希

MF文庫J

篠原緋呂斗（しのはら・ひろと）　**7ツ星**
学園島最強の7ツ星（偽）となった英明学園の転校生。目的のため嘘を承知で頂点に君臨。

姫路白雪（ひめじ・しらゆき）　**5ツ星**
完全無欠のイカサマチートメイド。カンパニーを率いて緋呂斗を補佐する。

彩園寺更紗（さいおんじ・さらさ）　**6ツ星**
最強の偽お嬢様。本名は朱羽莉奈。《女帝》の異名を持ち緋呂斗とは共犯関係。桜花学園所属。

秋月乃愛（あきづき・のあ）　**6ツ星**
英明の《小悪魔》。あざと可愛い見た目に反し戦い方は悪辣。緋呂斗を慕う。

榎本進司（えのもと・しんじ）　**6ツ星**
英明学園の生徒会長。《千里眼》と呼ばれる実力者。七瀬とは幼馴染み。

浅宮七瀬（あさみや・ななせ）　**6ツ星**
英明6ツ星トリオの一人。運動神経抜群な美人ギャル。進司と張り合う。

水上摩理（みなかみ・まり）　**5ツ星**
まっすぐな性格で嘘が嫌いな英明学園1年生。姉は英明の隠れた実力者・真由。

皆実雫（みなみ・しずく）　**6ツ星**
聖ロザリア所属の2年生。実力を隠していたが、緋呂斗に刺激を受け覚醒。

羽衣紫音（はごろも・しおん）
白雪と更紗と親交の深い「ごく普通の女子高生」。その正体は……。

梓澤翼（あずさわ・つばさ）
「冥星」の持ち主だった聖ロザリア所属の少女。緋呂斗に助けられ……。

水上真由（みなかみ・まゆ）　**5ツ星**
英明学園の隠れた天才と称される摩理の姉。基本やる気なしの3年生。

椎名紬（しいな・つむぎ）
天才的センスと純真さを併せ持つ中二系JC。学長の計らいでカンパニー所属に。

篠原柚葉（しのはら・ゆずは）
緋呂斗の実姉。かつて《英明の悪魔》の異名で知られた伝説的7ツ星。

口絵・本文イラスト：konomi（きのこのみ）

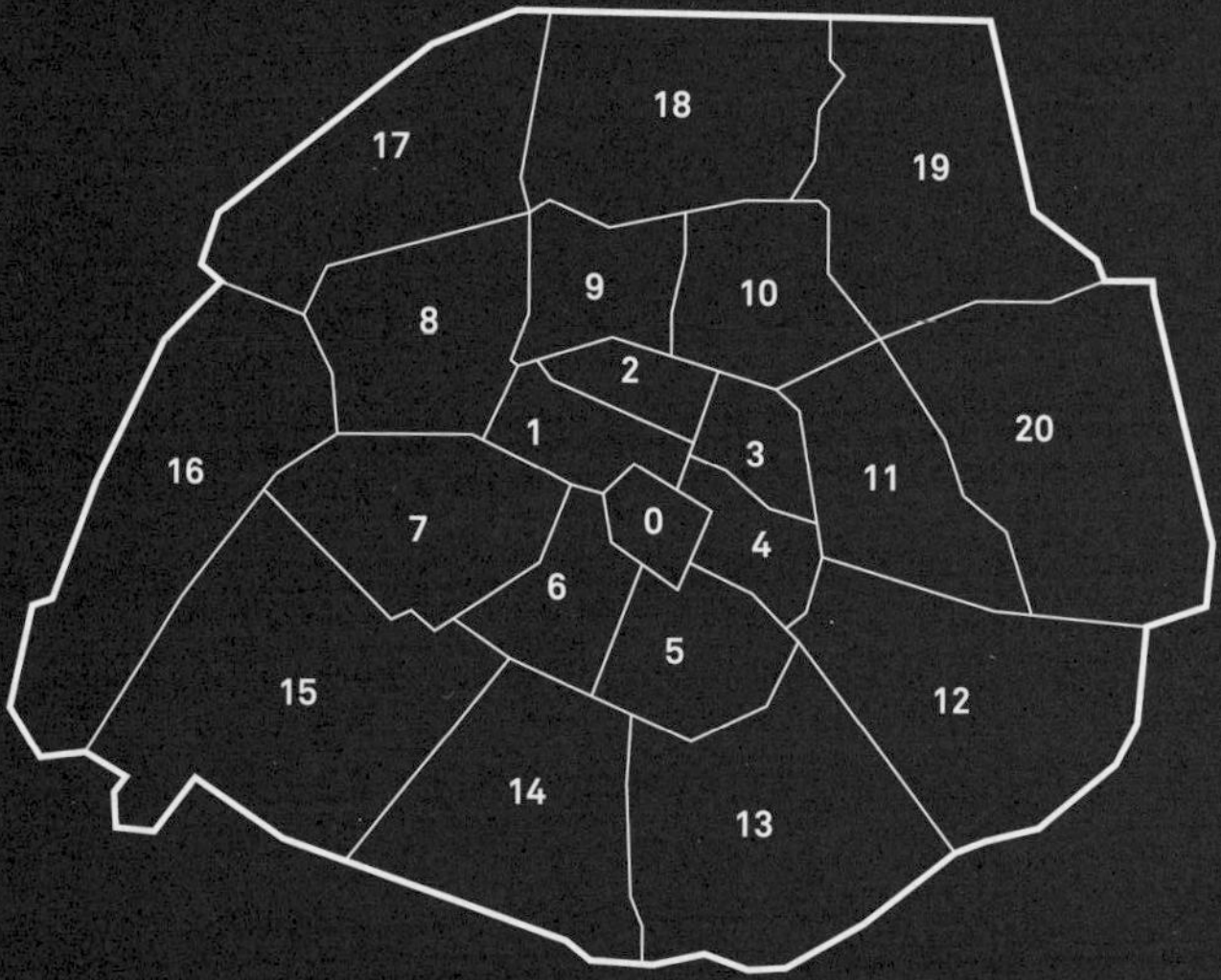

学園島

Academy

学園島……正式名称“四季島”。

東京湾から南南東へ数百キロ進んだ地点に作られた、人工の島。

中央の零番区に加えて全二十の学区からなる一大都市であり、島の総人口は約百万人（そのうち半数近くが学生）。

“真のエリート育成”を掲げ、学生間の決闘を推奨した結果、優秀な卒業生を数えきれないほど輩出している。

第一章　クリスマスの恋占い

liar liar

＃

「む、むむむ……」

──十二月上旬。

学園島《アカデミー》四番区のとある喫茶店にて、俺は悩ましげな声を零《こぼ》す少女──梓沢翼《あずさわつばさ》と向かい合っていた。男子の憧れである十四番区聖《せい》ロザリア女学院の清楚《せいそ》な制服に、ふんわりと淡い色合いのカーディガン。群青色の長髪にちょこんと乗った白の帽子は、彼女の持つ柔らかな雰囲気をぐっと底上げしている。

彼女が見つめているのは、テーブルの上に展開された平面状の投影画面だ。端末機能をフル活用した巨大かつリアルな盤面。となればもちろん、行われているのは学園島《アカデミー》における最もメジャーな〝星〟の奪い合い──すなわち《決闘《ゲーム》》である。

「う、うぅ……篠原《しのはら》くん、やっぱり強すぎだよぅ。このままじゃ負けちゃう、けど……でもでも、諦めるのはまだ早いよね。ボクの選択は、こう！」

対面の梓沢が盤面に手を翳《かざ》すと同時、入力されたコマンドに従っていくつかの駒が同時に移動を開始する。……俺たちが行っている《決闘《ゲーム》》は、端末にデフォルトで設定された汎用ルールの一つだ。その名も《EX将棋《エクストラ》》。名前の通りベースになっているのは将棋なのだが、お互いの持つ駒が【魔法使い】や【竜王】なんかに置き換えられており、動かせる範囲が大幅に広がっているだけでなく固有のスキルまで付与されている。分かりやすい割に奥が深いため、島内でも愛好者の多い《決闘《ゲーム》》らしい。

「ん……」

そんな風に記憶を辿《たど》りながらも、俺は梓沢の指した手を考察する。数ターン前から俺の優勢が続き、梓沢はしばらく防戦一方だったのだが……ここに来て、彼女が選択したのは攻撃の手。それもボード端から【槍《やり》使い】を駆け上がらせ、一気に俺の【王妃】を獲《と》りに来るような一転攻勢だ。確かに、この状況なら最善の策のように思える。

俺が黙り込んだのを見て、対面の梓沢はちょっと嬉《うれ》しそうに頬《ほお》を緩ませている。

「えへへ、やったぁ！　篠原くんが困っちゃうってことは、やっぱり今の手が大正解ってことだよね。ボク、もしかしたら《決闘《ゲーム》》の才能あるのかも！　先輩だし！」

「……ま、そうかもな。梓沢が普通に星獲りゲームに参加してたら、今頃5ツ星くらいにはなってたかもしれない。いや、場合によってはそれ以上かもな」

「うえっ⁉　ほ、褒め過ぎだよぉ篠原くん！　ボクが聖ロザリアきっての高ランカーになってみんなからチヤホヤされちゃうだなんて、そんな……」

「そこまでは言ってねえよ。……それに」

右手を盤上へと伸ばしながら言葉を継ぐ俺。もし仮に、目の前で顔を赤くしながらパタパタと両手を振っている可愛《かわい》らしい先輩が5ツ星やら6ツ星のエースプレイヤーだったとしても……俺は、学園島最強の7ツ星だ。勝敗は最初から決まっている。

「えっ？」

「──チェックメイト、ってやつだ」

梓沢《あずさわ》が目を真ん丸にするのを見ながら、俺は自身の策を開示することにした。数ターン前から密《ひそ》かに前進させていた【暗殺者】駒の特殊性能〝ステルス〟を解除。相手方の【魔王】の背中から不可視の刃《やいば》を突き付ける。

「わ、わわわっ!?　い、いつの間に……！」

あたふたと手持ちの戦力、つまり所持している駒やアビリティの再確認を始める梓沢だが、この状況を打開できる策がないことは調べ終えている。何故《なぜ》なら、俺は単なる7ツ星ではなく〝偽りの7ツ星〟だから。相手が圧倒的に格下の等級である梓沢翼《つばさ》だったとしても、油断してイカサマの手を抜くような真似《まね》はしないから。

「ふふっ……」

そして、当の〝イカサマ〟を実行してくれていた張本人は──俺の右隣に姿勢よく腰掛けたメイド服姿の姫路白雪《ひめじしらゆき》は、澄み切った碧《あお》の瞳で【《決闘《ゲーム》》終了】の表示を見遣《みや》ってから、思わず見惚《みと》れてしまうような笑顔でこう言った。

「――お疲れ様でした、ご主人様」

＃

俺たちの住む学園島《アカデミー》四番区には、小洒落《こじゃれ》た喫茶店がいくつかある。

今日、俺と姫路が梓沢を招待したのもそんな喫茶店の一つだ。レトロな雰囲気が評判の落ち着いた店。美味《おい》しいコーヒーとサンドイッチ等の軽食を楽しむことが出来る。

「ん……」

そんなわけで、俺たち三人の前に置かれているのは揃《そろ》ってホットのブレンドコーヒーだった。来店早々に店主の許可を得て《決闘《ゲーム》》に興じさせてもらい、満を持して飲み物を注文したところ。淹《い》れ立《た》てのコーヒーの香りが優しく鼻孔をくすぐる。

と――、

「ふにゃっ⁉」

真っ白なカップにおそるおそる口を付けた梓沢が、途端に小さな悲鳴（？）のような声を上げた。反射的に平然とした風を装う彼女だが、瞳には既に涙が溜《た》まっている。

「に、苦くない、苦くない……だってボク、先輩だもん。オトナだからコーヒーくらいブラックで飲めるもん！　……う、うぅ～！」

「……ええと、梓沢様」

その姿が不憫《ふびん》になったのか、声を掛けたのは俺の隣に座る姫路白雪《ひめじしらゆき》だった。彼女は角砂糖の入ったポットを引き寄せながら、白銀の髪をさらりと揺らして問い掛ける。

「梓沢《あずさわ》様は砂糖をいくつお入れになりますか？　ちなみに、わたしは二つです」

「え？　……そ、そうなの⁉　じゃ、じゃあ、篠原《しのはら》くんは？」

「俺も二つか三つだな。ブラックでも飲めないことはないけど、甘い方が好きだし」

縋《すが》るような梓沢の問い掛けに対し、俺は嘘《うそ》でも本当でもない答えを返す。確かに俺はアイスコーヒーならブラック派、ホットなら多少は砂糖を入れたい派だ。とはいえ角砂糖を二つも三つも入れるようなことはない……が、入れたとしても美味《おい》しく飲める。姫路の方も似たような好みだったはずだ。

とにもかくにも、それを聞いた梓沢は狙い通り安堵《あんど》してくれたらしい。露骨にほっとしたような表情を浮かべながら、角砂糖のポットに手を伸ばす。

「そ、そっか！　じゃあ、ボクも入れちゃおっかな。ホントは全然ブラックで飲めるんだけど、二人がそこまで言うなら試してみないわけにはいかないもんね。えっと、それじゃあ三つ……じゃなくて、四つくらい。……あ、これなら美味しいかも！」

ぎゅっと目を瞑《つぶ》りながらカップを傾け、直後にふにゃりと頬《ほお》を緩める梓沢。そんな彼女を見ながら、俺と姫路もようやくコーヒーに口を付ける。……超優秀なメイドが傍《そば》にいてくれるおかげで俺の舌は肥えるばかりだが、それでもプロの淹《い》れたコーヒーというのはやはり美味《うま》い。そろそろ本格的な冬に片足を突っ込んだ時期ということもあり、温かいコーヒーがより恋しくなる頃合いだと言えるだろう。

（冬、か……）

ほのかな苦みを舌先で感じ取りつつぼんやりと思考を巡らせる。

今日の日付は十二月三日、土曜日。全島統一学園祭イベント《流星祭》から約三週間が経過したところだ。目玉《競技《プログラム》》の一つである《疑似恋愛ゲーム：CQ》を最高の形で攻略し、梓沢翼《つばさ》を個人ランキング一位に仕立てあげた《流星祭》。その結果、彼女は《正しき天秤》なる特殊アビリティを持つ〝色付き星の黄《ユニークスター・イエロー》〟を手に入れている。

——梓沢に取り憑《と》いていた〝負の色付き星〟こと《敗北の女神》。

あらゆる《決闘《ゲーム》》に勝利できなくなる、という呪いじみたその効果は、しかし《正しき天秤》の前では完璧に無力化される。

「ん……」

そして俺は、当の梓沢を《流星祭》の一位に君臨させる代わりに、諸々《もろもろ》の片が付いた後で彼女から色付き星の黄《ユニークスター・イエロー》を譲ってもらう約束を交わしていた。片、というのは、要するに梓沢の卒業に関することだ。彼女は《敗北の女神《せい》》に魅入られていたためにあらゆる《決闘《ゲーム》》に勝つことが出来ず、だからこそ聖ロザリアの卒業試験に関してもずっと合格《パス》できずにいた。けれど当然、そんな悩みも《正しき天秤》があれば解決される。

故に、本当なら《流星祭》が終わった翌週にでも落ち合うつもりだったのだが、

「うぅ……ごめんね、篠原《しのはら》くん。なんか、すっごく待ってもらっちゃって」

しょんぼりと謝罪を口にする梓沢《あずさわ》。

そう——色付き星《ユニークスター》の受け渡しが月を跨《また》ぐことになった理由としては、単純に梓沢がなかなか卒業試験に受からなかったからだ。《正しき天秤》を手に入れてからも計四回の不合格を重ね、昨日ようやく卒業認定を貰《もら》えたという経緯《いきさつ》らしい。これで彼女は、来年の三月をもって聖《せい》ロザリア女学院を卒業することになる。

「ああ、いや……別に、待たされたことに関しては全く怒ってないんだけど」

小さく首を横に振りつつ、俺は素直な疑問を口にする。

「単純に、何でこんなに時間が掛かったんだ？　確か、梓沢がちゃんと卒業できるように学園側も難易度を調整してくれてるって話だったと思うけど……」

「う、うん。そうなんだけど……うぅ、ほら、ボクってずっと《敗北の女神》と一緒だったから、どうしても逆張りをしたくなっちゃうんだよぅ。ボクの作戦が上手《うま》くいくわけないって前提で動いてるから、それが裏目に出ちゃって……」

「……要は、シンプルに弱かったってことか」

「い、言わないでよぅ！　ボクも薄々そうなんじゃないかって思ってたんだからぁ！」

《敗北の女神》を克服してもなお〝やや不幸〟な感のある梓沢は、ぷくっと頬《ほお》を膨らませ

ながら砂糖たっぷりのコーヒーに口を付ける。そうしてちらりと視線を上げて、

「でも……とにかくありがと、篠原くん。篠原くんがいなかったらボク、ずっと高校生のままでいつまで経《た》ってもお嫁さんになれないところだったよ。お礼ならいつでも、何でもするからね！　だってボク、来年には大学生になるオトナな先輩だもん！」

豊かな胸をぽむっと叩《たた》いて自信満々に告げる梓沢。……何でもする、というのは色々な妄想を掻《か》き立《た》ててしまう言葉だが、まあこんな天然かつ無防備な笑顔を晒《さら》されていかがわしい提案を出来るやつなどそうはいないだろう。隣のメイドがじとっと温度の低い目で見つめてきたから慌てて自重した、というわけでは決してない。

が、まあとにもかくにも。

卒業試験に合格した梓沢はもはや《正しき天秤》の力を必要としなくなり、先ほど行った《決闘《ゲーム》》を通じて俺に〝色付き星の黄《ユニークスター・イエロー》〟を譲渡してくれたのだった。

「……これで六色目、か」

言いながら端末をテーブルの上に置く俺。投影された画面には《カンパニー》の細工によって見た目だけ再現された無色透明の星《ノーマルスター》が一つと、目にも鮮やかな色付き星が六つ並んで表示されている。赤、藍、翠《みどり》、紫、橙《だいだい》、そして黄。紛《まぎ》れもなく六つ目の星だ。

「おめでとうございます、ご主人様」

それを見て称賛の声を発したのは当然ながら姫路白雪《ひめじしらゆき》だ。俺の隣に座った彼女はメイド

服に包まれた身体《からだ》を改めてこちらへ向けると、澄んだ声音で言葉を継ぐ。

「学園島《アカデミー》に伝わる歴代の7ツ星はどなたも素晴らしい才能を持っていましたが、その中でも〝六色持ち《シックスカラー》〟というのは前代未聞の功績です。他でもないご主人様が学園島《アカデミー》の歴史を塗り替えている、と言っても過言ではありません」

「……そうか？　さすがに、そこまで持ち上げられると過言な気がするけど……」

「いいえ、そう謙遜なさらないでください。ご主人様にドヤ顔をしていただかないと、専属メイドであるわたしも胸を張れなくなってしまいますので」

「あー……まあ、そうなるか」

なかなかにズルい論法だとは思うが、力業で納得させられてしまう俺。というか、冷静に考えて、六色持ち《シックスカラー》というのは確かに偉業なのだろう。学園島《アカデミー》に現存する色付き星《ユニークスター》は十数個。そのうち六つが俺の手元にあるのだから、偏りとしては相当なものだ。

（まあ、俺の場合は《カンパニー》がいるから成り立ってるだけだけど……）

そんな事実はもちろん口に出すことなく熱いコーヒーで流し込む。

まあ――経緯はともかく、これで俺の（実際の）等級は正真正銘〝6ツ星〟だ。偽りの7ツ星である俺が等級を上げられる唯一の手段、色付き星。それを半年かけて六つ目まで集めることが出来た。どうにかしてあと一つを手に入れられれば、俺は偽りでも何でもなく〝真の7ツ星〟に成り上がる。

（そうなれば、学園島《アカデミー》内での情報閲覧権限が最大になる……きっと、俺の〝幼馴染《おさななじ》み〟が誰なのかも分かるはずだ）

記憶の中にいる〝探し人〟の姿を一瞬だけ思い浮かべてから、俺は小さく首を横に振った。本物の７ツ星が夢物語じゃなくなってきたのは間違いないが、とはいえ今すぐ辿《たど》り着けるほど容易な道のりというわけでも決してない。取らぬ狸《たぬき》の何とやら、だ。

「それにしても……」

と、そこで声を上げたのはまたしても姫路《ひめじ》だった。彼女は白手袋に包まれた右手の指先をそっと唇の辺りに触れさせながら、思案するように言葉を紡ぐ。

「梓沢《あずさわ》様の《敗北の女神》が攻略されたのは大変喜ばしいことですが、冥星という括《くく》りはやはり不穏ですね。学園島《アカデミー》に存在する〝負の色付き星〟が一つだけなら、わざわざ名前を用意する必要などありませんので」

「ん……そう、なんだよな」

姫路の発言を受け、やや重い気持ちで嘆息を零《こぼ》す俺。

梓沢の持っていた〝負の色付き星〟——もとい、冥星。それは持ち主にマイナスの効果をもたらし、さらには《決闘》で負けても他人に移ることがない最悪の星だ。持ち主が学《アカ》園島《デミー》を去った場合は身近なプレイヤーの端末に押し付けられてしまうため、安易な逃走も根本的な解決にならない。そんな冥星の効果を失わせる唯一の方法は、設定された消滅条件を満たすこと……《敗北の女神》の場合は、持ち主が自身の力で《決闘》に勝つ、というのが条件《それ》だった。故に《敗北の女神》はもうこの島から完全に消滅している。

けれど、姫路《ひめじ》の懸念も決して間違ってはいないだろう。学園島《アカデミー》には《敗北の女神》以外にも〝負の色付き星《ユニークスター》〟が存在する。持ち主に仇為《あだな》す〝冥星〟が存在する。

「…………」

そう考えた時、パッと脳裏に浮かぶのは約二か月前に行われた《習熟戦《リフレイン》》だった。二学期学年別対抗戦の三年生編。あの大規模《決闘《ゲーム》》において、俺は《アルビオン》なる組織と初めて直接的に事を構えた。七番区森羅《しんら》高等学校三年・越智春虎《おちはるとら》が率いる非公認グループ……彼らの目的は、俺を7ツ星の座から引き摺り下ろすこと。そして、最終的には彼ら自身が〝8ツ星〟になることを目論《もくろ》んでいるのだという。

そんな《アルビオン》の中でも一際異彩を放っていたのが、越智や霧谷《きりがや》に〝衣織《いおり》〟と呼ばれていた小柄な少女だ。公式イベントである《習熟戦》に参加していたにも関わらずプレイヤー情報が一切表示されず、最後まで謎のままだった彼女。

あの時は意味が分からなかったが――、

「……なあ、梓沢《あずさわ》」

頭の中にある一つの〝仮説〟を確かめるため、俺は小さく顔を持ち上げる。

「アンタさ、七番区の衣織ってやつ知ってるか？」

「衣織、さん？　えっと、ピンとは来ないけど……ま、待って！　もしかして、ボクの記憶力が試されてる!?　うんと、えっと……！」

「ああいや、知らないなら知らないでいいんだ。じゃあ、えっと……例えばだけど、梓沢の《敗北の女神》は〝持ち主に圧倒的な不幸をもたらす〟効果を持ってただろ？　あれと似たようなニュアンスで、持ち主がプレイヤーとして認識されなくなる効果……ってのは有り得ると思うか？　もちろん冥星の効果として、だ」

「うえっ!?　プレイヤーとして認識されなくなる、って……そ、そんなのもしあるなら絶対〝冥星〟に決まってるよぉ！　だってそれ、ボクの《敗北の女神》よりずっと性質が悪いもん。《決闘《ゲーム》》に参加できないんだから解決方法が一つもないし……！」

「……だよなぁ」

梓沢の反応を受け、俺は嘆息交じりに一つ頷《うなず》く。彼女の《敗北の女神》を知った直後にも連想したことだが……やはり、衣織が置かれている奇妙な状況には十中八九〝冥星〟が関わっているようだ。それも《敗北の女神》よりさらに凶悪な。

（けど……）

そこまで考えた辺りでトントンと右耳のイヤホンを叩《たた》く俺。……《流星祭》の期間中にも、冥星に関する情報は《カンパニー》に一通り調べてもらっている。大抵の謎や疑問であればそれで丸裸になってくれるのだが、

『うーん……ごめんヒロきゅん、やっぱりダメみたいだねん』

イヤホン越しに返ってくるのは、想像通り歯切れの悪い回答だ。

『あの後もちょくちょく調べてはいたんだけどさ、冥星――〝負の色付き星《ユニークスター》〟に関する情報って、どれもとんでもないくらい強力な情報規制が掛けられてるんだよね。《敗北の女神》だけは一時期話題になってたから簡単に辿《たど》れたんだけど……由来とか他の冥星の情報とかは、今のところ一切ナシ。《カンパニー》の電子機器担当として不甲斐《ふがい》ないばかりだよん。お詫《わ》びに白雪《しらゆき》ちゃんのちょっと際どい秘蔵写真集を――』

「――こほん」

加賀谷《かがや》さんの話が逸《そ》れてきた辺りでわざとらしい咳払《せきばら》いを挟み、澄ました顔で《カンパニー》の回線をシャットダウンしてしまう姫路《ひめじ》。

そんな仲睦まじい（？）やり取りに軽く苦笑を浮かべながら、俺は。

（元所持者の梓沢《あずさわ》でも詳しいことは分からなくて、加賀谷さんでも深くは立ち入れないトップシークレット……ってなると、探りを入れる相手を考えた方が良さそうだな）

まだ湯気の立っているコーヒーに再びそっと口を付けた。

＃

「――冥星、だと？」

それから十日ほど後、英明《えいめい》学園高等部特別棟内に位置する生徒会室にて。

俺の質問を受けた生徒会長・榎本進司《えのもとしんじ》は、テーブルの向こうで小さく眉を顰《ひそ》めた。

時刻としては午後四時半といったところだ。イベント戦の最中というわけではないのだが、室内には見慣れた学区対抗戦の選抜メンバーが首を揃《そろ》えている。というのも、実はついさっきまでちょっとした仕事を手伝わされていたからだ——内容は期末試験の一環である《決闘《ゲーム》》系種目のテストプレイ。５ツ星以上の高ランカーはこの手の試験が軒並み免除となるため、難易度調整の際にはこうして駆り出されることも少なくなかった。

が、まあそれはともかく。

「ああ。もし〝冥星〟で伝わらないなら〝負の色付き星〟ってやつだ」

テーブルの上に出していた端末を片付けながら、俺は何気ない口調で続ける。

「俺が《流星祭》でペアを組んでた相手の話は前にしたよな？　持ち主に絶対的な不幸をもたらす《敗北の女神》……それ自体は色付き星《ユニークスター・イエロー》の黄のおかげで無事に解決したわけだけど、負の色付き星はアレだけじゃないはずだ。何か情報を持ってないか、榎本？」

「榎本先輩、だ」

俺の言葉に仏頂面で腕を組む榎本。そうして彼は、静かに首を横に振る。

「ただ……悪いな、篠原《しのはら》。冥星の詳細については僕も全く知らない。世間一般では、というかisland tube《アイ・チューブ》や島内SNS《ＳＴＯＣ》等の界隈では呪いだ何だと囁《ささや》かれているらしいが……」

「ぷぷっ、何言っちゃってんの進司《しんじ》？　呪いなんてただの噂《うわさ》に決まってるじゃん。高校生にもなってまだそんなの怖がってるワケ？」

「……ほう？　家でホラー映画を観ていると決まって僕の後ろに隠れる七瀬《ななせ》がよく言う」

「ばっ、それは違うじゃん！　音が大きいからビックリしてるだけ！　進司みたいにお化けが怖くて震えてるわけじゃないしっ！」

「誰がそんなことを言ったんだ。妄想も大概にしろ、七瀬」

ふん、とわざとらしく鼻を鳴らして切り捨てる榎本《えのもと》。そんな彼に「にゃにおう⁉」と突っ掛かるのは、鮮やかな金髪が眩《まぶ》しい元モデルの三年生・浅宮《あさみや》七瀬だ。英明《えいめい》学園内でも有数の６ツ星ランカーであり、つい先日の《流星祭》をきっかけに幼馴染みである榎本進司と付き合い始めたばかりの少女。見た目上の関係性があまり変わっていないように感じるのは、そもそもの距離が近かったからだろう。

と、そこへ。

「ん～……でもでも、冥星って言ったら確かにそんな感じのイメージだよね♪」

跳ねるような声音で会話に交ざってきたのは、俺の左隣に座る秋月乃愛《あきづきのあ》だ。ふわふわの栗色《くりいろ》ツインテールが特徴的なあざと可愛《かわい》い上級生。声に釣られて視線をそちらへ向けてみれば、小柄な身体《からだ》に不釣り合いなくらい大きな胸が目に入る。

そんな秋月は、人差し指をぴとっと頬《ほお》に当てながらあざとい口調で続ける。

「乃愛もちょっとだけ調べてみたことあるんだけど、まともな情報なんて全然拾えなかったもん。多分、学園島《アカデミー》の中枢にいるような人じゃなきゃ分からないんじゃないかな？」

「中枢……っていうと、一ノ瀬《いちのせ》学長とかか？」

「うん♪　それか、もう一声♡」

「もう一声って…………ぁ」

本気とも冗談ともつかない口振りでそんなことを言う秋月だったが、対する俺はふとある人物に思い至って思考を止めた。榎本や一ノ瀬学長よりも学園島《アカデミー》の中枢に近く、何より冥星の謎に詳しそうな人間……これらの条件にぴったり当てはまる相手を、俺は一人だけ知っている。確かに、あとで連絡くらいはしてみても良さそうだ。

「……ん」

一通り思考をまとめてから静かに首を縦に振る俺。

そんな仕草を見て〝冥星〟の話題が一段落したことを察したのだろう。隣の秋月はテンションを切り替えるように「う～ん」と軽く伸びをすると、一転して興味津々《しんしん》といった表情でテーブルにぐいっと身を乗り出した。

「ねえねえ！　学校だと全然イチャイチャしてくれないけど、会長さんとみゃーちゃんってもう付き合ってるんだよね？　えへへ、乃愛ちょっと羨ましいかも♡」

「へぁっ!?　べ、別に、乃愛ちに羨ましがられるコトなんか……付き合ってるって言っても、所詮は進司《しんじ》だし。恋人でも幼馴染《おさななじ》みでも大して変わんないっていうか……」

「——いえ、そんなことはありませんっ！」

と……そこで浅宮《あさみや》の台詞《せりふ》を遮ったのは、彼女の隣に座っていた水上摩理《みなかみまり》だ。滑らかな黒髪が美しい、真面目《まじめ》で無垢《むく》な後輩少女。自身の胸元にそっと右手を添えた彼女は、純度100％の尊敬が籠もった眼差《まなざ》しを真《ま》っ直《す》ぐ浅宮に向けながら続ける。

「七瀬《ななせ》先輩は元々とっても魅力的な方ですが、進司先輩と付き合い始めてから雰囲気がさらに柔らかくなったような気がします！　メイクも少し変わったような……？」

「わ、わーわーわー！　マリーってば、そういうのは言っちゃダメなやつだから！」

「！　ご、ごめんなさい七瀬先輩！　私が不注意なばっかりに……！」

耳まで赤く染め上げた浅宮にがばっと横から抱き着かれ、もごもごと謝罪を口にする水上。……が、まあ確かに、榎本《えのもと》進司と付き合い始めてからの浅宮七瀬がより一層可愛《かわい》くなった、というのは英明《えいめい》内でももっぱらの噂《うわさ》だ。榎本は榎本で、自慢の（？）仏頂面を緩めている瞬間がそこかしこで目撃されるようになっている。

「えへへ……♡」

そんなお似合いカップルをテーブル越しに眺めながら、秋月《あきづき》はさらに言葉を重ねる。

「じゃあ、やっぱりクリスマスは二人でどこか遊びに行くの？」

「う……い、行かないし！　……ゴメン、行かないのは嘘《うそ》だけど、でもちょっと出掛けるだけだから。ただの買い物っていうか……で、デートとかじゃないし！」

「……ふむ、そうか。ならば、デートだと認識していたのは僕だけだったようだ」

「ちがっ……もう分かった、分かったから！　デート！　デート！　進司とデートするのっ！」

「わ～♡　いいな、いいなぁ♡」

ここぞとばかりにあざとい笑みを浮かべながらそんな言葉を繰り返す秋月。十二月二十五日、すなわちクリスマス――今から約二週間後に迫ったその日は、どうやらここ学園島《アカデミー》においても非常に特別かつ重要な一日であるらしい。

というのも、だ。

「でもいいもん♪　だって乃愛《のあ》、緋呂斗くん狙いで《LOC》に参加しちゃうから♡」

（おわっ……!?）

――そう言って、秋月がふわりとこちらへ身体《からだ》を近付けてきた。左腕に押し付けられる柔らかな感触と、鼻孔をくすぐる柑橘系《かんきつけい》の爽やかな匂い。甘えるような上目遣いとのコンボは強烈で、逆サイドに座っていた超有能な銀髪メイドこと姫路白雪《ひめじしらゆき》が「……こほん」と咳払《せきばら》いをしていなければどうなっていたか分からない。

俺の腕を軽く引き寄せるようにしながら、当の姫路はジト目で続ける。

「ご主人様を無駄に誘惑するのはお止《や》めください、秋月様。用件はとっくに済んでいるのですから、早く帰られてはいかがですか？」

「えへへ～♪　そんなこと言って、いっつも乃愛《のあ》と一緒に帰ってくれるくせに♡」

「どこかの小悪魔にご主人様が攫《さら》われないよう目を光らせているだけです」

「むぅ、相変わらず独占欲が強いなぁ白雪《しらゆき》ちゃんは。でもでも、いくら緋呂斗《ひろと》くんの専属メイドって言っても、《LOC》ではみーんな対等だからね♪　賢くて可愛《かわい》い乃愛ちゃんが緋呂斗くんをばっちり射止めちゃうから♡」

（……あー）

あざとさ満点のウインク（可愛い）を浴びながら、俺は指先でそっと頬《ほお》を掻《か》く。

《LOC》――先ほどから秋月《あきづき》がしきりに口にしているそれは、端的にまとめるならクリスマス限定の疑似《決闘》のことだ。正式名称は《クリスマスの恋占い《Legend of Christmas》》。島内SNS《STOC》で有名なとあるアカウントが数年前に始めたモノで、今では学園における〝クリスマスの代名詞〟のような大人気《決闘》《ゲーム》になっているらしい。

ルールはこうだ。

《LOC》に参加するプレイヤーは、自分以外の誰か一人を〝ターゲット〟として選択する。その上で、彼または彼女とどんな関係になりたいか――すなわち〝理想の関係性〟を同じく設定する。すると《LOC》の専用アプリが両者の〝現在の距離〟を推定し、それらに応じた難易度の【ミッション】を提示してくれるそうだ。この【ミッション】とやらは全てクリスマス当日に行わなければならず、さらには〝ターゲット〟と協力しなければまず達成できないようになっている。故に、学園島《アカデミー》のクリスマスは《LOC》由来の〝約束〟で溢《あふ》れ返っているわけだ。

この疑似《決闘《ゲーム》》が流行《はや》った背景としては、いわゆる願掛け的な効果を期待したものだとする説がある。課された【ミッション】を一緒にクリアすることで〝ターゲット〟との距離が少し近付く……という、要は七夕の短冊やら正月の絵馬やら、あの手の文化を学園《アカデ》島《ミー》流に改変したモノが《LOC》なのだろう。

ただ、もちろん即物的な報酬もきちんと存在する。設定していた〝理想の関係性〟に対応する《LOC》限定のペアアビリティ——単独では大した効果を持たないが、二人同時に《決闘《ゲーム》》へ持ち込むことで強力な裏性能を発揮する特殊アビリティ、だそうだ。

実用性の高い〝報酬〟とロマン溢れる〝願掛け〟的な要素。

両者を兼ね備えていたからこそ、《LOC》はクリスマスの定番イベントと相成った。

「…………」

ちなみに——俺がこれだけ《LOC》に詳しいのは、無論きっちりと調べたからだ。友《とも》達《だち》同士で気軽に楽しむための《簡易版LOC》なる亜種ルールも存在するとか何とか、そんなどうでもいい情報まで仕入れている。もちろん単なる興味や野次馬《やじうま》根性で、というわけじゃない。調べざるを得ない状況だった、という方がいくらか正しいだろう。

「あ、あの……乃愛先輩っ！」

俺がそこまで思考を巡らせた辺りで、テーブルを挟んだ斜め左の席に座る水上《みなかみ》が不意に声を上げた。長い黒髪を微《かす》かに揺らした彼女は一瞬だけ俺の方へ視線を向けると、それからぎゅっと目を瞑《つぶ》って白状するように言葉を紡ぐ。

「えっと、ごめんなさい！　実は……わ、私も、篠原《しのはら》先輩を〝ターゲット〟にして《LOC》の参加申請をしてしまいました！」

「え⁉　じゃあじゃあ、摩理《まり》ちゃんも緋呂斗《ひろと》くん狙いだったの⁉　緋呂斗くんと恋人になって、ここでは言えないあんなことやこんなこととかしたい、ってこと⁉」

「そ、そんな不埒《ふらち》なことは考えていませんっ！　というかそもそも、私が設定した〝理想の関係性〟は【恋人】じゃないですから！　良き【先輩後輩】として、もっともっとお近付きになれればと言いますか……！」

「ほんとかな～？　むむ、まさか摩理ちゃんまで乃愛《のあ》のライバルになるなんて……これは予想外の強敵かも♪」

言い訳するような口調で矢継ぎ早に言葉を紡ぐ水上と、小さく唇を尖《とが》らせながらあざとい声音で返す秋月《あきづき》。そんな二人のやり取りを見て、俺の右隣に座る姫路《ひめじ》が白銀の髪をさらりと揺らして拗《す》ねたようにポツリと呟《つぶや》く。

「……モテモテですね、ご主人様」

「…………」

内心の照れとむず痒《がゆ》さを押し隠すように小さく肩を竦《すく》める俺。

そう——俺が《ＬＯＣ》のことをやたら詳しく知っているのは、まさしくこれが原因だった。複数人から申請された【ミッション】。それも、相手は秋月と水上だけというわけじゃない。今まさにこちらへジト目を向けている専属メイドこと姫路白雪《しらゆき》に、立場上は敵対しているはずの桜花《おうか》の《女帝》彩園寺更紗《さいおんじさらさ》、そして現在は学園島《アカデミー》を離れている〝本物のお嬢様〟こと羽衣紫音《はごろもしおん》……すなわち、計五人もの異性が俺を〝ターゲット〟にしている状態なんだ。設定されている〝関係性〟が何なのか分からないためモテモテかどうかは定かじゃないが、少なくとも俺のクリスマスが雁字搦《がんじがら》めになることだけは確定している。

——と、

「ふむ……そういえば、秋月」

そこで、しばらく黙って考え事をしていた榎本《えのもと》が、いつも通りの仏頂面のまま静かに顔を持ち上げた。彼の視線が向いている先は他でもない秋月乃愛だ。

「例のイベントの件だが、やはり……」

「あ～！　ダメだよ会長さん、緋呂斗くんにはまだ内緒にしてるんだから♪」

「そう、なのか？　いや、だが……分かった、ならば後にしよう」

「えへへ、ありがと♪」

（……？）

テーブルの対角線上で何やら意味深な会話を交わす榎本《えのもと》と秋月《あきづき》。タイミング的にはおそらく《LOC》の【ミッション】に絡む話なのだろうが、

（秋月のやつ、ちょっと元気ないような……？）

いつでもあざとい小悪魔の笑みにほんの少し陰りが見えたような気がして、俺は小さく首を捻《ひね》る。まるで相当な難問でも抱えているかのような表情だ。……ただ、そうだとしてもこの場で詮索する必要は特にないだろう。下調べによれば、全ての【ミッション】はクリスマスの十日前——つまり明後日《あさって》の十二月十五日には〝ターゲット〟側にも内容開示される。どんな難題が課されているにせよ、いくらかの事前準備は出来るはずだ。

（だから、まあ……やっぱり、まずは〝冥星〟の対処が先決か）

思考を整理しながら小さく嘆息を零《こぼ》す俺。

そんな俺の脳裏には、とある人物の影が鮮明に浮かび上がっていた。

＃

——迎えた週末、十二月十七日の土曜日。

時刻にして深夜一時をそろそろ回ろうかという頃。

人と会うにはやや非常識な時間だということは承知の上だが、それでも俺はとある交渉を行うために英明《えいめい》学園高等部の学長室を訪れていた。

「………」

室内の空気はやけに厳かだ。ガラステーブルを挟んだこちら側に座っているのは俺一人だけ。前もって指定があったため、姫路《ひめじ》は付いてきていない（道中のサポートはすると言い張ってくれたため別室で待機してもらっているが）。そして、対面のソファに腰掛けているのは見慣れた二人の女性である。

一人はこの部屋の主《あるじ》こと一ノ瀬《いちのせ》棗《なつめ》——英明学園の学長にして四番区の管理責任者。俺を学園島《アカデミー》にスカウトした張本人であり〝偽りの7ツ星〟という入れ知恵をもたらした諸悪の根源でもある、頭のネジが何本か外れた悪い大人だ。深夜にも関わらずその格好《かっこう》はオフィススーツ。タイトスカートで大胆に足を組んでいるため、やや視線を向けづらい。

続けて、彼女の隣に座るもう一人。……こちらが、あらゆる意味で〝イレギュラー〟と言っていい存在だろう。たかが一学区の責任者に過ぎない一ノ瀬棗より遥《はる》かに重要なポストに就いている人物。星獲《と》りゲームの全てを管理し、俺一人の命運くらいもしかしたら指先一つで簡単に書き換えられるのかもしれない影の権力者。

「ん……」

俺が部屋に入ってからもしばらく顔を俯《うつむ》けていた彼女は、微《かす》かな声を零すと共に洗練された所作で立ち上がった。重力に従ってさらりと零れ落ちる焦げ茶色のセミロング。年上のお姉さん、といった系統の柔らかい色香を感じさせる彼女は、そのままガラステーブルを迂回《うかい》してゆっくりと俺の目の前へと歩み寄ってくる。否《いや》が応《おう》でも緊張が込み上げてきてしまう距離。そこで彼女は、すぅっと大きく息を吸い込んで、

「会・い・た・か・っ・た・ぁ!!」

(っ……!?)

——がばっ、と大きく腕を広げたかと思うと、そのままの勢いでむぎゅうと俺に抱き着いてきた。両手が首の後ろに回され、柑橘系《かんきつけい》の香りがする髪やらすべすべの頬《ほお》やらがぐりぐりと俺の顔に押し付けられる。ソファに座っている状態で覆《おお》い被《かぶ》さるようにハグされたものだから、体勢的にも色々アウトだ。この手のスキンシップは椎名《しいな》で慣れた気になっていたが、彼女とは明確に異なる身体《からだ》つきにどうしても〝異性〟を感じてしまう。

「〰〰〰♪」

そんな俺の内心を知ってか知らずか、彼女は恍惚《こうこつ》に満ちた表情を浮かべている。

「やー、やっぱり緋呂斗《ひろと》は最高の癒《いや》しだよね。ほんと、毎日こうしてたい……ふにゅう」

「い、いや……にしてもくっつきすぎだって」

「いいじゃん、滅多《めった》に会えないんだからさ。それとも何? 緋呂斗はこうやってお姉ちゃんにぎゅーってされてるだけで興奮しちゃうの?」

「………………、しないけど」

超至近距離で陶酔したような囁《ささや》き声をぶつけられ、目を逸《そ》らしながら答える俺。

そう——彼女こそが、先日の秋月《あきづき》との会話の中で思い至った〝冥星について何か知っているかもしれない〟相手だった。かつては学園島《アカデミー》の覇権を握ったプレイヤーであり、〝本物の彩園寺更紗《さいおんじさらさ》〟こと羽衣紫音《はごろもしおん》とも親交があり、なおかつ今は学園島《アカデミー》の管理部に所属する影の支配者。各種の情報閲覧権限において、彼女の右に出る者などきっといない。

「そ？　良かった。じゃあ、もうちょっとだけ……ね？」

「っ……、～～～～～！」

篠原柚葉《しのはらゆずは》——もとい、柚姉。

くすっとからかうような笑みでハグを続行するのは、紛《まご》うことなき俺の実姉だった。

「くくっ……ああ、全く。長々といかがわしいものを見せてくれたものだね、君たち」

柚姉《ゆずねえ》の猛攻《ハグ》はその後も五分ほど続いた。制止してくれたのは他でもない一ノ瀬《いちのせ》学長だ。最初はニヤニヤと笑いながら放置していたたものの、それではいつまで経《た》っても終わらないことを察したのか、やがて溜《た》め息《いき》交じりに引《ひ》き剥《は》がしてくれた。そうして今は、二人して対面のソファに座り直している。

長い髪を耳に掛けるような仕草を挟みながら、柚姉が改めて口を開いた。

「ごめんごめん。棗《なつめ》ちゃんをムラムラさせるつもりはなかったんだけど、緋呂斗のこと見てたらどうしても我慢できなくて。私の弟、超可愛《かわい》くない？　国宝級じゃない？」

「国宝級かどうかはともかく、可愛《かわい》いという部分については同意してやろう。私のために日々駆けずり回っている姿は非常に滑稽……もとい、愛くるしい」

「……ペットか何かと勘違いしてませんかね、俺のこと」

Sっ気の強い嗜虐《しぎゃく》的な笑みと共にかちゃりと眼鏡《めがね》を押し上げる学長に対し、俺は嘆息交じりにそんな言葉を返す。ただ……表情にこそ出していないものの、先ほどから俺の内心に潜んでいるのはどこか緊張にも似た感情だった。

というのも、だ。

(柚姉《ゆずねえ》と一ノ瀬《いちのせ》学長……この二人が、英明《えいめい》の〝黄金世代〟を創ったプレイヤーなんだよな)

――そう。

現在も学校ランキング五位以内常連、今年の中間結果ではトップをひた走っている英明学園だが、最も強かった時期を挙げるなら今ではなく、およそ十年前のことだ。当時の6ツ星プレイヤーが八割以上英明に在籍し、色付き星《ユニークスター》もその大半が英明の管理下にあり、当然のように英明が三年連続で学校ランキング一位に君臨していた。そして、それを為《な》したのが〝英明の悪魔〟と呼ばれた伝説の7ツ星・篠原柚葉《しのはらゆずは》と、当時の〝赤の星〟所持者でもある一ノ瀬棗《なつめ》……というわけだ。故に、大袈裟《おおげさ》でも何でもなく、俺は今歴史と対面している。それぞれと顔を合わせたことは何度もあるが、こうして並ぶとさすがに壮観だ。

「…………」

「っていうか……棗ちゃん、棗ちゃん。久しぶりに会っておいてこんなこと訊《き》くのもアレなんだけど、ほんっとーに緋呂斗《ひろと》に手出してないの？　私、割と怪しいなって思ってるんだよね。ほら、棗ちゃんって年下好きだし」

「いつまで学生時代の印象を引き摺《ひず》っているつもりかな、君は？　私だって一応は教育者の端くれだよ。自分の生徒に手を出すなんて、そんなまさか」

「ええ～、棗ちゃんてばそういうの全然気にしなさそうなのに。自由奔放っていうか」

「くくっ……それを言うなら間違いなく君の方だろう、柚葉。君ほど〝自由〟という評価が似合う人間を私は他に知らない。今も昔も変わらずに、ね」

ガラステーブルを挟んだ向こう側で遠慮のない、それでいて親しげな口調で会話を交わす柚姉と学長。おそらく学生の頃から仲の良い間柄だったのだろう。一朝一夕では作り出せない信頼感のようなものが言葉の端々から感じ取れる。

「っと。それで……何だっけ、緋呂斗？」

その辺りで学長との話が一段落したのだろう。改めてこちらへ声を掛けてきたのは柚姉の方だった。大人っぽいシックなセーターに身を包んだ彼女は、ほんの少しだけ前屈《まえかが》みになりながら小さく首を傾《かし》げて尋ねてくる。

「私に訊きたいことがある、って話だったと思うけど」

「……ああ」

柚姉《ゆずねえ》の問い掛けに一つ頷《うなず》く俺。……今日の用件はメッセージアプリでざっくりと伝えているが、細かい事情やら背景に関しては今のところ何も触れていない。協力を依頼する以上、全てを伏せたままでというのはさすがに虫が良すぎるだろう。

そんなわけで、俺は静かに息を吸ってからゆっくりと言葉を紡ぐことにする。

「メッセージでも軽く触れたけど……俺が知りたいのは〝冥星〟のことだ。実は、ちょっと前の《流星祭》で《敗北の女神》の持ち主と関わる機会があって――」

「あ、うん。私も仕事そっちのけでisland tube《アイ・チューブ》見てたから《流星祭》の流れは大体知ってるよ？　さっすが私の弟、って感じだったね」

「そりゃどうも。……で、まあ何だかんだあって《敗北の女神》は上手《うま》く消滅させることが出来たんだけど、結局〝冥星〟ってのが何なのかよく分からないまま終わっちまったんだよ。どんな種類があるのか、どんな経緯で生まれたのか、どうやって対処すればいいのか……とか、何でもいいから情報が欲しいんだ」

「んー、そうだなぁ……」

真《ま》っ直《す》ぐ問い掛けた俺に対し、柚姉は思案するような声を零《こぼ》した。セーターの胸元を強調するような形で腕を組み、視線を斜め上に向けてしばし思考を巡らせる。

そうして一言、

「まず、私に辿《たど》り着いたのは大正解だね。今の学園島《アカデミー》で〝冥星〟の情報を持ってる人なんて本当に数えるくらいしかいないんだけど、その中で緋呂斗《ひろと》に口を滑らせちゃう可能性があるのは私だけだと思うから。でも……う一ん、棗《なつめ》ちゃんはどう思う？」

「……どうも何も、適当なことを言って突っ撥《ぱ》ねる以外の選択肢が私には浮かばない。君は相当なブラコンなんだろう、柚葉《ゆずは》？　多少なりとも愛着のある相手を冥星と関わらせるなんて、正気の沙汰とは思えないけどね」

「そ？　私は正気だよ。だって、私が好きなのはただの緋呂斗じゃなくて、格好《かっこ》良い緋呂斗だから。冥星なんかに手を出したら当然大変な目に遭うと思うけど……もし緋呂斗が全部解決しちゃったら、最高に格好良いでしょ？　アドレナリンどばどばだよ」

「くっ……解決できるなら、ね」

「解決できるに決まってるよ。だって、私の緋呂斗だし」

ね、とばかりに片目を瞑《つぶ》って可憐《かれん》なウインクを決めてくる柚姉。……いつかの《ディアスクリプト》でもそうだったが、彼女は俺の実力を相当高く見積もっている節がある。弟だから、というだけの理由で〝英明《えいめい》の悪魔〟並みの活躍を期待されても困るのだが。

「やれやれ……全く、君たち姉弟には本当に手を焼かされてばかりだ」

嘆息の中にどこか嬉々《きき》とした色が感じられる声でそう言いながら、学長は自身の前に置いていたグラスを手に取った。大きな氷の入った透明な液体——おそらくウイスキーか何かだろう——を飲み干した彼女は、大胆に足を組み替えつつ続ける。

「いいかい、篠原《しのはら》？　君が《流星祭》を通じて色付き星の黄《ユニークスター・イエロー》を手に入れたことは、学園を挙げて大々的に称賛してやる。一人のプレイヤーが六つもの色付き星を手に入れるなんて前代未聞だ。褒美に女子更衣室への入室許可を出してあげてもいいくらいだよ」

「要らねえよ。学長の中で俺は一体どんなキャラ付けなんですか」

「初恋の幼馴染《おさななじ》みの尻を追い掛けてこんな辺境までやってきた煩悩《ぼんのう》の塊、だけど？」

「くっ……」

悪意ある切り抜きで黙らされる俺と、してやったりという表情で「くくっ」と喉を鳴らす一ノ瀬《いちのせ》学長。ほろ酔いモードの彼女はそのまま上機嫌に言葉を継ぐ。

「編入早々の７ツ星到達、前人未到の六色持ち《シックスカラー》……篠原の活躍は、少なくとも外から見れば〝黄金の世代〟に勝るとも劣らない。それについては心の底から評価している」

「……はぁ」

「でもね、冥星にだけはやはり手を出さない方がいい。……この先は崖だ、という看板がわざわざ設置されているのに、誰が好き好んで突っ込んでいくというんだい？　私の知る限り、冥星は学園島《アカデミー》の中で最も踏み入るべきではない領域だ。君が平和に卒業したいと願うなら、ここは見て見ぬふりをした方がいいと思うけど？」

「踏み入るべきではない……か。まるで試したことがある、みたいな言い方ですね」

「私に鎌を掛けているつもりかな、篠原？　君がいくつもの修羅場を潜《くぐ》り抜《ぬ》けてきたのは知っているけど、口喧嘩《くちげんか》ならまだまだ私の方が上手《うわて》だよ。後悔する前にやめておけ」

「ぐ……はいはい、分かりましたよ」

口を滑らせることを期待した挑発を軽くいなされ、すごすごと引き下がる俺。英明学園《えいめいがくえん》の学長である一ノ瀬棗《なつめ》の特技は何よりも口八丁だ。どんなに滅茶苦茶《めちゃくちゃ》な理屈でも口先だけで押し通す力を持っている。確かに、そこで勝負を挑むのは浅はかだろう。

——それにしても、

（見て見ぬふりをした方がいい、か……）

直前の言葉をなぞりながら、俺は右手をそっと口元へ遣《や》る。……学長にしては驚くほど弱気な発言だ。学園島《アカデミー》全体を騙《だま》して俺を〝偽りの7ツ星〟にする、なんて計画をぶち上げた人間がこれほどの警戒を寄せているんだから、やはり〝冥星〟の危険度というのは相当なものなのだろう。そこに関してはもはや疑うべくもない。

「でも……だからこそ知っておきたいんですよ」

それでも俺には、食い下がる以外の選択肢なんて存在しない。

「関わらない方がいいっていうのは、それくらい危険ってことですよね？　でも俺は、梓沢《あずさわ》以外にも〝冥星〟の持ち主を知ってます。しかも、今後もそいつらと関わることはほとんど確定してる……なら、何も知らない方が危険に決まってるじゃないですか」

「……なるほどね。越智春虎《おちはるとら》に霧谷凍夜《きりがやとうや》、ついでに阿久津雅《あくつみやび》——十月の《習熟戦《リフレイン》》でいよいよ表舞台に上がってきた《アルビオン》の連中か」

「そうです。あいつらは、多分冥星について何か知ってる……その上で〝8ツ星〟を目指してるんだと思います。そして越智《おち》の《シナリオライター》は、俺が年度末の大規模《決闘》で《アルビオン》に負けることを予言した。……だから俺は、あいつらに対抗するためにも〝冥星〟の謎を解いておかなきゃいけないんです」

「…………」

眼鏡《めがね》の奥の瞳を見つめながら最後まで言い切る俺。

……別に、冥星の正体が分かったからと言って即座に具体的な作戦に踏み切れるというわけじゃない。冥星という凶悪な存在に対する義憤が全くないとは言わないが、誰でも彼でも助けたいと思うほど立派な正義感を持っているわけでもない。ただそれでも、冥星のことを何一つ知らないというのはどう考えても不利《マイナス》だろう。今後《アルビオン》と対峙《たいじ》するにあたって明確なハンデになってしまう。

（それに……）

もう一つ——こちらは単なる仮説に過ぎないが、ほんの少し気になっていることもあった。それは〝冥星〟がもたらされるプレイヤーの法則性に関するものだ。もしも俺の考えが正しければ、これからも俺の近くに〝冥星〟が現れる可能性は大いにある。

「——うん」

と……そこで、不意に満足げな声を零《こぼ》したのは対面の柚姉《ゆずねえ》だった。どこか悪戯《いたずら》っぽい笑みを口元に貼り付けた彼女は、オレンジ色の瞳でじっと俺を覗《のぞ》き込《こ》みつつ続ける。

「オッケー。そこまで言うなら教えてあげるよ、緋呂斗《ひろと》。負の色付き星《ユニークスター》こと〝冥星〟の秘密について……私が知ってる範囲でだけど、全部教えてあげる」

「え……いいのか？」

「もちろん。ただし——条件付きで、だけど」

くすっとからかうような笑みを浮かべてセミロングの髪を掻《か》き上《あ》げる柚姉。そんな色っぽい仕草に惑わされることもなく、俺は「うっ……」と微《かす》かに頬《ほお》を引《ひ》き攣《つ》らせる。

これまでも幾度となく味わわされていることだが——まず、柚姉は俺のことを〝大切な人〟認定してくれている。いわゆるブラコンと称しても決して間違いじゃないだろう。ただ残念なことに、篠原柚葉という人間は好きな相手を甘やかすような口じゃない。むしろ積極的に困難を押し付けて、その人が全身全霊で逆境に打ち勝つところを見たい、などと考えるタイプの姉なのだ。かつては〝英明《えいめい》の悪魔〟とまで呼ばれた彼女のことだから、学長以上にどんな無茶《むちゃ》ぶりが飛んでくるか分からない。

だから俺は、呼吸を整えるべく大きく息を吸い込んでから言葉を返す。

「ったく……それで？　その〝条件〟ってのは何なんだよ、柚姉」

「あ、うん。……ところで緋呂斗、クリスマスの予定ってどうなってる？」

「────は？」

あまりにも唐突な問いに思考が止まり、シンプルな疑問の声を零《こぼ》す俺。が、柚姉《ゆずねえ》はそんな反応も予期していたのだろう。愉《たの》しげな表情のまま話を続ける。

「だからクリスマスだよ、クリスマス。ほら、学園島《アカデミー》のクリスマスって言ったらそこそこ、特別な日でしょ？　緋呂斗《ひろと》のことだから、色んな女の子との約束でスケジュールがいっぱいになっちゃってるんじゃないかな、って思って。お姉ちゃんとしては、弟がモテモテすぎるとちょっと心配なんだけど……」

「……まるで見てきたみたいな言い草だな、おい」

やや複雑な感情を抱きながらも、俺は小さく首を縦に振る。

そう──数日前の生徒会室でも話題に上がっていた通り、俺のクリスマスは既に《LOC》の予定で埋め尽くされている。何しろ五人もの異性から別々の〝約束〟を取り付けられているんだ。もはや忙しいとか立て込んでいるとか、そういう次元の話じゃない。ラブコメ漫画やらギャルゲーでも滅多《めった》に見ないくらいの多重ブッキングというやつだ。

俺がそんなことを考えていると、対面の柚姉があっけらかんと答える。

「まあね。っていうか、実際見てきたんだよ。だって《LOC》の運営って私だから」

「!?　え……マジかよ、それ」

そこで開示された情報に再び虚を突かれる俺。

予想外過ぎる事実だが……確かに、腑《ふ》に落ちる部分もいくつかあった。《LOC》の管理者は島内SNS《STOC》の某有名アカウント、とのことだが、柚姉の運営している依頼請負アカウント《ミーティア》であればその条件にピタリと当てはまる。学区の垣根を超えて強力なアビリティを配布する〝混戦上等〟なやり方も柚姉らしいと言えるだろう。

ただ、

（……嫌な予感しかしない）

一瞬遅れて冷静になってみれば、そんな警戒めいた感想だけが頭に残る。

が、まあそれもそのはずだろう――冥星の秘密を教える条件、という話から、不自然さしか感じられない強引な話題転換。俺がクリスマスに《LOC》の【ミッション】を大量に抱えていて、しかもその管理者が柚姉だという事実も併せて考えれば、この場で繰り出されるであろう〝条件〟なんてもう一つしかない。

「ふふっ……」

――そんな俺の内心を見透かすように口元を緩めながら。

かつて〝英明《えいめい》の悪魔〟と呼ばれた彼女は、すうっと目を細めてこんな言葉を口にする。

「ねえ緋呂斗、お姉ちゃんと《決闘》しよっか？」

「っ……柚姉なら絶対にそう言うと思ったよ」

「そ？　なら、やっぱり私と緋呂斗は相思相愛だね。こんなに心が通じてるんだから」

「どうだろうな。俺としては、外れてくれた方がありがたかったんだけど……」

嘆息と共に小さく肩を竦《すく》めてみせる俺。そんな俺を相変わらず悪戯《いたずら》っぽい表情で見つめながら、柚姉《ゆずねえ》はいかにも楽しげな口調で言葉を継ぐ。

「学園島《アカデミー》の生徒同士じゃないから扱いとしては疑似《決闘《ゲーム》》だけど、気持ちとしてはもちろん真剣勝負だよ。ルールは簡単——今年の《LOC》で、緋呂斗が〝ターゲット〟になってる【ミッション】を全部クリアできたら緋呂斗の勝ち。逆に、一つでも取りこぼしちゃったらその時点で《決闘》終了《ゲームオーバー》。緋呂斗《ひろと》が勝ったら、ご褒美に〝冥星〟の秘密を教えてあげる。……っていうか、こんな《決闘《ゲーム》》にも勝てないようなら、やっぱり〝冥星〟に近付くのは諦めた方がいいと思うよ？　多分、大怪我《おおけが》しちゃうだけだから」

「……なるほど、な」

柚姉の言葉を咀嚼《そしゃく》しながら小さく頷《うなず》く。

彼女が提示してきた疑似《決闘《ゲーム》》の内容《ルール》は、端的に言えば《LOC》に——もとい、五つもの【ミッション】を抱えている俺の状況に乗っかる形のモノだ。全ての〝約束〟を果たすことが出来れば俺の勝ち。柚姉から〝冥星〟の秘密を教えてもらえる。

「ちなみに、いくつか補足しておくね。《LOC》は疑似《決闘《ゲーム》》だから、アビリティはどれも使用禁止。代わりに一つの【ミッション】につき一つだけ、拡張現実《AR》機能で再現可能なモノ……っていう縛りの中で任意の〝何か〟を生成する権利がある。要はプレゼント

みたいなものかな？　ルール文章《テキスト》では〝クリスマスの奇跡〟って呼んでるけど」

「へえ……そりゃ、大層なネーミングセンスだな」

「ま、こういうのは雰囲気が大事だからね」

ピンと人差し指を立てながら、微《かす》かに口元を緩ませてそんなことを言う柚姉《ゆずねえ》。それから彼女は、テーブル越しに真《ま》っ直《す》ぐ俺の瞳を覗《のぞ》き込《こ》むようにして続ける。

「普通の【ミッション】なら〝クリスマスの奇跡〟は単なるお飾りっていうか、なくてもクリアできる場合がほとんどなんだけど……緋呂斗《ひろと》は学園島《アカデミー》最強の７ツ星だから、お近付きになるハードルはちょっと高めに設定しちゃった」

「っ……まさか【ミッション】の内容まで柚姉が決めてるのか？」

「ん、そりゃもちろん。緋呂斗にとってもそこそこ歯応えのある難易度に——〝クリスマスの奇跡〟を上手く使わないと一瞬で詰んじゃうような【超難易度】になってるから、頑張ってクリアしてきてね？」

「………はぁ」

くすっと笑みを浮かべる柚姉に対し、俺は取り繕うことも忘れて嘆息する。

彼女が提示してきた《決闘《ゲーム》》の内容そのものは、そう複雑というわけでもない——課されたいくつもの【ミッション】を次々こなしていく一日限定のフルコンプ型クエスト、もとい連続デート。ただし浮かれていられるほど各【ミッション】の達成難度は低くない。いや、低くないどころか、柚姉の言葉を借りるならまさしく〝超難易度〟というやつだ。

静かに端末を取り出してみれば、画面にはこんな【ミッション】が並んでいる——。

【受諾者：水上摩理《みなかみまり》】
【内容：対象《ターゲット》と一緒に謎解きツアーを実行し、これをクリアすること。ただし●●】
【実行場所：四番区内】【指定時間：午前十一時】【必須条件：招待状】

【受諾者：羽衣紫音《はごろもしおん》】
【内容：夕暮れの教室内で対象《ターゲット》と腕を組むこと。ただし●●】
【実行場所：任意】【指定時間：午後三時】【必須条件：なし】

【受諾者：秋月乃愛《あきづきのあ》】
【内容：何らかのイベントを企画し、対象《ターゲット》と一緒に二万人以上の観客に囲まれること】
【実行場所：任意】【指定時間：午後四時】【必須条件：現実世界】

【受諾者：彩園寺更紗《さいおんじさらさ》】
【内容：対象《ターゲット》と一緒に四番区のドローンイルミネーションを鑑賞すること】

【実行場所：四番区内】【指定時間：午後七時】【必須条件：二人きり】
【受諾者：姫路白雪《ひめじしらゆき》】
【内容：対象と疑似《決闘《ゲーム》》を行うこと。ただし●●】
【実行場所：三番区内】【指定時間：午後七時】【必須条件：ホワイトクリスマス】

「……いやいやいや」

もちろん開示されたタイミングで一通り確認はしているものの、改めてそんな言葉が口を突く。……何というか、どこから突っ込んでいいやらよく分からないくらいには無茶苦茶《むちゃく ちゃ》な難易度だった。水上摩理《みなかみまり》の【ミッション】はまだ普通の内容に思えるが、羽衣紫音《はごろもしおん》はそもそも学園島にいないし、秋月乃愛《あきづきのあ》に関しては【ミッション】の内容があまりに難しすぎる。そして致命的なことに、彩園寺更紗《さいおんじさらさ》と姫路白雪の【ミッション】に至っては〝指定時間〟が丸被りだ。ただし、に続く伏せ字部分はどう見ても〝追加の制限〟というやつだろうし、クリアさせる気があるとはとても思えない。

「これを一つ残らず達成しろってのか……？　本気で言ってるのかよ、柚姉《ゆずねえ》？」

「んー？」

それでも柚姉は、何でもないような仕草で小さく首を傾《かし》げてみせる。続けて彼女が紡ぎ出すのは、俺にとっては絶望的な〝肯定〟の言葉だ。

「ま、そりゃね。他でもない〝冥星〟の情報を天秤に掛けるならこれくらいの難易度が妥当でしょ？　物理的に不可能、ってくらいがちょうどいいんだから」

「っ……何だそれ。バランス感覚どうなってるんだよ」

「え、そんなにおかしい？」

「…………」

「くくっ、諦めた方がいいよ篠原《しのはら》。私たち凡人と柚葉《ゆずは》のような天才とではそもそもの基準が違いすぎる。実際、当時の〝英明《えいめい》の悪魔〟ならこの程度の《決闘《ゲーム》》は息をするようにクリアしているだろうからね」

「嘘《うそ》だろ、おい……」

しばらく物珍しそうに傍観していた学長にも追撃され、完全に退路を断たれる俺。

「……ふふっ」

と――そんな俺を見つめながら、対面の柚姉が不意に優しげな笑みを浮かべた。からかうような色を微《かす》かに残しつつも、どこか期待しているような瞳で俺を見る。

そうして、一言。

「ま、そんなわけで――頑張って全員幸せにしてあげてね、緋呂斗《ひろと》。もちろん、男の子なんだから最後の最後には一人を選ばなきゃダメだけど、まずはしっかり〝約束〟を果たすこと。みんなの【ミッション】をクリアすること。……いい？　私が作った《LOC》で泣いちゃう子なんて、本当は一人も生まれて欲しくないんだから」

「…………………分かった、よ」

やや卑怯《ひきょう》な気もする搦《から》め手《て》を使ってきた柚姉《ゆずねえ》に対し、俺は降参の意を示すようにそっと両手を掲げてみせる。……まあ、結局はそういうことだ。だって、柚姉との《決闘《ゲーム》》なんてオプションが付いていようがいまいが、俺は水上《みなかみ》も羽衣《はごろも》も秋月《あきづき》も彩園寺《さいおんじ》も姫路《ひめじ》も、誰一人として裏切ることなど出来ない。どんなに【ミッション】の内容が難しくても、物理的に不可能な障壁があっても、投げ出したり諦めたりするようなことは絶対にない。

（いや、もちろん分かってる……全員の〝約束〟を叶《かな》えるっていうのが一種の逃げだってことくらい、俺にだって分かってる。だけどそれでも、約束は約束だ。冥星の情報を手に入れるためにも……こんなの、乗るしかないに決まってる）

——そんなわけで。

クリスマスという聖なる日に、かつて〝英明《えいめい》の悪魔〟と呼ばれた伝説の元7ツ星と、現在の〝学園島《アカデミー》最強〟である俺とのとんでもない無理ゲーが開催されることと相成った。

Please tell me. Himeji san

教えて姫路さん

《クリスマスの恋占い（LOC）》とは？

《クリスマスの恋占い（LOC）》とは？

その名の通り、クリスマスの日にだけ開催される特別な疑似《決闘》です。学園島の端末さえ持っていれば学生でなくとも参加できるため、プレイヤーは毎年10万人以上。知名度としては年間でもトップクラスのイベントです。

“ターゲット”と【ミッション】

《LOC》に参加するプレイヤーは、まず“ターゲット”を一人選択します。この際、その方とどのような関係になりたいか——つまり“理想の関係性”も同時に設定します。これらに応じて《LOC》から【ミッション】が課され、二人でその達成を目指すことになります。……ご主人様は、既にたくさんの女性から“ターゲット”にされているようですが。

《LOC》の報酬

性質としては占いや都市伝説のようなものですので、《LOC》の報酬は〝ターゲットとの距離が近くなる〟といった漠然としたものがメインです。ただしそれとは別に、具体的な報酬として《LOC》限定のペアアビリティも配布されます。効果はそれなりに強力ですので、今後の戦力になるかもしれませんね。

同時並行のイベント

クリスマスのイベントとしては、《LOC》の他に四番区のイルミネーションや《ライブラ》が主催しているライブイベントが有名です。ただ後者について、残念ながら今年は運営上の都合で中止になってしまったそうで……何でも現在、《ライブラ》が代替イベントを企画しているそうですよ？

第二章　連続デートの幕開け

liar liar

時は流れて、十二月二十五日——すなわちクリスマス当日の朝。

＃

「ふぁ……」

俺は寝不足の頭を覚ましながら、今日も今日とて豪勢な朝食に舌鼓を打っていた。

柚姉《ゆずねえ》との疑似《決闘《ゲーム》》が決まってから一週間余り。五つの【ミッション】を達成するための下準備を色々と行っていたこともあり、昨日はちょっとした疲労と緊張でなかなか寝付けなかった。クリスマスという特別な一日……これまで参加してきた大規模イベントの類《たぐい》とは違い、柚姉との《決闘《ゲーム》》は今日だけで全てが決まってしまう。何はともあれ、激動の十数時間になるだろうことは疑いようもなかった。

『今日の天気は、学園島《アカデミー》全土で曇りのち晴れ。降水確率は0%となっています——』

リビングのテレビでは、BGM代わりに流しているニュース番組のキャスターがクリスマス絡みの情報を次々に届けてくれている。各観光スポットの盛り上がりや、四番区のイルミネーションが今年も凄《すご》そうだという宣伝めいた口コミ、ついでに少し前から話題になっている《ライブラ》のクリスマスイベント中止について。出演予定だった本土のアイドルグループが不祥事で活動休止になってしまった、みたいな話らしいが。

「……？　何だか眠そうですね、ご主人様」

と――そんな風に取り留《と》めのない思考を巡らせていたところ、声を掛けてきたのは姫路《ひめじ》白雪《しらゆき》だった。俺の隣で一緒に食事を取っていた（ちなみに調理と配膳は俺が起きるまでに完了していた）彼女は、さらりと白銀の髪を揺らして訊《き》いてくる。

「昨日は夜更かしでもしていたのですか？　それともまさか、クリスマスイブの夜中にこっそり部屋を抜け出して、意中の女性と密会を……？」

「……んなわけないだろ。考え事してたらちょっと寝るのが遅くなっただけだよ。別に寝不足ってほどのことでもない」

「なるほど、それなら良かったです。では、眠気覚ましのコーヒーをお淹《い》れしますね」

ふわりと微笑《ほほえ》みながらそう言って、ごちそうさまでしたと胸元で手を合わせる姫路。彼女はそのまま綺麗《きれい》な所作で席を立つと、両手で皿を持ってキッチンへと姿を消す。

否《いな》――その直前、だった。

「それと、ご主人様。わざわざお伝えするほどのことではないかもしれませんが……今夜の約束、とても楽しみにしていますので。……その、よろしくお願いいたします」

ほんの少し照れたように視線を泳がせながら、それでも姫路は澄んだ碧《あお》の瞳をじっとこちらへ向けてそう言った。頭を下げた拍子にヘッドドレスが微《かす》かに揺れて、普段から見慣れているはずの格好《かっこう》なのに思わずドキドキとしてしまう。

「あ、ああ……そうだな。もちろん、俺もめちゃくちゃ楽しみだ」

そんな姫路《ひめじ》に心からの同意を返しながら——俺は、

(っていっても、例のダブルブッキングはまだ解決できてないんだけどな……)

表情には一切出さないよう、内心だけで深く溜《た》め息《いき》を吐《つ》くことにした。


『おはよ緋呂斗《ひろと》。……じゃなかった、メリークリスマス!』

それから約三十分後。

自室に戻った俺は、端末の画面越しに篠原柚葉《しのはらゆずは》——もとい柚姉《ゆずねえ》と向かい合っていた。

今日の疑似《決闘《ゲーム》》において俺の〝対戦相手〟となる柚姉。ただし、ルール的には〝俺が全ての【ミッション】をクリアできるかどうか〟という部分だけが焦点となっているため、柚姉が常に同行するというわけではもちろんない。その証拠に、画面の向こうの彼女はモコモコ生地のパジャマ姿(我が姉ながらあざとい)でこちらへ手を振っている。

『どう、見える? 緋呂斗との《決闘《ゲーム》》があるからって貴重な有給使っちゃった。私が休むだけで管理部の仕事にどれだけ影響が出ることか……緋呂斗にしか許されない芸当だよね、これ。あっさり負けたら怒っちゃうから』

「あー、はいはい。その辺はマジで感謝してるよ」

苦笑交じりに答える俺。この《決闘《ゲーム》》自体は柚姉の方から持ち掛けてきたものだが、そもそものきっかけは俺が〝冥星〟の情報を知りたがったことだ。柚姉が多忙だというのは間違いのない事実だし、丁重に感謝しておくべきだろう。

が、まあそれはともかく。

「それで……結局、柚姉は〝ゲームマスター〟みたいな立ち位置なんだよな。俺が【ミッション】を達成したらその度に端末で報告すればいいのか？」

『あ、別に報告はなしでいいよ？　《ＬＯＣ》の専用アプリで【ミッション】クリアの判定はちゃんと出してくれるから。お姉ちゃんとしてはもちろん緋呂斗から電話が来る方が嬉《うれ》しいけど、多分そんなことしてる余裕はどこにもないと思うし』

「……そうかよ」

『うん。ま、ゲームマスターさんからの優しい配慮、ってやつかな』

おどけたようにそんなことを言う柚姉。そうして一転、ずいっと身を乗り出して端末画面に端整な顔を近付けてきた彼女は、いかにも楽しげな口調のまま言葉を継ぐ。

『それじゃ、今日は一日頑張ってね緋呂斗。《ＬＯＣ》をベースにした連続デート、もとい超難易度【ミッション】の制限時間付きクリア。とってもシビアな疑似《決闘《ゲーム》》だと思うけど……ふふっ、どう緋呂斗？　私の自慢の弟は、ちゃんと私に勝ってくれる？』

「ん……さあ、どうだろうな」

くすっと笑みを零《こぼ》しながらからかうような声を飛ばしてくる柚姉《ゆずねえ》に対し、俺は小さく首を横に振った。正直なところ、今回の疑似《決闘《ゲーム》》は俺が今までに参加してきた大型《決闘《ゲーム》》とは勝手が違いすぎる。いくつかの〝仕込み〟はしているものの、未《いま》だに明確な勝ち筋は見えていない。これから対処しなければならない問題だって山積みだ。

けれど、それでも。

「……でもまあ、とりあえず覚悟は固まったところだよ」

つい先ほど姫路《ひめじ》に囁《ささや》かれた言葉を思い返しながら、俺は静かに立ち上がった。

＃

【十二月二十五日　午前十時五十分】
【残りミッション――5つ】

――柚姉との通話を終え、リビングにいた姫路に出掛ける旨を伝えてからしばし後。

俺は、寒風に吹かれながら四番区の中心街へと向かっていた。

まだ家を出てからさほど経《た》っていないが……既に分かったこととしては、どこもかしこも明らかに人出が多い。大通りの商業施設も駅前のロータリーも、普段とは比べ物にならないくらいたくさんのカップルで溢《あふ》れ返っている。

（さすが学園島《アカデミー》のクリスマス……まあ、カップルだけじゃなくて《LOC》の【ミッション】中、ってやつも多いんだろうけど）

そんなことを考えながら、俺はポケットを探って自身の端末を取り出してみる。

待ち合わせ場所へ着く前に、今日の【ミッション】を改めて振り返ってみよう――俺が抱えている五つの約束。それらを時系列で並べると最初が水上摩理《みなかみまり》の午前十一時、次が羽《はご》衣紫音《ろもしおん》の午後三時。次いで秋月乃愛《あきづきのあ》の午後四時となり、最後に彩園寺更紗《さいおんじさらさ》と姫路白雪《しらゆき》との約束がどちらも午後七時で被《かぶ》ってしまっている。

「…………」

このダブルブッキングに関しては解決する術がないこともないのだが、少なくとも現時点では交渉が上手《うま》くいっていない。今日のどこかで無理やり時間を作り出し、待ち合わせ時刻である午後七時までにどうにか策を実らせるしかないだろう。

――ちなみに、

『えへへ……お兄ちゃんとデート、デート！』

右耳に付けたイヤホンからは、いつもとは少し違って椎名《しいな》のやたら楽しげな声だけが聞こえてきている。……というのも、加賀谷《かがや》さんを始めとする《カンパニー》のメンバーは軒並み圧倒的な姫路推し。『おねーさんたちは白雪ちゃんの幸せを応援させてもらうからねん！』とのことで、今日の〝連続デート〟に関してはボイコットを食らってしまったのだ。そこで唯一付いてきてくれたのが天才中学生こと椎名紬《しいなつむぎ》である。昨日のうちにクリスマスプレゼント――前評判の良かった新作ゲームを選んでみた――を渡したのが功を奏したのか、珍しく早起きだったにも関わらず今日は大変に機嫌が良い。

まあ、曲がりなりにも異性との待ち合わせに（端末越しとはいえ）椎名を連れていくのはどうなのか、という意識もあるにはあるのだが……常に監視されているわけではないので許して欲しいところだ。あの柚姉《ゆずねえ》との疑似《決闘《ゲーム》》を《カンパニー》の手助けなしでクリアする、というのはさすがに厳しいものがある。

「……っと、ここか」

そうこうしているうちに、待ち合わせ場所である学園前駅の改札付近に辿《たど》り着いた。適当な壁際で足を止め、俺は端末を片手にぐるりと辺りを見渡してみる。現在時刻は午前十時五十二分、待ち合わせ時刻の約十分前。ちょうどいい頃合いだとは思うが、しかし約束している相手が相手だ。過ぎるくらいに真面目《まじめ》な性格を持つ彼女のことだから、あまりに早く着いてしまってとっくに待ちくたびれている可能性すらある。

（確か、改札を出てすぐの電子案内板のところにいるからって――――ぁ）

記憶を辿りながらゆっくりと首を巡らせていた俺は、そこで不意に目を見開いた。

いや――といっても、何か予想外なモノが視界に入ったとか、そういうわけでは全くない。何しろ俺が見つけたのは、待ち合わせ相手である水上摩理その人だ。英明《えいめい》学園高等部

の一年生、すなわち俺の後輩にあたる少女。意表を突かれる要素なんか一つもない。

「………」

けれどそれでも、俺はそこにいた少女に目を奪われてしまった。さらさらと毛先が揺れる流麗な黒の長髪。膝丈ほどもある茶色のブーツに大人しい色合いのミニスカートを合わせ、上半身は淡い雰囲気のシャツに少し背伸びしたベージュのコートを羽織っている。特別派手な服装というわけじゃないが、これが単なる普段着ということはないだろう。どう控えめに見積もっても〝頑張ってお洒落《しゃれ》をしてきてくれた〟という印象だ。

「……ん……」

慣れない格好《かっこう》で、加えて一人きりだからだろう。小さな鞄《かばん》を両手でちょこんと持った水上《みなかみ》は、白い息を吐きながらどこか不安そうに顔を持ち上げている。そのまま微《かす》かに髪を揺らして、少しだけ視線を動かして……そこで、初めて俺と目が合った。瞬間、それまで心細そうだった彼女の表情がぱぁっと一気に明るくなる。

「篠原《しのはら》先輩！　えと、その……おはようございます。メリークリスマス、ですっ！」

「あ、ああ……」

少し照れ臭そうにしながらもいつも通り丁寧に頭を下げてきた水上に対し、俺は動揺を悟られないように気を付けつつ、ゆっくりと彼女の近くまで歩み寄ることにした。待ち合わせ場所として指定されていた電子案内板の前。周りがカップルだらけなのを意識の外へ追い遣《や》りながら、俺はなるべく普段通りの口調で彼女に声を掛ける。

「早いな、水上。もしかして待たせたか？　だとしたら悪かった」

「いえ、先輩は何も悪くありません！　その、私がほんの少し早く着きすぎてしまっただけなので……！」

「ほんの少しって……ちなみに、どれくらいだ？」

「う……え、ええと、そうですね。私がここに着いたのは一時間くらい前のことです。遅刻しないように気を付けていたら、何だかとっても早くなってしまって……」

あはは、と恥ずかしそうに言葉を濁す水上。……何というか、真面目《まじめ》で委員長気質な彼女らしい回答だ。まあ、一時間前というのはいくら何でも早すぎるような気もするが。

と──、

『……むむ。ダメだよ、お兄ちゃん？』

そこで、不意に右耳のイヤホンからそんな声が漏れ聞こえてきた。声の主は当然ながら椎名紬《しいなつむぎ》だ。彼女にしては珍しく嗜《たしな》めるような口調。漠然とした指摘ではあるが、さすがに意図は汲み取れる──何しろ、俺の目の前に立っている水上の表情が表情だ。さっきからどこかそわそわしているというか、何かしらの期待でいっぱいの雰囲気。純真な黒の瞳は焦がれるようにじっと俺を見つめている。

だから、というだけの理由ではもちろんないのだが、

「えっと……そういえば、水上《みなかみ》の私服姿ってまともに見るの初めてかもな。めちゃくちゃ似合ってると思うぞ、それ」

「！　ほ、本当ですか、篠原《しのはら》先輩⁉」

「ああ。……っていうか、こんなところで嘘《うそ》なんかついてどうするんだよ」

「わ、わわ……あの、その、違うんです！　周りにカップルの方が多いので、こういう話をしていると私と篠原先輩まで恋人同士みたいだなって思ってしまって……！」

厚いコートの襟に顔を埋《うず》めつつ照れたような声音でそう言って、直後に「ご、ごめんなさいっ！」と滑らかな黒髪をぶんぶん揺らす水上。

「……くっ……」

これまであまり触れてこなかった類《たぐい》の可愛《かわい》さに心臓を撃ち抜かれそうになりながら、俺はクリスマス（という名の連続デート）の始まりをひしひしと肌で感じていた。

——俺と水上が通常運転に戻ったのはそれから数分後のことだ。

「え、ええと……それでは篠原先輩。さっそく【ミッション】に挑戦していきましょう！」

「ん……ああ、そうだな」

未《いま》だに耳を赤くしたままの水上から目を逸《そ》らしつつ、俺は一つ頷《うなず》いて自身の端末を取り出すことにする。クリスマス限定の疑似《決闘《ゲーム》》こと《ＬＯＣ》。この《決闘《ゲーム》》では、課された【ミッション】を達成することが唯一にして無二の勝利条件となる。

ちなみに、投影画面に映し出されたのはこんな文章《テキスト》だ。

【受諾者：水上摩理《まり》】

【内容：対象《ターゲット》と一緒に謎解きツアーを実行し、これをクリアすること。ただし●●】

【実行場所：四番区内】【指定時間：午前十一時】【必須条件：招待状】

「……結局、伏せ字の部分はクリスマス当日になっても見えないままなんだな」

「？……あ、はい。実はですね、篠原先輩！」

俺の呟《つぶや》きを聞き付けてすぐ隣から端末画面を覗《のぞ》き込《こ》んでくる水上。一気に距離が近付いたためふわりと清潔な香りが鼻孔をくすぐるが、彼女は意にも介さずに続ける。

「これはプレイヤー側——つまり私だけに課されている追加条件なんです！　縛りというか制限というか……まあ、そんな感じで。ちゃんと達成できる目途《めど》は立っているので、先輩は純粋に〝謎解きツアー〟を攻略していただければ何の問題もありませんっ！」

「なるほどな。にしても……謎解きツアー、か」

あまり聞き馴染みのない単語にそっと右手を口元へ遣《や》る俺。捻《ひね》らず真《ま》っ直《す》ぐに捉えるなら、謎解きを繰り返して最終的な目的地《ゴール》へと向かっていくツアー……ということになるだろうか。リアル脱出ゲームとか、その手の体験型イベントに近いのかもしれない。

「これは、詳しい指定があるってわけじゃないんだよな？　ツアー型の謎解きイベントってことなら、ネットにいくつか転がってそうだけど……」

「あ、いえ、その……ええと」

そんな俺の発言を受けた水上《みなかみ》は、何故《なぜ》か途端に狼狽《ろうばい》し始めた。彼女はその後もしばらく何かを言《い》い淀《よど》んでいたが、やがて意を決したように顔を持ち上げる。

「ごめんなさい、先輩。私、今から少し嘘をつきます」

「……へ？」

唐突かつ意味不明な宣言に小さく首を傾《かし》げる俺。

そんな俺を置き去りに、水上はとんっと軽やかな足取りで俺から一歩距離を取った。続けて彼女は自らの鞄《かばん》に手を入れると、何やらカード状の物体を取り出してみせる。濃い緑色をした長方形の何か。大事そうにそれを掴《つか》み上げた水上は、まるで信じられないものを見つけたかのように——正確にはそんなフリをして——大きく目を見開いていく。

そうして一言、

「こ、これは！　何ということでしょうか！」

「……えっと。知ってるのか、水上？」

「はい！　実は、私もSTOC《ストック》で少し見かけただけなんですが……濃い緑の招待状。そこに刻まれた〝謎〟を解くと、端末のマップに次のメッセージカードの在処《ありか》が表示されるそうです。そして〝謎〟の答えはどれも一文字のアルファベット！　最終的なゴールに辿《たど》り着くためには、それらを五つ集める必要があるんだとか……！」

「へぇ……〝謎〟の答えがそのままキーワードになってるってことか。面白そうだな」

「！　あ、ありがとうござ——では、なくて！　篠原《しのはら》先輩の興味をこうも引いてしまうなんて、仕掛け人さんもなかなかやりますね！」

「……仕掛け人、ね」

「は、はい。どこの誰なのか全く分からない、ミステリアスな仕掛け人さんです」

こくこくこくこく、と過剰なくらい首を縦に振ってごり押ししてくる仕掛け人、もとい水上。そんな彼女の気迫に圧《お》されるようにして、俺は改めて手元のメッセージカードを覗《のぞ》き込《こ》んでみる。……差出人不明（？）の招待状。カードに刻まれた〝謎〟を解くと次の目的地が開示され、それらを順に辿っていく。そして〝謎〟の答えであるアルファベットを五つ集めると、最終的な〝ゴール〟が判明する——という仕様らしい。

俺がそこまで思考を整理し終えた辺りで、水上はなおも言葉を続ける。

「人の鞄に招待状を忍び込ませておくなんて、仕掛け人さんはちょっと手癖の悪い方なのかもしれません。ですが、私の【ミッション】内容を考えればこれも何かの縁……！　篠原先輩、私と一緒に攻略していただけないでしょうかっ!?」

強引な理屈で話を大きく展開させたかと思えば、一転して不安そうな瞳でこちらを見つめてくる水上。そんな彼女の様子を見て、俺は密《ひそ》かに確信を抱く。

（……なるほど。要は、それが伏せ字の部分で指定されてる条件ってわけか……）

そう――おそらく〝自分自身が仕掛け人になること〟だの〝謎解きツアーはあなた自身が準備すること〟だの、その手の縛りが伏せ字で隠されていたのだろう。演技に関してはバレバレにも程があるが、とはいえこんなツアーを一から作ったのだとすればとんでもない労力だ。そして、普通に楽しそうでもある。これほど凝ったサプライズを用意してくれたのだから、たまには騙《だま》される側に回るのも悪くない。

と、いうわけで。

「ああ。それじゃあ……【ミッション】スタートだ、水上《みなかみ》」

＃

水上とのデート――もとい謎解きツアーの滑り出しは、何というか絶好調だった。

「先輩！　このマーク、よく見たら少し歪《いびつ》な形をしていませんか!?」

「ん……ああ、なるほど。これがこっちの絵と対応してるのか。だとしたら、カード全体を回転させれば角度が合うから……」

「わ、わ……す、凄《すご》いですっ！」

新しいメッセージカードを見つける度に真剣な顔で〝謎〟を解き進める俺と、その隣で過ぎるくらい純粋な尊敬の眼差《まなざ》しをこちらへ向けてくる水上。彼女自身が仕掛け人なのだから当然答えも全て知っているはずだが、基本的には〝俺に解いて欲しい〟という気持ちが強いようで、余計な口出しはせずにワクワクと俺の謎解きを見守ってくれたり、詰まりかけているとさりげなくヒントをくれたりする。

そして俺が正解に辿《たど》り着くや否《いな》やぱぁっと顔を明るくして、

「さすがです、篠原《しのはら》先輩！　私が何時間も考えて作った問題をこんなにあっさり解いてしまうなんて……！　凄いです、尊敬ですっ！」

「まあ、これくらいはな。……って、何時間も考えて作った？」

「はっ!? ち、違います先輩。今のは、その……た、ただの言い間違いなので！」

俺の指摘に対し、再び赤くなった顔をコートの襟に埋《うず》めてぶんぶんと首を振る水上。既にバレバレなような気もするが、一応〝仕掛け人が別にいる〟体は守りたいらしい。

「そっか。ま、言い間違いなら仕方ないよな」

微《かす》かに口元を緩めながら端末を取り出し、俺はこのツアーのために準備された専用アプリに――さらっと言っているがやはりとんでもない凝りようだ――答えとなる【A】を入力する。ちなみに、解き終えた〝謎〟はこれで三つ目だ。移動式の屋台やら自動販売機の取り出し口やら様々な場所に隠されていたメッセージカードを発見し、謎解きを経て手に入れたアルファベットは現在【R】【T】【A】の三種類となっている。柚姉《ゆずねえ》が〝超難易度〟と称していたためかなり警戒していたのだが、今のところは順風満帆だ。

そんなわけで、俺の端末には早くも〝次の目的地〟が表示されている。

「ええと……」

隣から俺の手元を覗《のぞ》き込《こ》み、右手で上品に髪を掻《か》き上《あ》げる水上《みなかみ》。そんな仕草に俺がドキドキしていることなんか気付く様子もなく、彼女は嬉《うれ》しそうに口を開く。

「次のメッセージカードがあるのは〝有扇堂《ゆうせんどう》〟ですね。すぐ近くにある本屋さんです！」

「へえ？　学園島《アカデミー》にもあるんだな、本屋。電子書籍ばっかりなのかと思ってたけど」

「そうですね、本土に比べれば少ないとは思います。ただ、紙の本には紙の本の魅力があるんですよ？　少なくとも、電子書籍では私のコレクション欲が満たせません」

「あー……確かに、それは何となく分かる気がする」

例えばゲームにも〝パッケージ版〟と〝ダウンロード版〟が存在するが、俺は断然パッケージ派だ。ソフトを入れ替える手間を考えればダウンロード版の方が圧倒的に利点は多いものの、自室の棚にずらりとゲームソフトが並んでいる様はなかなか趣がある。

が、まあそれはともかく——その後も何ということのない雑談を交わしながら、俺と水上は揃《そろ》って当の本屋に足を踏み入れた。ツアーの目的地としてはここで四つ目だ。五つのアルファベットを集めれば最終的なゴールが判明する、とのことだから、この【ミッション】も既に後半戦へと突入していることになる。

（時間は十二時を回ったくらい……で、次の約束は羽衣《はごろも》の午後三時。このペースなら、そ

れなりに余裕を持ってクリアできそうだな）

そうやって、俺が微《かす》かな油断を自覚した――瞬間、だった。

「――あ、れ？」

俺よりも少しだけ前を歩いていた水上が不意にぱたりと足を止める。

疑問に思って彼女の視線を辿《たど》ってみれば、そこでは本棚の一角を借りるような形でとある漫画の電子公告が投影展開されていた。最新刊の告知をダイナミックに流しているそれを見つめながら、水上はまさに呆然《ぼうぜん》自失といった状態で固まってしまっている。

「え？　あれ、えっと、何で……」

「……どうしたんだ、水上？」

「あ、いえ……その」

動揺を隠し切れずに口籠る水上。彼女はしばらく狼狽《うろた》えていたが、やがてこちらへ視線を向けると絞り出すように掠《かす》れた声を零《こぼ》す。

「ないんです、メッセージカードが。電子広告のすぐ隣という指定があるので、きっとこの棚に置かれているはずなんですが……」

「ん……でも、投影型の電子広告なんて店の中にいくつもあるだろ？　もしかしたらここじゃなくて別の棚に隠されてるのかもしれない」

「そ、そんなはずはありません。だって私、店長さんにお願いして確かにこの場所に置かせてもらって――じゃなくて！　その、だって、座標は間違いなくここに……」

微《かす》かに声を震わせながらも水上《みなかみ》はきょろきょろと視線を巡らせる。ついさっきまでの楽しげな表情から一転、その顔色はまさしく蒼白《そうはく》だ。……が、まあ彼女の立場になってみれば無理もないことだろう。何せ水上は、この謎解きツアーの仕掛け人だ。全てのメッセージカードを設置しているのは彼女なわけで、それがなくなってしまっているのだから焦《あせ》るなという方が難しい。このツアーの仕様では、メッセージカードが見つからなければ次の目的地もキーワードも分からないんだ。一瞬にして破綻してしまう。

下唇を「っ……」と噛《か》みながら、水上は感情のままに言葉を絞り出す。

「せ、先輩、あの、私、ごめんなさ――」

「――いや」

そんな謝罪を切り捨てるべく、俺は小さく首を横に振った。そうしてもはや泣きそうなくらい瞳を潤ませている後輩少女に対し、なるべく軽めの口調で続ける。

「仕掛け人でも何でもない水上が謝る必要は微塵《みじん》もないっての。もし四つ目のメッセージカードがここに置かれてたんなら、多分近くの棚に紛《まぎ》れてるだけだろ。探しといてやるから、水上はちょっと顔でも洗ってこいよ」

「え？　い、いえ、大丈夫です。私も探して――」

「いいから。……あのな、せっかくクリスマスに二人で出掛けてるんだぜ？　こんな時くらい先輩らしく格好付《かっこう》けさせてくれたって、別にバチは当たらないと思うけどな」

あえて気取った言い方をした俺に対し、水上は微かに口を開いて「ぁ……」と零《こぼ》してみせた。そうして彼女は、鞄《かばん》を持った両手を身体《からだ》の前で揃《そろ》えて丁寧に頭を下げる。

「ありがとうございます、篠原《しのはら》先輩。その、なるべく早く戻ってきますので……！」

くるりと俺に背を向けて足早に去っていく水上。

「ふぅ……」

そんな後ろ姿をしばし見送ってから、俺は小さく息を吐き出しつつ右手をそっとイヤホンへと触れさせることにした。トントンっとお決まりの呼び出し《コール》を二回。ほんの一瞬だけ軽いノイズが走った後、聞き慣れた椎名《しいな》の声が明るく俺の耳朶《じだ》を打つ。

『——お待たせ、お兄ちゃん！　メッセージカードが、ど、どこにあるか分かったよ！』

（は……？　いや待て、まだ何も言ってないんだけど……？）

『えっへん！　お兄ちゃんが困ってたらやだな～って思って、最初から監視カメラのデータをごにょごにょしてぶわーってしてたの！　わたしの【魔眼】があれば本当は過去も未来もぜーんぶ視《み》えるんだけど、人間界《こっち》で使うとちょっとだけ疲れちゃうから……』

（そうだったのか……いや、どっちにしてもファインプレーだ。ありがとな、椎名）

『ほんと!?　やったー!!』

イヤホンの向こうで心の底から嬉《うれ》しそうな声を零す椎名。そうして彼女は、ごにょごにょょしてぶわーっとした（＝無理やりハッキングした）監視カメラの映像を見つつ一生懸命に言葉を継ぐ。

『えっと……あ、誰かが間違えて持っていっちゃったみたいだよ？　女の子で、白い帽子を被《かぶ》ってて、ど、どこかで見たこと——って、お兄ちゃん！　右、右向いて！』

（？　右って……うおっ⁉）

「！」

椎名《しいな》に言われるがまま身体《からだ》を横へと向けた瞬間、俺の視界に一人の少女が飛び込んできた。もちろん、いつの間にか戻ってきていた水上摩理《みなかみまり》……なんてオチじゃない。白を基調にした清楚《せいそ》な雰囲気の制服に厚手のコートを合わせた冬スタイル。青のショートヘアにちょこんと被せられた白い帽子。俺を驚かせようとでもしていたのか、ドキッとしてしまうくらい近くまで端整な顔を寄せてきている。

十四番区聖《せい》ロザリア女学院所属——《凪《なぎ》の蒼炎《そうえん》》の二つ名を持つ6ツ星少女・皆実雫。

「む……気付かれた。わたしとしたことが、不覚……残念、無念……」

「いや、不覚ってお前……」

いつもながら眠たげな彼女は、俺の動きに合わせてゆっくり身体を引くと、大して残念でもなさそうな様子でふるふると首を横に振った。それで早くも気を取り直したのか、微《かす》かに視線を持ち上げた彼女は淡々とした口調で言葉を継ぐ。

「ストーカーさんと、こんなところで会うなんて思わなかった……今日も、いつもみたいにストーキング中？　わたしの後を、追い掛けて……？」

「絶対に違う。何が悲しくてクリスマスにそんなことしなきゃいけないんだよ」

「む。そこまで言われると、ちょっとムカつく……というか、ここは本屋さん。わたしは見ての通り文学少女だからたまに来る、けど……ストーカーさんには、似合わない。つまり、圧倒的犯罪の予感……そうじゃないなら、何してたの？」

「あー、えっと……何ていうか」

引き下がる気配を一切見せない皆実《みなみ》にじぃっと見つめられ、俺は——水上がまだ戻ってこないのを確認してから——ざっくりと事情を説明してやることにした。俺と水上の二人で謎解きツアーのようなものに参加していること。それは《LOC》というクリスマス限定の疑似《決闘《ゲーム》》に端を発するものであること。そして四つ目のメッセージカードが見当たらないため、当の【ミッション】が座礁しかけてしまっていること。

「ふぅん……？　える、おー、しー……そういえば、そんな《決闘《ゲーム》》もあった気がする」

対する皆実の方は、青のショートヘアを揺らしながら囁《ささや》くような声でそんな反応を零《こぼ》してみせた。今まであまり意識してこなかった、といった感じの口振りだ。去年までは〝目立たないように潜伏〟していた少女だとはいえ、意外と言えば意外だろう。

「お前のことだから、今年は梓沢《あずさわ》あたりを〝ターゲット〟にしてるのかと思ってたけど」

「その発想は、素人……翼《つばさ》ちゃんなら、そんなことしなくても落とせる。……違う？」

「……まあ」

なかなかに失礼な発言だが、言わんとしていることは理解できないこともない。

「ん……でも、だとしたら水上《みなかみ》ちゃんに悪いことをした。反省……罰金、百万円」

「？　……どういう意味だよ、それ？」

「もちろん、こういう意味……」

俺の問いに端的な言葉を返してから、皆実《みなみ》は不意にコートのポケットへ右手を突っ込んだ。そして、数瞬後に再び俺の視界へ映り込んだ彼女の手には、この一時間ほどですっかり見慣れた濃い緑色のメッセージカードが握られている。

「え……お前、何でそれ」

「さっき、そこで拾った……面白そうな問題《クイズ》が書いてあったから、つい。ちなみに、答えはアルファベットの【T】……ふぁいなる、あんさー」

「……マジかよ、もう解き終わってたのか」

「ふ……ストーカーさんと違って、頭の回転は早い方。これを解くと、次の目的地が分かるってこと……？　それは、楽しみ……わくわくどきどき」

「いや、えっと……しっかり謎解きまでしてくれたとこ悪いけど、分かるのはお前のじゃなくて俺の目的地だよ。もし興味があるなら今度水上と一緒に回ってみてくれ」

「……ストーカーさんは、意地悪」

　何やら物言いたげに青の瞳を向けてくる皆実だったが、事情は分かってくれたのか変に粘るつもりはないようだった。無言でずいっと右手を伸ばすと、四つ目の〝謎〟が刻まれたメッセージカードを俺の胸へと押し付けてくる。

「それじゃあ、わたしは追い掛け回されないように家で大人しくしてる……ストーカーさんは、束《つか》の間《ま》の幸せを楽しんでいればいい」

「はいはい、そうさせてもらうよ。あー……またな、皆実」

「ん。……また後で」

　短くそう言って、皆実はくるりと俺に背中を向けた。ふらふらと色々な棚に目移りしつつ蛇行運転で離れていく白い帽子——代わりに、俺の手元に残ったのは濃い緑色のメッセージカードだ。皆実の残した答えが正しいかどうかは一応吟味しなければならないが、とにもかくにもこれでツアーが続行できることは間違いない。

　ただ……同時に一抹の不安も脳裏を過《よ》ぎる。

（危なかったよな、今の……？　拾ったのが皆実だったから良かったけど、無関係の客に持ってかれてた可能性だって全然ある。意図的じゃなくても、例えば何かの拍子に棚から落ちて本の隙間に入ったりとか……そうなったら、見つけるのはほぼ不可能だ）

　静かに思考を巡らせながらぞくっとした悪寒に襲われる俺。

そもそも、だ。この〝謎解きツアー〟は水上摩理《みなかみまり》ただ一人によって企画、運営されているものであり、通常のリアル脱出ゲームのように大勢のスタッフが万難を排してくれているわけじゃない。そう考えれば、むしろここまで何事もなく進んでいるのが幸運だったと言ってもいいくらいだろう。移動式の屋台だの自動販売機の取り出し口だの、今まで辿《たど》ってきた〝目的地〟だってメッセージカードがどこかへ消えていてもおかしくない場所だった。そして一度でもカードを見失った時点で、このツアーは即座に終了する。

「…………」

柚姉《ゆずねえ》の言っていた〝超難易度〟という言葉の意味を改めて噛《か》み締《し》めながら黙り込む。

が——とはいえ、残るメッセージカードは一つだけだ。先ほどの大ピンチを無事に切り抜けることが出来たのだから、これ以上の波乱なんかもう起こらないだろう。

そんな希望を胸に抱いた、その刹那。

（……え？）

ポケットの中で端末が勢いよく振動した。何となく嫌な予感を覚えつつ薄型のそいつを取り出してみれば、目の前に投影された画面には意外な名前が表示されている。

水上真由《まゆ》——。

それは、妹である水上摩理を溺愛する、英明学園の隠れた天才からの着信だった。

＃

『──ズルい、本当にズルい。何で貴方《あなた》が摩理とデートしてるの？　ちょっと学園島《アカデミー》最強になったからって生意気すぎ。摩理に似合う男なんかこの世に一人も存在しないから。ねえ分かる？　そこにいていいのは私だけなんだよ。私は摩理のお姉ちゃんだから、摩理を守ってあげなきゃいけないから隣にいていいの。でも貴方はダメ。摩理の心を奪いすぎだからダメ。クリスマスに二人っきりなんてお姉ちゃんは絶対に認めないから──』

「……あ、あー……」

水上姉から掛かってきた電話の内容は、その大部分が嫉妬と怨嗟《えんさ》で構成されていた。

彼女は、英明《えいめい》学園の中でも指折りの有名人だ。怠惰な性格から学区対抗の大型イベントにはほとんど出場したことがなく、個人単位の《決闘《ゲーム》》についても申請されたものを最低限受けるだけ。そのため本来なら星が増える要素などどこにもないのだが、進級のタイミングで必ず〝彼女を今の等級に留《とど》めておくのはもったいない〟という論議が上がり、それだけで5ツ星まで成り上がったという正真正銘の異端者である。

ちなみに彼女は、基本的に人と接することを嫌っている──というより面倒臭がっているため、今も端末越しに聞こえてくるのは生音ではなく合成音声だ。ＰＣに打ち込んだ文字を音声に変換するソフトで無理やり会話を成り立たせているらしい。

『貴方は、もう……本当に天敵かもしれない（；ﾟДﾟ）』

絵文字を流暢《りゅうちょう》に発音するという特技（？）を披露しつつ、ぷんすかと怒る水上《みなかみ》姉。

そう——そんな風にいくつもの逸話を有する彼女だが、その伝説を語る上で絶対に外せない特徴というのが、見ての通り極端なまでのシ、ス、コ、ンということだった。これまで行われた大規模《決闘《ゲーム》》においても、妹が危険に晒《さら》されるような場面があれば必ず英明《えいめい》に力を貸してくれている。故に、曲がりなりにも〝クリスマスに妹と二人でデートしている〟俺に対して殺意を抱くのはもはや当然の流れと言えるだろう。

とはいえ、誤解くらいは解いておく必要がある。

「だから違うんだって。デートかデートじゃないかって言われると難しいところなんだけど、何ていうか……《LOC》の【ミッション】絡みだって言えば通じるか？」

『通じるどころか、それくらいは何日も前から知ってる。何故《なぜ》なら、摩理《まり》のことは全部知ってるから(`・ε・)`』

「……いや、全く理由になってないんだけど」

『貴方《あなた》に理解してもらう気がないだけ。……《LOC》の【ミッション】が発生してるんだから、それはつまり、摩理が貴方を誘ったということ。悔しいけどそれは事実……だから、今のところ貴方を呪い殺す気はない。摩理に感謝して(;・`д・´)』

「あまりにも物騒すぎる……」

合成音声にも関わらずはっきりと怨念が感じ取れる水上姉の発言に、俺はひくっと頬《ほお》を引き攣《つ》らせる。ただまあ、一安心といえば一安心だ。重度のシスコンとは言っても、妹の行動を縛り付けようというタイプではないらしい。

「……えっと」

ようやく平静を取り戻した俺は、そこで数分越しの疑問をぶつけてみることにする。

「それで？　呪い殺したいんじゃないなら何なんだよ、突然。今すぐ【ミッション】を切り上げて一人で帰れ、とでも言いたいのか？」

『そんなわけがない。摩理が望んだデートなんだから、ちゃんと成功して欲しいに決まってる。私はそれを歯軋《はぎし》りしながら見てるだけ（――――）!!』

「？　じゃあ、なおさら何で――」

『貴方に協力して欲しいことがある』

「――……は？」

前後の文脈をまるで無視して投げられた唐突な依頼、あるいは懇願のような囁《ささや》きに、俺は思わず呆《ほう》けたような声を零《こぼ》した。……協力？　一体何の話だ、それは？

そんな俺の混乱を見透かしているかのように、合成音声は滑らかに説明を続ける。

『貴方が摩理の用意した謎解きツアーに挑んでることは分かってる。途中までは順調に進んでたことも、四つ目のメッセージカードが誰かに持っていかれそうになって、もう少しでツアーが破綻しそうだったことも』

「何でだよ、とは訊《き》かないでおくけど……それで？」

『メッセージカードは全部で五つだから、もう少しでツアーは終わり。摩理《まり》の苦労も報われる。私としては複雑だけど、摩理と貴方《あなた》は無事に《LOC》の【ミッション】をクリアすることが出来る。……でもこのままだと、そうならない可能性の方が高い。否《いな》——貴方たちは最後の〝謎〟に辿《たど》り着けない。絶対に』

「ッ……そこまで言うからには、何か根拠があるんだろうな？」

『ん。だって……工事中なんだよ、摩理が五つ目のカードを隠した空き地。昨日までは入れる場所もあったんだけど、今日は全面キープアウト。7ツ星の権限を使えば無理やり立ち入るくらいは出来るかもしれないけど……でも、もう本格的に重機も入ってるみたいだから。メッセージカードが残ってるかどうかは分からない(>_<)』

「……冗談だろ、おい」

水上《みなかみ》姉からもたらされた絶望的な宣告に掠《かす》れた声を零《こぼ》す俺。

何というか……ついに恐れていたことが起こってしまった、というのが正直な感想だった。この謎解きツアーは——おそらく【ミッション】内部の伏せ字による指定で——全ての目的地が〝メッセージカードを見失ってもおかしくない場所〟に設定されている。最初から最後まで一つ残らず、だ。四つ目の〝謎〟は運よく回収できたものの、水上姉の情報が正しいなら、最後の〝謎〟は既に潰《つい》えてしまっている可能性が高いだろう。

『貴方は……ここから、どうするのが正解だと思う？』

端末越しに聞こえてくる声は、水上姉が打ったものとは思えないほど弱々しい。

『私は、摩理と貴方がデートをしているのは物凄《ものすご》く嫌だけど……死ぬほど嫌だけど、それでも摩理が悲しむよりはずっとマシだと思ってる。だから、摩理がこれ以上泣かないように貴方も協力して欲しい。もちろん、私も出来る限りのことはする(´ε｀)』

「ん……なるほど、な」

そこまで聞いた辺りで、俺は考えをまとめるべく右手をそっと口元へ遣《や》る。

水上が仕掛け人となっている謎解きツアー――五つの目的地を巡る旅は既にゴール間近だが、最後のメッセージカードがほぼ入手不可能になってしまった。もちろん、水上自身はまだそのことを知らないだろう。このまま移動すれば先ほどの比ではないくらいの絶望が彼女を襲うことは間違いないし、当然ながら【ミッション】はそこで失敗となる。

（仕掛け人なんだから、水上はメッセージカードの内容を知ってるはず。だから、一番簡単なのはあいつに〝謎〟の答えを教えてもらうことだ。そうすれば五つ目のキーワードが手に入って、最後の目的地に向かうことが出来る……けど、それが許されるなら〝超難易度〟でも何でもない。仕掛け人から答えを聞くのはルール違反……ってことか）

『……やっぱり、難しいよね(＋＿＋)』

俺が全力で思考を巡らせる傍《かたわ》ら、端末からはなおも水上姉の声が流れ込んでくる。どうやら、彼女は彼女で現状を打開する術《すべ》を考えてくれているらしい。

『手に入らなくなったメッセージカードをどうにかして復元できればいいんだけど……』

「……復元？」

と、そこで水上《みなかみ》姉が発した言葉に、俺はピタリと思考を止めた。

最後の〝謎〟が刻まれたメッセージカードの復元。……いや、もちろん仕掛け人である水上ならともかく、何も知らない俺がカードを復活させるなんて不可能だ。それは《LOC》の基本ルールにあたる〝クリスマスの奇跡〟を用いたとしても変わらない。クリスマスの奇跡とは、端末の拡張現実《AR》機能によって何でも好きなモノを一つだけ生成できる権利のこと——ただし、出現させたいものが何なのか分からないのでは意味がない。

……けれど。

この謎解きツアーの性質上、ヒントが全くないというわけじゃない。

「ん……」

そうして俺が自身の端末からアクセスしたのは、このツアーの専用アプリだ。メイン画面にはこれまでに集めたアルファベットを閲覧できるメニューがあり、最終的にそれらを並べ替えることでゴールが判明する仕様となる。先ほど皆実《みなみ》に教えてもらった答えは既に打ち込んでいるため（ちなみにちゃんと正解だった）、現在画面上に並んでいるアルファベットは四つ——【R】と【T】と【A】と【T】だ。

（こいつにアルファベット一文字を足して上手《うま》いこと並べ替えれば、それが最後の目的地を表す単語になる……なら、その文字さえ分かればメッセージカードを復元するのは簡単だ。水上が用意した〝謎〟の内容が分からなくても、同じアルファベットが答えになるような問題を作っちまえばいいんだから）

そんなことを考えながら小さく一つ頷《うなず》く俺。……実を言えば、最後の〝謎〟の答えとなるであろうアルファベットには既に見当が付いていた。一文字足りないアナグラム。待ち合わせ場所からここまでのルートを踏まえても、おそらく間違っていないはずだ。

と、いうわけで。

「それじゃあ――今だけ知恵を貸してくれよ、水上の姉貴」

俺は、謎解きツアーの成功に向けて、突貫工事で〝仕込み〟を始めることにした。

＃

「――すみません！　お待たせしました、篠原《しのはら》先輩っ！」

水上が戻ってきたのは、彼女の姉との通話が終わって間もなくのタイミングだった。

青褪《あおざ》め切っていた表情はどうにか元に戻り、少なくとも見た目上は普段通りになった真《ま》面目《じめ》で健気《けなげ》な後輩少女。彼女は流麗な黒髪を揺らしながら丁寧に頭を下げると、気合いを示すように胸元でぎゅっと両手を握ってみせる。

「さっきはほんの少しだけ取り乱してしまいましたが、いつまでも凹《へこ》んでなんかいられません。きっと近くにあると思うので、もう一度ちゃんと探して——」

「ん？　……ああ、いや」

そんな彼女の台詞《せりふ》を遮るように、俺は短くそう言ってからポケットに手を突っ込むことにした。もちろん、そこから取り出してみせたのは濃い緑のメッセージカードだ。正真正銘四つ目の〃謎〃を目の当《ま》たりにして、水上《みなかみ》は大きな目をさらに丸くする。

「！　え、これ、いつの間に……もしかして、篠原《しのはら》先輩が見つけてくれたんですか⁉」

「残念ながら俺じゃなくて、他の客がたまたま拾ってくれてたんだ。まあ、もう少しで持っていかれそうなところではあったけど……とにかく、これで続けられるな」

「ぁ……はい、そうですね先輩！　本当に、本当にありがとうございますっ！」

俺から受け取ったメッセージカードを大切そうに胸に抱いて、一点の曇りもない真っ直《ます》ぐな感謝をこちらへ向けてくる水上。凛《りん》とした立ち振る舞いとすぐに折れてしまいそうな儚《はかな》さが同居するその様は何とも守ってあげたくなるというか、端的に言えばやたらと可愛《かわい》らしく思えてしまう。それも、普段よりずっと強烈に。

——が、まあそんな感慨はどうにか胸の内に留《とど》めておいて。

「あー……それで、水上。悪いけどお前を待ってる間に〃謎〃の方も解いちまった。こいつの答えは【T】——で、次の目的地はここから駅方面に向かったところだ」

「わ、凄《すご》いです篠原先輩っ！　こんなに早く解けてしまうなんて……えと、それじゃあこれでアルファベットも四つ目ですね。【R】と【T】と【A】と【T】……む、難しいです！　一体どんな場所が浮かび上がってくるんでしょうか……？」

「どうだろうな。予想が付かないわけじゃないけど……ま、最後まで楽しもうぜ」

精一杯の演技をする水上（とても可愛い）に口元を緩ませつつ、小さく肩を竦《すく》めて歩き出す俺。有扇堂《ゆうせんどう》から次の目的地までは大した距離があるわけじゃない……が、その場所が近付いてくるに従って、隣を歩く水上の表情が不安そうに曇っていくのが分かる。

「あ、あの……篠原先輩？　本当に、この道で合っていますか……？」

遠慮がちに投げ掛けられる疑問の声。

まあ、それもそのはずだろう——何せ俺たちが歩いている道は、端末上に示された既定のルートから少しだけ外れている。もちろんそれは、俺が方向音痴だからどうこうという話じゃない。水上姉の言う通り、マップ上の〝目的地〟は残念ながら工事中なのだ。

だから俺は、惚《とぼ》けるように首を傾《かし》げながら隣の水上に答えを返す。

「え？　そりゃまあ、普通に合ってると思うぞ。マップの座標的に、五つ目のメッセージカードがあるのはこの公園の中だろ？」

「そ、そんなことはないと思います！　だって、ルートが全然——」

「いやいや、謎解きツアーの仕掛け人だってそれくらいのミスはするって。多分、この辺に最後のメッセージカードが……ほら、あった」

「――え、えええっ!?」

驚愕《きょうがく》に染まった水上《みなかみ》の声が辺りに木霊する。……そう。俺が指差してみせたのは、公園のベンチにそっと置かれた一枚のメッセージカードだった。見た目も装飾も全てこれまで通り。濃い緑色の背景の上には、見慣れたフォントでこんな〝謎〟が刻まれている。

【M↓T↓W↓T↓F↓□↓□】

【□に入るアルファベット一文字を答えよ】

……最後のアルファベットを与える五つ目の謎。

それを見た水上は、まるで意味が分からないという表情でぽかんと口を開いている。

「え、これ、何で……ど、どうしてここにメッセージカードが？」

「どうしてって、何言ってるんだよ水上。今までと同じ流れだろ？　指定された目的地にメッセージカードが置いてあって、そこにはアルファベット一文字を答えとする〝謎〟が刻まれてる。これさえ解ければ、今回の謎解きツアーは完全クリアだ」

「は、はい。でも、私は確かに向こうの空き地に……それに、謎の中身も変わって……」

呆然《ぼうぜん》とした様子のまま小声で呟《つぶや》く水上。彼女はしばらく混乱していたようだったが、やがて何かに気付いたのか、おそるおそるといった仕草でベンチの上のメッセージカードに右手を伸ばした。そしてその手が何も掴めなかったことで確信を得たのだろう。彼女は真《ま》っ直《す》ぐ俺に身体《からだ》を向けると、切なげな声音で訊《き》いてくる。

「あの、ですね。もし間違っていたら聞かなかったことにして欲しいんですが……篠原《しのはら》先輩。もしかして、篠原先輩は最初から全部知っていたんですか？　私が謎解きツアーの仕掛け人だったことも、このツアーがいつ破綻してもおかしくないくらい不安定だったことも。その上で、クリスマスの奇跡を使って密《ひそ》かに私のサポートを……？」

「……いや」

水上の視線に尊敬やら憧憬がこれでもかと詰め込まれているのを汲み取りつつ、それでも俺は静かに首を横に振った。そうして、微《かす》かに口角を持ち上げながら一言。

「お前が何の話をしてるのかも分からねえよ。俺はただ、どっかの誰かが用意してくれた粋なゲームを後輩と楽しんでただけだ」

「そう、ですか……ふふっ、分かりました。やっぱり、篠原先輩は嘘《うそ》つきです」

ふわりと普段とは違う柔らかな笑顔でそんなことを言ってから、水上は小さく首を振ってみせた。数瞬後、一転して明るい表情に戻った彼女は、ワクワクとした雰囲気を隠すこともなくベンチの上のメッセージカードに視線を落とす。

「では、さっそく解いてしまいましょう！　ええと……答えは【S】ですね」

「え？　……もう解けたのか？」

「はい！　これでも私、謎解きは得意分野ですから。前半五つのアルファベットがそれぞれ月曜日《Monday》から金曜日《Friday》までの頭文字に対応しているので、□に入るのは土曜日《Saturday》と日曜日《Sunday》に共通する頭文字の【S】になります。これで、最後の目的地を示すキーワードは【R】【T】【A】【T】【S】……一体どんな単語が完成するんでしょうか、篠原《しのはら》先輩？」

「ん、ああ……そうだな」

　ドキドキと少しばかりの緊張が感じられる表情でそんな問いを投げ掛けてくる水上《みなかみ》に対し、俺はそっと右手を口元へ遣《や》る。……が、当然ながらその仕草は、水上の言動と同じく単なる演技だ。答えから逆算する形で最後のアルファベットを設定したんだから、もちろんゴールはとっくに分かっている。

　後輩少女の真剣な眼差《まなざ》しを真《ま》っ直《す》ぐに見つめ返しながら、俺は静かに口を開いた。

「答えは【START】――〝振り出しに戻る〟。……要するに、今日の待ち合わせ場所かつスタート地点でもある〝駅〟が俺たちのゴール、ってわけだ」

　――そう。

　皆実《みなみ》が四つ目の〝謎〟を解いてくれた時点で、手元には【R】【T】【A】【T】の四文字が揃《そろ》っていた。それだけなら候補はいくつかあるかもしれないが、ツアーの順路が大まかに四番区を一周するルートであったことを加味すれば、完成する文字列は【START】が最も適当だろう。締《ラスト》めとしての納得感もちゃんとある。

　だから、俺と水上姉は大急ぎで答えが【S】となる新たな〝謎〟を作成し。

それを〝クリスマスの奇跡〟によって、つまり拡張現実《AR》機能で実現してみせたのだった。

「わぁ……！」

とにもかくにも、俺の答えを聞いた水上はぱぁっと嬉《うれ》しそうに表情を明るくする。

「おめでとうございます、先輩！　大正解ですっ！」

水上らしい全力投球の称賛。対する俺は、思わず笑みを零《こぼ》してしまう。

「大正解って……いいのかよ、水上。仕掛け人でもないのに正誤判定なんかして」

「え？　あ、う……いえ、いいんです。どちらにしても、最後には明かすつもりだったので……実はですね、篠原先輩。もうご存知《ぞんじ》かとは思いますが、この謎解きツアーは何から何まで私が仕組んだものでした……！　その、騙《だま》してしまってごめんなさい!!」

流麗な黒髪をふわりと揺らして頭を下げる水上。割と序盤からバレバレだったことは本人も自覚しているはずだが、だからと言って形式だけの謝罪というわけじゃなく、きっと心の底から謝っているのだろう。嘘《うそ》が嫌いな彼女のことだから、騙したことで俺が腹を立ててしまっているのではないかと不安で不安で仕方ないのだろう。

だからこそ俺は、はっきりと首を横に振ってその認識を否定する。

「いいよ別に、謝らなくて。こっちはめちゃくちゃ楽しいツアーに参加できたんだから」

「ほ、本当ですか……？　その、気を遣っていただかなくても……」

「だからこんなところで嘘なんかつかないって」

心配そうな上目遣いを向けてくる水上《みなかみ》に対し、俺は苦笑と共にそう返す。……実際、今日の謎解きツアーは文句なしに面白かった。《LOC》の【ミッション】やら柚姉《ゆずねえ》との疑似《決闘《ゲーム》》がなければ、もっと時間を忘れてのめり込んでいたことだろう。

「水上のおかげで今年は最高のクリスマスになりそうだよ。誇張でも何でもなく、な」

「わ、わ……ありがとうございます、篠原《しのはら》先輩。私……とっても幸せですっ！」

俺の返答を受けた水上は、ふにゃりと泣きそうなくらい頬《ほお》を緩めたとびっきりの笑顔を浮かべると、一言一言噛《か》み締《し》めるようにそんな言葉を口にする。

と、まあそんなわけで——。

様々な紆余曲折《うよきょくせつ》を乗り越えて、俺は水上摩理《まり》との〝約束〟を無事に果たしたのだった。

【水上摩理——《LOC》ミッションクリア】

【内容：対象《ターゲット》と一緒に謎解きツアーを実行し、これをクリアすること。ただし謎解きツアーの管理者はあなた自身であり、対象《ターゲット》に答えを教えてはならない。また、各メッセージカードを仕掛ける位置は予《あらかじ》め全て指定される】

【理想の関係性：親しい先輩後輩、です！】

＃

相も変わらず十二月二十五日、時刻は午後一時を少し回った頃。

「ん……」

学園前駅の改札付近で水上と別れた俺は、トンっと手近な壁に背を預けるような格好《かっこう》で端末の画面を覗《のぞ》き込《こ》んでいた。水上姉から届く怒涛《どとう》の怨嗟《えんさ》と多少の感謝……は置いておくとして、視界に映っているのは次なる【ミッション】の内容だ。

【受諾者：羽衣紫音《はごろもしおん》】

【内容：夕暮れの教室内で対象《ターゲット》と腕を組むこと。ただし●●】

【実行場所：任意】【指定時間：午後三時】【必須条件：なし】

（……ったく、何回見てもめちゃくちゃな【ミッション】だよな、これ）

端末と睨《にら》めっこしながら小さく溜《た》め息《いき》を零《こぼ》す俺。

いや……単純に【ミッション】の難易度ということであれば、先ほど達成した水上のそれの方がよっぽど難しいだろう。伏せられている条件次第ではあるが、こちらは下手したら一瞬で達成できる内容だ。ただし、厄介なのは【ミッション】の受諾者が他でもない羽衣紫音だという点だろう。一か月前の《習熟戦《リフレイン》》の時ならいざ知らず、彼女はそもそも学園島《アカデミー》にいてはならない存在。内容以前に、まず〝会う〟ことが叶《かな》わない。

（ただ、羽衣の【ミッション】がヤバいのは事前に想定できてたから、この一週間でそれなりに仕込みは済ませてある。時間的にも余裕はあるし、むしろ他の【ミッション】の準備をしておきたいところだけど…………って、ん？）

俺がそこまで思考を巡らせた瞬間、不意に手に持っていた端末が小さく振動した。何かと思って画面を見れば、表示されているのは島内SNS《STOC》の通知だ。アカウント名は〝匿名希望〟。書き込まれたメッセージはたったの一言――『午後二時に私の、い、家まで、来て』。

（……えっと）

それを見て小さく眉を顰《ひそ》める俺。……何だこれは？　7ツ星という知名度故に俺のアカウントへ何かしらのメッセージを送ってくる連中は少なくないが、その手の通知は加賀谷《かがや》さんに頼んで全てオフにしてもらっている。つまりこの〝匿名希望〟なる相手は、どうにかい、い、い、い、い、いかしてその設定を破ってきているというわけだ。単なる悪戯《いたずら》とは考えづらい。

と――そこへ、

『お兄ちゃん、お兄ちゃんっ！』

専用回線を通じて、サポート役の椎名《しいな》が不意に慌てたような声を届けてきた。イヤホンを軽く叩《たた》いて反応すると、彼女はそのまま興奮気味の口調で続ける。

『《LOC》の画面見て！　ちょっと、大変なことになっちゃったかも……！』

「っ……」

その言葉で何となく事態を察しながらも、俺は手早く端末画面を切り替える。するとそこには、既にクリアした水上《みなかみ》のそれも含めて合計五つの【ミッション】が――否《いな》、そんなことはなかった。画面に映し出された【ミッション】はどう見ても六つだ。今朝の段階では絶対に存在しなかったはずの【ミッション】が新たに追加されている。

【内容：対象《ターゲット》を自宅に招き入れ、お互いに普段の呼び名以外で呼び合うこと】
【受諾者：●●】
【実行場所：●●】【指定時間：午後二時】【必須条件：●●】

「……」


伏せ字が多いだけならともかく、肝心の〝受諾者〟が分からない謎の【ミッション】。

それを見た俺は、下唇を噛《か》みつつ柚姉《ゲームマスター》に連絡を飛ばしてみることにする。

『はいはい、どしたの緋呂斗《ひろと》？　イチャイチャ報告なら別に要らないよ？』

「そんな報告はしねえよ。……実は、ちょっと訊《き》きたいことがあるんだけどさ。ついさっき《LOC》のアプリに【ミッション】が一つ追加されたんだ。で、その場合……もしかして、この【ミッション】の達成も柚姉との《決闘》内容に含まれるのか？」

『ん？　ま、それはそうだよね』

軽やかな声音で鬼のような裁定を下してくる柚姉《ゆずねえ》。

『だって、緋呂斗の勝利条件は〝緋呂斗をターゲットとする【ミッション】を一つ残らずクリアすること〟でしょ？　五つだけなんて制限した覚えはないよ、私。だからまあ、言うなればシークレットキャラみたいな感じかな？』

「シークレット、って……」

相変わらず楽しげな様子の柚姉《ゆずねえ》に対し、俺は密かに頬《ほお》を引《ひ》き攣《つ》らせる。が……まあ確かに、ルール上はその通りだ。事前準備も何もなしでクリスマス当日に《ＬＯＣ》の【ミッション】を受けるやつがいるなんて想像もしていなかっただけで、柚姉が何かしらの違反をしたというわけじゃない。であれば当然、異論なんか挟むべくもないだろう。

けれど、それでも。

（肝心の【ミッション】受諾者が伏せられてて、場所もどこなのか分からない……唯一のヒントは匿名のメッセージだけ。くそ、こんなの本当にクリアできるのかよ……！）

ただでさえ足りない時間を食い潰すかのように割り込んできた受諾者不明の【ミッション】に、俺は思いきり頭を抱えることと相成った。

【十二月二十五日　午後一時十七分】
【残りミッション――４つ→５つ】

♭♭
「――あ、もしもし紫音《しおん》？　ちょっといいかしら」
『？　もちろん、莉奈《りな》とのお話ならいつでも大歓迎ですが……それにしても、やけに改まった口調ですね。もしかして恋人でも出来たのでしょうか？』

「ばっ……ち、違うわよ！　あんたの〝替え玉〟だっていうのにそんな軽率なこと出来るわけないじゃない。っていうか、あたしが誰と付き合うっていうのよ？」

『ふふっ。それは、莉奈の正体を知っているあの方しかいないような気がしますが……ともかく、です。惚気《のろけ》でないならどうしたのですか？　いくら夜に強いと謳《うた》われたわたしでも、そろそろ眠たい時間に突入してきてしまいますよ？』

「眠たいって、まだ九時前じゃない……ま、ああいいわ。あのね、実は紫音に一つ訊《き》きたいことがあるの。時期としてはちょっと先のことなのだけど、毎年クリスマスの日に四番区でやってるイルミネーションってあるでしょ？　ほら、あのドローンを使ったやつ」

『有名なイベントですね。わたしも以前、クリスマスの日にお屋敷を抜け出してこっそり観に行ったことがあります。もちろん、ちょっとした出来心だったのですが……』

「何言ってるのよ、出来心どころか毎年のように行ってたじゃない。……そこで訊きたいのだけれど、紫音。あのイベントの穴場スポットとか知らないかしら？」

『穴場、ですか？　……なんと、恋人絡みの惚気トークではないと聞いて油断していましたが、やっぱりデートだったのですね。かしこまりました、莉奈。それではごく普通の女子高生ことわたしがお相手を確実に落とせるようなデートプランを――』

「〰〰〰！　も、もう、だから違うって言ってるじゃない!!」

第三章　奔走

＃

十二月二十五日、クリスマス。午後一時半を少しばかり過ぎた頃。

学園前駅の改札を通り抜けた俺は、そのまま一人で電車に揺られていた。

『むむ、ここが魔界ならわたしの使い魔でお兄ちゃんをびゅーんって運んであげられるんだけどな～。でもでも、電車もギュンギュンしててカッコいいから好き！』

イヤホンの向こうの椎名《しいな》は朝から変わらず上機嫌なままだ。せっかくのクリスマスなんだからテンションが高いのは良いことなのだが、とはいえ俺まで浮足立っているわけにはいかない。何しろ、例の飛び入り【ミッション】の内容はこうだ。

【受諾者：●●】
【内容：対象《ターゲット》を自宅に招き入れ、お互いに普段の呼び名以外で呼び合うこと】
【実行場所：●●】【指定時間：午後二時】【必須条件：●●】

……【ミッション】自体の難易度はともかく、指定時間が〝午後二時〟なのだから、つまり今から約三十分後にはこの【ミッション】の〝受諾者〟と対面していなければならないわけだ。伏せ字で隠された部分をどうにか突き止める必要がある。

（『午後二時に私の家まで来て』……ね）

匿名アカウントから送られてきた投稿を眺めつつ、俺は小さく首を横に振る。

普通なら、この文面と【ミッション】の内容だけで〝受諾者〟を突き止めるのは絶対に不可能だ。一応椎名にも調べてもらったが、例の〝匿名希望〟はいわゆる捨てアカウントというやつで、個人を特定できるような情報は何一つ残っていなかった。

（ただ……）

今さらながら投稿者の意図を探ってみる。

『午後二時に私の家まで来て』――さらっと書かれているが、よく考えてみればこれはおかしい。確かに学園島《アカデミー》では自分より等級の低い相手の名前や所属学園といった情報を一通り閲覧できるものの、住所というのはさすがに非公開情報だ。《カンパニー》の力を借りればハッキングでどうにかなってしまうとはいえ、それこそ極秘事項である。

（だとしたら、この飛び入り【ミッション】の受諾者は俺が家を知ってる相手……ってことになる。だって、そうじゃなきゃ〝約束〟として成立しない。で……俺、学園島《こっち》に来てから女子の家に上がったことなんか、たったの一回しかないんだよな）

――そう。

それについては特に記憶を辿《たど》るまでもなく明らかだ。俺がこの島で最も頻繁に接しているのは姫路白雪《ひめじしらゆき》か彩園寺更紗《さいおんじさらさ》のどちらかだが、姫路は専属メイドとして俺の家に住み込んでいる状態だし、俺が抱えている〝嘘《うそ》〟のことを考えれば彩園寺《さいおんじ》の家なんかとても訪問できたものじゃない。

けれど、たった一度だけ。……思い返してみればそれも柚姉《ゆずねえ》が絡んでいた《決闘《ゲーム》》なのだが、五月に行われた《ディアスクリプト》において、俺はとある少女の家に忍び込んだ経験がある。場所は堅牢《けんろう》と名高い十四番区聖《せい》ロザリア女学院の学生寮。部屋の主《あるじ》は、聖ロザリアのトップランカーにして《凪《なぎ》の蒼炎《そうえん》》の二つ名を持つ少女。

（……皆実《みなみ》、雫《しずく》）

心の中でそっと彼女の名前を呟《つぶや》く俺。

実際、皆実が飛び入り【ミッション】の受諾者だと考えれば色々と辻褄《つじつま》が合うのは確かだった。それなりに困難な【ミッション】を課される《ＬＯＣ》は、通常クリスマスの前から準備を進めておくもの……けれど皆実は、ほんの二時間前まで《ＬＯＣ》のことをろくに意識していない様子だった。それなら〝飛び入り〟になったのも頷《うなず》ける。

故に、この電車が向かっている先は十四番区。

あと五分もしないうちに、聖ロザリア女学院の最寄り駅に到着する。

ただし、大きな問題が一つあった――前述の通り、女子校である聖ロザリアは堅牢強固の代名詞だ。正式な入構許可も取っていない男が校門を潜《くぐ》れるとはとても思えない。つまり《決闘《ゲーム》》的に言うのであれば、この【ミッション】の難攻不落ポイントは〝聖ロザリア女子寮への侵入〞ということになるのだろう。外見に関しては〝クリスマスの奇跡〞でちょっとした変装を施すつもりだが、さすがにそれだけでは心許《こころもと》ない。

「ん……」

だから俺は、この電車に乗り込んだ辺りから、と、ある相手と連絡を取り合っていた。

＃

「あ……えと、えと……め、メリークリスマスっ！」

「——へ？」

十四番区の中枢に位置するそれなりに大きな駅。

聖ロザリア女学院の最寄り駅にあたるその場所で俺を待ち構えていた少女は、ぎゅっと両目を瞑《つぶ》りながら陽気な挨拶をかましてきた。

彼女の名前は梓沢翼《あずさわつばさ》。今月の頭にも顔を合わせている、やたらと不憫《ふびん》な……いや、正確には〝元〞不憫な先輩である。ちなみに、制服以外の格好《かっこう》を見るのは今日が初めてだ。暖かそうなオーバーコート。群青色の長髪に純白のマフラーを巻き付けた彼女は、俺の反応が薄かったせいか、慌てたようにわたわたと両手を振り始める。

「うえっ!? あ、あれ、今日ってクリスマスだよね？ ボク、何か間違えた!?」

「ああ、いや……別にそういうわけじゃねえよ。単純に、いきなり声を掛けられて頭が追い付かなかっただけだ」

「そ、そっか。まあ、ボクは見ての通り優秀な先輩だもんね。先輩だから頭の回転はとっても早いし、気の利いた挨拶だって出来ちゃうんだよ！」

「あーはいはい。さすがだな、先輩」

ふふん、と謎のドヤ顔をする梓沢《あずさわ》に対し、そっと肩を竦《すく》める俺。彼女が優秀な先輩なのかどうかは判断が分かれるところだが、まあやたら可愛《かわい》いので何の問題もない。

ともかく、

「えっと……それで？」

俺の目の前に立った梓沢翼《つばさ》は、お手本みたいな仕草でこてんと首を傾《かし》げてみせる。

「ボクに頼みたいことがある、って話だったよね？」

「ああ。急に呼び出して悪いんだけど……ほら、この前〝俺の頼みなら何でも聞く〟みたいなこと言ってただろ？　ちょっと有言実行してもらおうかな、って思ってさ」

「なるほど！　って……」

元気よく頷《うなず》いていた梓沢だったが、突如何かを思い出した様子で動きを止めたかと思えば、微《かす》かに顔を赤らめながら視線をあちらこちらへ遣《や》った。そうしてととっと俺に歩み寄ってくると、少しだけ背伸びしてこんな言葉を耳打ちしてくる。

「あ、あのさ、実は雫《しずく》に色々教えてもらったんだけど……い、今？　ここで？　ボク、先輩なんだけどはじめてで……うぅ、ほんとに大丈夫かなぁ？」

「………一体何を吹き込まれたんだよ、おい」

鼓膜を撫《な》でる吐息交じりの囁《ささや》き声にこちらまで赤くなりそうになりながら、俺はぐいっと梓沢の肩を掴《つか》んで無理やり距離を取ることにした。そうしてこほんと照れ隠しの咳払《せきばら》いを挟みつつ、本題となる〝頼み事〟を口にする。

「梓沢に頼みたいのはちょっとした不正だよ。俺は、今から聖《せい》ロザリアの学生寮に――もっと言うなら皆実《みなみ》の部屋に行かなきゃいけない。でも、聖ロザリアの警備はめちゃくちゃ固いだろ？　とてもじゃないけど俺一人で侵入なんか出来やしない。だから、同じ聖ロザリアに通ってる梓沢にどうにか手伝ってもらいたいんだ」

「え……え、ええっ⁉」

俺が放った露骨な〝不法侵入〟宣言に、梓沢は驚いたように目を丸くした。相変わらず大袈裟《おおげさ》なリアクションだが、これぱっかりは彼女の方が正しいのかもしれない。群青色の長髪をぶんぶんと左右に振った彼女は、むぅっと頬《ほお》を膨らませて続ける。

「そ、そんなのダメに決まってるじゃんかぁ！　聖ロザリアは女子校で、男の子は絶対に入っちゃいけないんだよ？　そりゃあ、裏道が全くないわけじゃないけど……」

「へえ？　やっぱりあるんだな、そういうの」

「う、うん。門限を破っちゃった子がこっそり帰ってくるための道が――って、う、うそうそ！　裏道なんかどこにもないもん！　うぅ……それに、もしそんな道があったとしても、勝手に篠原《しのはら》くんを連れていったらボクが雫《しずく》に怒られちゃうよぅ」

「いや、今回はあいつが俺を呼びつけてるんだよ。怒られる筋合いはどこにもない」

「で、でも……」

「頼むよ、先輩。俺にはアンタしか頼れる人がいないんだ」

「!!」

懇願めいた俺の発言に対し、梓沢《あずさわ》は大きく目を見開いた。次いで、これまで難色を示していたのが嘘《うそ》だったかのように一瞬で機嫌を良くし、照れたように頬《ほお》を掻《か》く。

「ぼ、ボクしか……そ、そっか。えへへ……じゃ、じゃあ仕方ないよね、うん」

「……ああ、うん。仕方ないな」

「分かったよ！　それじゃあ、先輩として——とっても頼れる大先輩として！　ボクが責任を持って、篠原くんを雫の部屋まで連れてってあげる！」

柔らかな胸をぽむっと叩《たた》いて自信満々に告げる梓沢（最高にちょろい）。

そんなわけで……〝クリスマスの奇跡〟を用いて最低限の変装を行った俺は、彼女に手を引かれるような形で聖《せい》ロザリア女学院の構内へと足を踏み入れたのだった。

＃

梓沢の道案内は思った以上にサクサクと進んだ。

おそらく聖ロザリアの生徒にとってはそれなりに馴染みの道なのだろう。かなりの迂回《うかい》路《ろ》だったが特に迷うようなこともなく、五分ちょっとで学生寮の裏へと到着する。そこから壁にしか見えない隠し扉をくるりと回し、俺たちは寮の内部に忍び込んだ。

「こっそり、ね？　こっそり、こっそり……うぅ、緊張してきたよぅ。ぼ、ボクが篠原くんを連れ込んでるように見えちゃったらどうしよぅ……」

「いや……何でもいいけど、もうちょっと静かに進もうぜ」

ちょこんと俺の袖を摘《つま》んでいる梓沢にそんな言葉を返しつつ、右手の人差し指をそっと口の前に立てる俺。……ともあれ、ここまで来れば既に一度は見たことのある場所だ。記憶の片隅にある皆実《みなみ》の部屋を目指して俺と梓沢は密《ひそ》かな行軍を続ける。

そして——午後一時五十八分。

該当の部屋の前に立った俺は、コンコンと軽く扉をノックすることにした。

「————」

返ってきたのは綺麗《きれい》な静寂だ。が、耳を澄ませてみれば、中で微《かす》かな物音がするような気もしなくはない。皆実がいると踏んだ俺はその場での待機を選択する。

それから、実に三十秒ほどが経過した頃だろうか——。

きぃ、と小さな音が鼓膜を撫《な》でると共に、目の前の扉が半分ほど開けられた。

「……何しに来たの、ストーカーさん」

それと同時、淡々とした声で囁《ささや》きながらわずかに姿を見せたのは、青のショートヘアを揺らす皆実雫《みなみしずく》だ。先ほど有扇堂《ゆうせんどう》で会った時とは違い、黒のニット系生地で構成された部屋着らしき格好《かっこう》。あまり主張の激しいものではないのだが、それでも一目見て〝可愛《かわい》い〟と感じてしまうのは、間違いなく素材が抜群に良いからだろう。いつもながら眠たげな瞳をこちらへ向けている彼女は、よく見ると驚くほどに端整な顔立ちをしている。

とにもかくにも、俺は小さく肩を竦《すく》めながら口を開くことにした。

「あんまりな言い草だな。俺、これでもお前に呼び出されてここに来てるんだけど……それも、匿名希望の飛び入り予約なんていう超ロックな誘い方でさ」

「それは、気のせい……『午後二時に私の家まで来て』なんて、わたしは送ってない」

「その投稿を知ってる時点で認めてるようなもんだろうが。……入れてくれよ、皆実。お前の【ミッション】がクリアできないと、俺は結構困ったことになる」

「ん……それは、ストーカーさんがわたしと仲良くなりたいということ？　我慢できなくて、無理やり押し掛けてきた……？」

「まあ、とんでもなく広い意味で捉えればそうなるかもしれないな」

「……そう。だったら、入れてあげてもいい。けど……」

言って、ふっと俺から視線を外す皆実。彼女はそのままくるりと俺に背を向けて、

「あんまり掃除できなかった、から……変なとこ見たら、退場。……いい？」

――ほんの少しだけ気恥ずかしさのような感情を覗《のぞ》かせつつ、そんな言葉を口にした。

「えっと、その……お邪魔します」

大きく開け放たれた扉から皆実の部屋に上がり込む。

途端、俺の視界に飛び込んできたのはとんでもなく広い一室だった。廊下からは全く分からなかったが、両隣の部屋へと繋《つな》がる壁が見事にぶち抜かれ、軽く五部屋くらいが連結した特殊構造となっている。いや、下手すればフロアの半分近くが吸収合併されているのかもしれない。以前忍び込んだ時の質素な部屋とは大違いだ。

「……めっちゃ広くなってるな、お前の部屋」

「ん。何も申請してないけど、勝手に広くなった……これはこれで、快適」

こくんと頷《うなず》く皆実。……言われてみれば、今の皆実は聖《せい》ロザリアの大エースだ。唯一の6ツ星であり押しも押されもせぬ学区代表なのだから、このくらいの待遇は当然といったところだろう。偽りの7ツ星である俺が豪勢な館に住んでいるのと似たようなものだ。

が、まあそれはともかく。

「適当に、座って。飲み物くらい、用意する……」

部屋の真ん中で立ち往生しかけていた俺にそんなことを言い残して、皆実は素足のままぺたぺたとキッチン側へ移動する。随分とコンパクトな暮らしぶりだ。部屋が広くなったとはいっても、基本的には元の居住スペースしか使っていないのだろう。

「う、うぅ……ね、ねえ雫《しずく》？」

と、その時、俺の近くで所在なさげにおろおろし始めたのは梓沢《あずさわ》だ。どさくさに紛《まぎ》れて連れ込まれた彼女は、縋《すが》りつくように皆実《みなみ》の服を摘《つま》みつつ情けない声を上げる。

「ぼ、ボク、もう帰っちゃダメかなぁ？　何か空気がムズムズするっていうか、あんまり邪魔したくない感じなんだけど……」

「ダメ。翼《つばさ》ちゃんは、ここにいて……じゃないと、あっという間にわたしがストーカーさんの餌食。有り余る性欲の、捌《は》け口《ぐち》……わたしの純潔も、ここでお終《しま》い」

「え、ええっ⁉　だ、ダメだよ篠原《しのはら》くん！　そんな、無理やりなんて……！」

「……だから梓沢に変なこと吹き込むなっての、皆実」

いつかの《流星祭》の時と似たようなやり取りに溜《た》め息《いき》を零《こぼ》しつつ、俺は皆実に言われた通り手近なベッドの縁《ふち》に腰掛けることにした。これまた学生寮にあるまじき豪華な造りのふわふわベッドだ。シーツやら毛布の類《たぐい》はどれも綺麗《きれい》に整えられている……が、普段ここで皆実が寝ているのかと思うと妙に緊張してしまう。

「ふ……」

俺がそんな不埒《ふらち》なことを考えていると、両手にマグカップを持ってこちらへ歩み寄ってきていた皆実が（何故《なぜ》か）不敵な笑みと共に口を開いた。

「残念ながら、そのシーツは洗濯済み……わたしの残り香は、補給できない。えっちなストーカーさんには、大悲報……」

「適当に俺の内心を意訳してんじゃねえよ。っていうか……」

「？　っていうか、何？」

「……あ、いや、何でもない」

この部屋に入った瞬間からほんのり甘い匂いが漂っているせいで残り香なんか関係なくとっくにドキドキしている、とは言わないでおく。

「ん。何でもないなら、いい……あげる」

沈黙を決め込んだ俺に対し、部屋着姿の皆実は紅茶を注いだマグカップを半ば押し付けるように手渡してきた。彼女はデスクチェアの方にちょこんと座った梓沢にも同じく紅茶を差し出すと、再びキッチンに戻って自分のマグカップを手に戻ってくる。そうしてほんの少しだけ迷うような素振りを見せてから、静かにベッドの縁へと腰掛けた。位置関係で言えば俺の隣にあたる場所。ただし、距離の方はそれなりに離れている。

「……どうも」

短く感謝の言葉を口にしながら、俺はちらりと皆実に視線を向ける。……何となくの印象だが、彼女の部屋着は機能性重視のジャージみたいなものだと思っていた。それが蓋を開けてみれば、シンプルながら生地が短く太腿《ふともも》やらお腹《なか》なんかがちらちらと見えてしまう可愛《かわい》らしい服装《ニット》。つい三時間ほど前に遭遇した時は制服だったことを考えれば、俺を呼んでからわざわざ着替えてくれた……ということになるのかもしれない。

(そう考えると、ちょっと緊張するような……)

マグカップにそっと口を付けて意識的に平静を保つ俺。普段からそうだが、皆実《みなみ》にペースを崩されると多少なりとも悔しさがある。

「……そ、それでさ、二人とも！」

と——そこで口火を切ったのは、俺でも皆実でもなく梓沢翼《あずさわつばさ》だった。デスクチェアに腰掛けたままわずかに身を乗り出した彼女は、興味津々《しんしん》といった口調で尋ねてくる。

「さっき篠原《しのはら》くんに聞いたんだけど、今日は雫《しずく》の方からお家に誘ったんだよね。クリスマスの日に二人で約束してたってことは、もしかして《LOC》とか？」

「ん……そう。翼ちゃんが知ってるとは、意外……」

「うう、ボクだってそれくらい知ってるよぅ。いつか素敵な人に会えたらやってみようかなってずっと思ってたし……って、そうじゃなくて！」

皆実に持っていかれそうになった話の流れを強引に引き戻す梓沢。ほんのりと顔を赤く染めた彼女は、俺と皆実を交互に見つめながらドキドキと言葉を継ぐ。

「《LOC》で篠原くんを〝ターゲット〟にしてるってことは……そ、そういうことだよね？　雫って、もしかしなくても篠原くんのことが……」

「ことが？」

「……え、ええっ!?　ボクに言わせるの!?　うぅ、せっかく照れてくれるかなって思ったのに……えっと、あのね？　だからその、ぁ、愛してるっていうか……うぅぅ」

徐々に声を小さくしながら、すっかり真っ赤になった梓沢はどうにかそんな言葉を口にした。それを見た皆実は、満足そうな仕草でこくんと一つ頷《うなず》いてみせる。

「やっぱり、翼ちゃんの可愛さは犯罪級……殿堂入りレベル。ぶっちぎりで、優勝……」

「うぅ、何でボクの話ばっかりするんだよぅ。今は篠原くんのことを訊《き》いてるのに」

「ん……ストーカーさんの、こと？」

梓沢の懸命かつ健気《けなげ》な追及を受け、皆実は静かに首を傾《かし》げた。その拍子にさらりと揺れる青のショートヘア。小さな両手で包み込むようにマグカップを持った彼女は、いつも通りの淡々とした口調のまま続ける。

「翼ちゃんの言う通り、わたしはストーカーさんを〝ターゲット〟にして《ＬＯＣ》に参加した……でも、それだけ。ちょっと興味があっただけ。だから、ストーカーさんのことを好き、とかはない……と、思う。多分……」

「そ、そうなの？　ほんとに？」

「ん。だって……見ての通り。ストーカーさんは、可愛くない……」

前髪の隙間から眠たげな青の瞳を覗《のぞ》かせつつ、皆実《みなみ》はゆっくりと持論を展開する。

「わたしが好きなのは、可愛《かわい》い女の子……可愛いは、正義。世界共通……だから、当然わたしも大好き。可愛いものは、わたしのものにしたい……そういう、コレクター魂的なもの。みんなが翼《つばさ》ちゃんを欲しがるのと、一緒……」

「うえっ!? ま、待ってよ雫《しずく》! ボク、みんなのコレクションにされちゃうの!?」

「ああ……まあ、それは俺も何となく分かる」

「篠原《しのはら》くんまで!? う、うぅ……ぼ、ボクを手に入れてどうするっていうんだよぅ!」

「恥ずかしがってるところも、可愛い……百億点、満点」

両手を振り回すようにして大袈裟《おおげさ》なリアクションを取る梓沢《あずさわ》に対し、皆実はこくこくと頷《うなず》きながらそんな評価を下す。そうして一転、彼女は上半身をわずかに捻《ひね》ってちらりと視線をこちらへ向けた。

「それに比べて、ストーカーさんは可愛くない。全然、ちっとも、全く、あまりにもダメダメ……女の子じゃないし、何かドヤって顔してるし、いっつも偉そうだし、わたしより強いし……普通に、ムカつく」

「俺の印象、めちゃくちゃ悪いな……」

「それは、そう。……でも、ストーカーさんといると……ちょっと、だけ、ふわふわする」

――ポツリ、と零《こぼ》れた一言。

特に言葉を選んでいるという風ではなく単に思ったことを言っているだけ、といった口調で、皆実はいつも通りに淡々と続ける。

「《アストラル》の時も、《SFIA《スフィア》》の時も、《修学旅行戦《フォルティッツシモ》》の時も……多分、わたしが一番ふわふわしてたのは、ストーカーさんと一緒にいた時。可愛い女の子を見つけた時とはちょっと違う気持ち……落ち着くのに、ドキドキする。ふわふわする」

「…………」

「わたしには、この気持ちが何なのかよく分からない……だから、設定した関係性は【未定】。今はまだ、何も決まってない……無色、透明」

距離も、声音も、表情も一切変えないまま。それでもどこか切なさを感じさせるような雰囲気を纏《まと》いながら、皆実は桜色の唇をゆっくりと開いていく。

「だから、ストーカーさんに教えて欲しい……この気持ちは、何？　わたしは、ストーカーさんのことを、どう思ってるの……？」

「ッ……そ、れは」

「！　わ、わーわーわー!!　す、ストップ！　篠原くん、ちょっとこっち来てっ!!」

と——。

皆実の問い掛けにドクンと心臓が跳ねた瞬間、真っ赤な顔で椅子から立ち上がりつつ俺の思考を遮ったのは他でもない梓沢翼だった。彼女はととととっとこちらへ近付いてきたかと思えばぎゅっと俺の腕を掴《つか》み、強引に(といってもか弱い力で)俺を部屋の隅へと引っ張っていく。そして——おそらく皆実《みなみ》に聞かれないようにするためだろう——額と額がぶつかるくらいの超至近距離にまで顔を寄せてくると、慌てふためいて言葉を継ぐ。

「い、い、今の！　ねえ篠原《しのはら》くん、今のってあれだよね、こ、告白だよね!?」

「……………そうか？」

「そうだよ！　だってあんなの、もう『それが恋っていうんだぜ』って返事しか有り得ないもん！　ど、どうしよどうしよ、雫《しずく》が篠原くんの彼女さんになっちゃうよぅ……！」

そこまで言った辺りでぷしゅぅと頭から煙を出し、真っ赤な顔のままぐいぐいと俺を皆実の前へ押し戻す梓沢《あずさわ》。それによって、俺と皆実が再び向かい合う格好《かっこう》となる。先ほどまでと違い、ベッドの脇から彼女を見下ろすような体勢だ。可愛《かわい》らしい部屋着を纏《まと》った全身が、靴下すら履いていない眩《まばゆ》い素足がこれでもかと視界に入る。

「「…………」」

梓沢の〝告白〟発言のせいか、しばし無言で見つめ合う俺と皆実。

いや、まあ何というか……確かに、梓沢の言い分にも一理あるとは言えるのだろう。自分の感情が分からないから俺に定義させる、というのは、皆実の性格的にそれほど違和感のある行動じゃない。ただ、少なくとも純粋な〝告白〟とは少し違うはずだ。おそらく皆実は、本当に自分自身の感情を計りかねている。具体的な〝名前〟を欲しがっている。

けれど――否《いな》、だからこそ、かもしれないが。

「……いや？　それは俺が決めることじゃないだろ、皆実」

軽く頬《ほお》を掻《か》きながら再び彼女の隣に、それも先ほどより少しだけ近くに座った俺は、落ち着いた口調でそんな答えを返すことにした。どっちつかずな回答に不満げな色を灯《とも》す青の瞳を真《ま》っ直《す》ぐに見つめ返しつつ、わずかに口元を緩めて続ける。

「お前の感覚はお前にしか分からないし、そもそもどんな関係性にだって決まった基準なんかない。大体【未定】で何が悪いんだよ？　俺にとっても皆実雫は〝マイペースでよく分かんないことばっかり言ってるくせに《決闘《ゲーム》》はめちゃくちゃ強いヤツ〟だ。この関係にどんな名前が付いてもきっと違和感がある。……でもまあ、一つ言わせてもらえば」

「……何？」

「お前とやり合ってると俺も楽しい。ま、その辺はお互い様ってことだ」

「――…………そう」

しばらく黙っていたものの、やがてポツリとそれだけ零《こぼ》す皆実。透明な表情からは相変わらず何の感情も読み取れないため、今のが彼女の望む答えだったのかどうかはさっぱり分からない……けれど、こくんと一つ頷《うなず》いてくれたところを見るに、少なくとも納得はしてくれたのだろう。ふぅ、と溜《た》まった息を密《ひそ》かに零す。

「あー、えっと……それで」

そこで俺は、広い室内に充満する妙に甘酸っぱい空気を打ち消すためにも、半ば強引に話題を変えることにした。いや、もちろんそれだけが理由というわけじゃない——というのも、壁に掛けられたアナログ時計の針が指し示す時刻は午後二時三十分。次なる羽衣《はごろも》との〝約束〟が三十分後に迫っているというのに、皆実《みなみ》の【ミッション】はまだ欠片《かけら》も達成されていない。移動時間のことを考えれば、さすがにそろそろ潮時だろう。

青の瞳を見つめながら小さく首を傾《かし》げて切り出す。

「なあ皆実。俺を部屋に上げたってことは、少なくとも【ミッション】を達成するつもりはあるってことでいいんだよな？」

「……む。確実に言質《げんち》を取りに来るタイプの、訊《き》き方……身の危険を、感じる」

「そう聞こえたならむしろお前の方に原因があると思うけどな。……ったく、要はさっさと《LOC》をクリアしようぜって話だよ。**【対象を自宅に招き入れ、お互いに普段の呼び名以外で呼び合うこと】**——正直、この【ミッション】で難しいのは圧倒的に前半。聖《せい》ロザリアへの侵入の部分だ。後半はおまけみたいなもんだろ」

「？　そうでも、ない……心の準備は、かなり必要。こんなことをするくらいなら、真っ赤っ赤の激辛ラーメンに唐辛子を追加して食べる方がずっと楽……多分、そのくらいの苦行。難易度は、ウルトラハード……」

「……いや。別に、そこまで大袈裟《おおげさ》なことじゃないような……」

「それは、あまりにも浅はか……女たらしのストーカーさんと違って、わたしは純粋で純情で純朴。だから、恥ずかしいのは苦手……唯一の、弱点」

「どの口が言うんだよ、どの口が」

無垢《むく》な梓沢《あずさわ》に散々際どい知識を植え付けた諸悪の根源こと皆実雫《しずく》は、そんなことは記憶にないとばかりに澄ました顔でふるふると首を横に振る。

（ん……）

ただ、まあ——思い返してみれば、五月に行われた《アストラル》で出会って以来、皆実にまともな呼び方をされた例《ためし》は確かに一度もないかもしれない。最初の頃こそ〝学園島《アカデミー》最強〟だの〝7ツ星〟だのと揶揄《やゆ》も含めて呼ばれたりしていたものの、その後の《ディアスクリプト》で待ち伏せを決行してからは今日までずっと〝ストーカーさん〟だ。意外と本気で照れているだけ、という可能性もわずかにある。

と、

「……じゃあ。まずは、ストーカーさんから先に恥を掻《か》いてほしい」

そこでさらりと青のショートヘアを揺らした皆実は、いつも通りの無表情で俺に人差し指を突き付けてきた。真《ま》っ直《す》ぐ伸ばした指先が俺に触れるか触れないか、というくらいの絶妙な距離。少しだけ躊躇《ためら》うような間を開けてから、皆実は淡々と続ける。

「ストーカーさん。……ストーカーさんが、もし万が一、まかり間違って、何度か転生を繰り返した末にやっと宝くじの一等を当てるくらいの確率で、わたしと……わたしと、付き合えたとしたら。わたしのこと、なんて呼ぶ？」

「………お、おう」

じ、とこちらを見つめながらそんなことを訊《き》いてくる皆実《みなみ》に対し、俺は思わず呆《ほう》けた声を返す。……何というか、基本的にマイペースで俺のことなんか気にも留《と》めていないような素振りを見せている彼女だからこそ、突然この手の話を振られると一瞬で感覚がバグッてしまう。今だって、皆実はほんのわずかに首を傾《かし》げてみせただけだ。だというのに、普段とのギャップでやたらと可愛《かわい》らしい仕草に思えてしまう。

が、まあ――そうは言っても、こんなところで黙りこくっているわけにはいかない。

「なんて呼ぶ、か……皆実、じゃダメってことだよな？」

「ん。それだと、大減点。付き合ったその日に、お別れ……二度と、会えない」

「転生を繰り返した末だってのにとんでもない仕打ちだな。……じゃあ、スタンダードなあだ名の方向か？　雫《しずく》ちゃん、とかさ」

「ダメ。ストーカーさんに言われると、バカにされてるみたい……鳥肌も、立ちまくり」

「何でだよ……まあまあ妥当な案だろうが。しずりん、とでも呼ばれたいのか？」

「ちょっとだけ、マシ……だけど、赤点。それだと、振り向いてあげない……」

ぷい、とわざとらしくそっぽを向く皆実に対し、俺は微《かす》かに頬《ほお》を引《ひ》き攣《つ》らせる。

そもそも――勘違いしないで欲しいのだが、俺だって何の動揺もせずに皆実のあだ名を連呼しているわけじゃない。ただ顔に出ていないというだけで、何なら死ぬほど照れている。普段から異性を名字以外で呼ぶことが滅多《めった》にない上に、近くに座っている梓沢《あずさわ》が俺の出した案を聞くたびに「わわ……」だの「ひゃんっ！」だの言いながらぽーっと顔を赤くしているんだ。一層気恥ずかしさが増すというか、やりづらいことこの上ない。

「っ……だったら」

けれど、俺が恥ずかしがっていたらいつまで経《た》っても終わらない。精神力をフル稼働させて羞恥心をどこかへ追い遣《や》った俺は、透明な青の瞳をじっと見つめて続ける。

「雫、だ。……これでダメなら、俺はお前のことを永遠に《凪《なぎ》の蒼炎《そうえん》》とか聖《せい》ロザリアの6ツ星ランカーとかって呼ばなきゃいけなくなる」

「――…………ふぅん」

紆余曲折《うよきょくせつ》を経た末に俺が辿《たど》り着いたシンプルな選択。それを受けて、皆実はいつも通りの淡々とした反応を返してきた。動作で言えば小さく一つ頷《うなず》いて、同時に軽い相槌《あいづち》を打っただけ。けれど、よく見れば彼女の耳はほんの少しだけ赤くなっている。ついでに口元もわずかに緩んでいる……ような気がしなくもない。

「それなら、一応合格……【ミッション】クリア」

「……いやいやいや、違うだろ」

そうしてやや上機嫌に聞こえる口調で話を切り上げようとする皆実《みなみ》に対し、俺は呆《あき》れた表情を浮かべつつ小さく首を横に振った。彼女に課された【ミッション】は【対象《ターゲット》を自宅に招き入れ、お互いに普段の呼び名以外で呼び合うこと】——だ。どう考えても、現状ではまだ半分しか達成されていない。

「お前、さっきから〝ストーカーさん〟としか呼んでないだろうが」

「ん……そんなことは、ない。さっき、新婚夫婦も驚くくらい特別なあだ名で呼んであげた……つまり、わたしの番は終わり。異論は、受け付けない……」

「急に雑な嘘《うそ》をつくんじゃねえよ……」

無表情のまま首を傾《かし》げて惚《とぼ》ける皆実に、俺は嘆息交じりにそう告げる。……〝普段の呼び名以外で呼び合う〟というのは【ミッション】の難易度としてはかなり低い方だと思っていたのだが、彼女にとっては意外とそうでもないらしい。その辺りの絶妙なバランス調整からも《LOC》の管理者である篠原柚葉《しのはらゆずは》の顔が何となくチラつくようだ。

（このまま待ってたら、皆実が俺を〝ストーカーさん〟以外の呼び方で呼んでくれる前に日が暮れちまう……まあ本来の《LOC》なら丸一日かけて一つの【ミッション】をクリアしたっていいんだろうけど、今の俺にそんな時間は絶対にない。だから……）

しばらく無言で思考を巡らせていた俺は、ふとあることを思い付いて視線を横へ動かした。そこにいるのはワクワクと瞳を輝かせた梓沢翼《あずさわつばさ》だ。デスクチェアのキャスターを操ってベッドのすぐ近くまで移動してきていた彼女に対し、俺は改めて声を掛ける。

「なあ梓沢、ちょっといいか？」

「え——え、え!? な、何かな篠原くん？ べ、別にボク、二人のことお似合いだなぁ素敵だなぁホントに付き合っててもいいのになぁなんて思ってないよ!?」

「解説どうも。……じゃなくて、一つ訊《き》きたいことがあるんだけどさ。もし梓沢が俺にあだ名を付けるとしたら、例えばどんな風に呼ぶ？」

「うえっ!? ぼ、ボクが篠原くんにあだ名を……!?」

「…………む」

俺が梓沢にそんな問いを投げた瞬間、すぐ隣から微《かす》かに不満げな声が聞こえたような気がした。けれど俺は、それを無視して梓沢の方へと身体《からだ》を向ける——名付けるなら〝巻き込み作戦〟といったところだろう。梓沢が俺のことをあだ名で呼ぶようになれば、きっと皆実の気恥ずかしさも多少は軽減される。理屈としては単純だ。

「ほら、梓沢は俺よりいくつか年上なんだろ？ 後輩としちゃ、先輩からあだ名を付けてもらえるとちょっと嬉《うれ》しいかもって思ってな」

「う、うぅ……そう言われるとボクだって悪い気はしないけど。で、でも……独り占めしちゃっていいのかなぁ？ 篠原くんは7ツ星で、みんなのヒーローなのに……」

「良いも悪いも、単なる仮の話だって。今の気分とか、何となくで決めてくれればいい」

「何となく、かぁ……うーん、ちょっと待ってね」

そう言って柔らかそうな胸の辺りで腕を組み、むむむと唇を尖《とが》らせながら真面目《まじめ》に思考を巡らせる梓沢《あずさわ》。相変わらず挙動の一つ一つがやたらと可愛《かわい》らしい彼女は、やがて「うんっ！」と元気よく頷《うなず》いて視線をこちらへ向け直す。

「やっぱり〝ヒロくん〟がいいかな！　だって、年上のお姉さんっぽくて素敵だもん！」

「へえ……ヒロくん、か。意外と直球で来るんだな」

「うえっ⁉　も、もしかして変化球でいく場面だった⁉　うぅ……で、でもでも、ボクにだってちょっとくらい先輩っぽいことさせてくれてもいいじゃないかぁ！」

むうっと頰《ほお》を膨らませながら全身で抗議してくる愛らしい少女。別に大喜利を求めたわけじゃないが、この反応も含めて梓沢らしいと言えばその通りだろう。

と——俺がそんなことを考えていた、瞬間だった。

（え……？）

ふわり、と微《かす》かに甘い匂いが鼻先を掠《かす》めたような気がして、それとほぼ同時に俺の肩がくいっと後ろへ引っ張られた。当然ながらバランスを崩しそうになる俺だが、斜め後ろにある〝何か〟に優しく受け止められる。背中の辺りにそっと触れる指先の感触。そんなものので頭が真っ白になる中、耳元に微かな吐息がかかる。

そして、

「――ひろと」

「っ……」

鼓膜の近くで囁《ささや》かれたのでなければ絶対に聞き逃していたくらいの小さな声――下手したら吐息との区別がつかないほどの声量で発せられたそれは、俺と同様にシンプルな〃名前呼び〃だった。それも柚姉《ゆずねえ》のようにこなれた呼び方とは少し異なり、一音一音を丁寧に発音するような、言い換えればやや舌っ足らずな発声。至近距離で零《こぼ》された声ということもあり、背筋にぞくぞくっとした何かが走る。

「……み、皆実《みなみ》？　今の、って……」

「ん。普段とは別の、呼び方……だけど、今だけ。もう、二度と呼んであげない……」

おそらくは俺の背中に寄り添うような体勢で囁いてくる皆実。焦れったい空気に耐え切れなくなって思わず振り返ろうとする俺だが、その直前、両腕にぐっと力を込められて動きを止める。当然ながら、それをやったのは皆実雫《しずく》だ。俺が振り返るのを拒むように、あるいは俺の背中に隠れるかのように、弱い力でどうにか俺を押し留《とど》める。

そうして、ポツリと一言。

「振り返っちゃ、ダメ……多分、赤くなってる、から」

（……………可愛《かわい》すぎるだろ、おい）

照れたような声音で告げられた言葉は破壊力抜群で、俺は平静を保つので精一杯だった。

【皆実雫──《LOC》ミッションクリア】
【内容：対象《ターゲット》を自宅に招き入れ、お互いに普段の呼び名以外で呼び合うこと】
【理想の関係性：未定】

＃

『早く、早く！　お兄ちゃん、急がないと遅刻しちゃうよ！』

（分かってる、よ……！）

……十二月二十五日、午後二時四十五分を回った頃。

クリスマスも中盤戦に差し掛かる中、俺は──部屋を出る直前に皆実とちょっとした作戦会議を行ってから──全力疾走で次なる目的地へと向かっていた。

イヤホンの向こうの椎名《しいな》はなおも急《せ》かしてくるが、まあそれも無理はないだろう。何せ次の【ミッション】は羽衣紫音《はごろもしおん》の午後三時。あと十分ちょっとで彼女と落ち合えなければ柚姉との《決闘《ゲーム》》は俺の敗北となってしまう。そして既知の事実だが、羽衣紫音という少女は学園島のどこにもいない。彩園寺《さいおんじ》が替え玉を務める〝本物のお嬢様〟であるところの彼女は、現在ニセモノの戸籍で本土の高校に通っているからだ。学園島《アカデミー》から本土までは連絡船で優に数時間かかる距離。普通に考えれば詰んでいる。

ただ、即死級の最難関【ミッション】であることが分かっていたからこそ、こればっかりは事前にしっかりと準備をしていた。

「——っ、着いた！　ここ、ここだよ篠原《しのはら》くん！　ちゃ、ちゃんと間に合った⁉」

「ああ、おかげさまでどうにかな……！」

皆実《みなみ》の部屋からずっと俺を先導してくれていた梓沢《あずさわ》に感謝の言葉を返しつつ、俺は辿《たど》り着いた部屋の中をぐるりと見渡した。聖《せい》ロザリア女学院に複数ある校舎の一角。普通の授業で使われることのないこの教室には、とある特殊な設備が備わっている。

「そ、そっか。それなら良かったけど……はふぅ」

疲れ果てたのかぺたんと床に座って上気した顔を少しだけ持ち上げる梓沢。今日の隠れた功労者《MVP》である彼女は、額の汗を拭いながらこんな言葉を口にする。

「でもでも……変わってるよね、篠原くん？　イベント戦の時でもないのにVRのログイン装置を使いたい、なんて……ボク、先輩なのにちょっとだけ驚いちゃった」

——そう。

梓沢の言う通り、俺たちの目の前にずらりと並んでいるのはフルダイブ型の仮想現実《VR》ログイン装置だった。直近では二学期学年別対抗戦の三年生編《習熟戦《リフレイン》》の際に、各学区のダンジョンがある仮想現実《VR》空間へ突入するために使っていたモノ。個人で所有するような機材では絶対にないが、とはいえイベント戦ではそれなりの使用頻度を誇るため、どこの学校でも備品として数台は保管している。

要するに、俺が羽衣《はごろも》の【ミッション】をクリアするための方法として思い付いたのがこれだった。ほぼ全ての感覚をリアルに再現できる学園島《アカデミー》の仮想現実世界《VR》なら、現実世界で顔を合わせているのとそう変わりはない。実際、彼女に課された【ミッション】は【夕暮れの教室内で対象《ターゲット》と腕を組むこと。ただし●●】――伏せ字次第ではあるものの、まず間違いなくクリアできる内容だろう。

（っていうか……むしろ、こんなの現実世界で達成できるわけないんだよな。約束の時間が午後三時なのに〝夕暮れの教室〟が指定されてるんだから。……まあ、もしかしたらこれが柚姉《ゆずねえ》なりのヒントだったのかもしれないけど）

ログイン装置に近付きながら静かに記憶を遡る俺。

柚姉との《決闘《ゲーム》》が決まってからの一週間――俺は羽衣の【ミッション】をクリアするため、いくつかの調べ事をしていた。まず一つ、学園島《アカデミー》で型落ちになった仮想現実《VR》のログイン装置は、本土の研究機関だけでなくゲームセンター等でも活用されることがあるらしい。そこへ入り込んで特定のパスを入力すれば、学園島と本土のそれぞれから同じ仮想現実空間にログインすることが出来る。羽衣は近所のゲームセンターから、俺は手近な学園の一室から。……皆実の飛び入り【ミッション】のせいで英明《えいめい》の機材を借りるプランは崩れてしまったものの、梓沢のおかげでどうにかリカバリーできた。

故に、必要な手段は残すところあと一つだけ。

目の前に端末を掲げた俺は、梓沢《あずさわ》に聞こえないよう小声でこんな〝宣言〟をする。

「〝クリスマスの奇跡〟を使う――俺と羽衣だけがログインできる専用の仮想現実世界を作ってくれ。モチーフは夕暮れの教室。それ以外は何でもいい」

……《LOC》の仕様をフル活用した強引な策で最後の関門を突破する。

とにもかくにも、これで全ての準備が完了したわけだ。仮想現実世界《VR》の構築完了と共に発行されたパスを端末で羽衣《はごろも》紫音《しおん》と共有する。そこでちらりと時計に目を遣《や》れば、現在時刻は午後二時五十七分――ギリギリセーフ、といったところだろう。

(痕跡《ログ》消しは椎名《しいな》に頼んでるから……と)

予《あらかじ》め相談は済ませているものの、最終確認として右耳のイヤホンをトントンっと軽く叩《たた》いておく。即座に返ってきたのは『はーい!』という頼もしい言葉だ。……せっかく俺と羽衣しか入れないサーバーを用意したからと言って、外から覗《のぞ》かれたり履歴を辿《たど》られたりしたら面倒なことになる。そんなことをされる可能性はまずないのだが、他でもない羽衣紫音と相対するからには可能な限りの注意を払う必要があるだろう。

「ん……ちなみに、梓沢」

身長の倍ほどもある筐体《きょうたい》に乗り込みながら、俺はへたり込んでいる梓沢に声を掛ける。

「この部屋って人が来たりすることとあるか? 誰かに見つかると結構マズいんだけど」

「ふえ？　えっと、大丈夫だと思うけど……も、もしかして篠原《しのはら》くん、ボクがこのまま勝手に帰っちゃうとでも思ってるの？」

「え？　……何だよ、待っててくれるのか？」

「当たり前だよ！　ボクは頼れる先輩だから、篠原くんを置いていくなんてひどいことはしないもん。最後までちゃんと匿《かくま》ってあげるから、安心して行ってきていいよ？」

床にへたり込んだままの体勢ではあるが、それでもグッと親指を立ててみせる梓沢。

そんな彼女に「……助かる」とだけ返してから、俺はログイン装置の規定箇所に自身の端末をセットした。すると即座に超高速の演算処理が始まり、やがて視界がブラックアウトする。聴覚や嗅覚も徐々に薄れていって、全身を独特の浮遊感が包み込む。

そのまま数秒が経過した頃だろうか。

「っ……」

不意に強烈な眩《まぶ》しさを感じて、俺は目を瞑《つぶ》ったまま小さく顔をしかめた。

そして、おそらくはそれがトリガーになったのだろう。途絶えていた五感が徐々に正常な状態に戻る——否《いな》、正確には〝この世界用の新たな五感〟に切り替わる。それとほぼ同時、重力の類《たぐい》もまともに感じられるようになった。背中を押し返す固い床の感触。どうやら俺は、どこかに寝転がっているらしい。

そんな情報を頭に入れながらゆっくりと目を開いた……瞬間、

「あ」

「──……え？」

真っ先に視界へ飛び込んできたその光景に、俺は思わず呆《ほう》けた声を零《こぼ》した。

が、まあそうなってしまうのも当然の話だろう──何しろ俺の目の前で、人形みたいに美しい金髪を揺らした羽衣紫音が、制服のスカートを折り畳むようにしてふわりとしゃがみ込んでいたんだから。上品で清楚《せいそ》な〝本物〟のお嬢様。それも、どういうわけか俺の顔を覗《のぞ》き込《こ》むような体勢を取っているせいで、整った顔立ちが俺の目と鼻の先にまで近付けられている。甘い香りを感じざるを得ない距離感にドクンと一つ心臓が跳ねる。

「ふふっ……やっと起きてくれましたね、篠原《しのはら》さん」

そんな俺の内心を知ってか知らずか、羽衣《はごろも》は上品な仕草ですっと立ち上がった。寝転んでいる俺からすればスカートの裾が気になって仕方ない角度だが、足運びが完璧なため太腿《ふともも》以外の何かが見えてしまうようなことは決してない。そうやって俺から一歩だけ距離を取った彼女は、優しく嫋《たお》やかな笑みを浮かべてこんなことを言う。

「お久しぶりです。クリスマスに密会だなんて……少し、ドキドキしてしまいますね？」

圧倒的な《決闘《ゲーム》》センスと才能を併せ持つ〝本物のお嬢様〟こと羽衣紫音《しおん》。

「…………」

可憐《かれん》な仕草で後ろ手を組む彼女に魅せられて、俺はしばらく起き上がれずにいた。

「──では篠原さん、どうぞお好きな席にお掛けください。お誘いした以上、今日はわたしが篠原さんをもてなす側ですから。雪が一流メイドならわたしは見習いホストというわけです。もっと自由にしてくださって構いませんよ？」

「あ、ああ……」

制服姿の羽衣に促されるまま手近な席に腰掛ける。

俺と羽衣がいるのはごく普通の学校だ。窓ガラスからオレンジ色の西日が差し込んでいる夕暮れの教室。英明《えいめい》のそれとは少しばかり造りが違うようだが、ともかく三十個以上の机と椅子が綺麗《きれい》に整列されている。

「それではわたしも、僭越《せんえつ》ながら隣に失礼いたします」

俺が座るのを見届けてから、羽衣はごく自然な仕草で隣の席に腰掛けてきた。続けて彼女がこちらへ身体《からだ》を向けた瞬間、透き通るような金糸がキラキラと揺れる。

そうして羽衣は鈴の鳴るような声を零した。

「篠原さん。まずは、わたしのワガママに付き合っていただきありがとうございます。殿方を相手に《ＬＯＣ》の【ミッション】を受諾する機会にはこれまで恵まれなかったものですから……わたし、実はとってもドキドキしています。今なら聴診器がなくてもお医者様の診察を受けられるかもしれません。……あ、篠原さんも少し触ってみますか？」

「……あのな。その〝少し〟で一生分の信頼が墜落するんだよ、こっちは」

「ふふっ、冗談です。これでもわたし、人を見る目はあるんですよ？　視力で言えば2くらいあります。その上で、篠原《しのはら》さんはちゃんと信頼できる方だと思っていますから」

悪戯《いたずら》っぽい瞳で俺を覗《のぞ》き込《こ》みながらくすくすと上品に笑う羽衣《はごろも》。

ちなみに……改めての確認だが、ここは現実世界ではなく仮想現実《VR》技術によって再現された空間だ。当然ながらイヤホンの回線は届いていないし、端末だって持ち込めない。加えてログイン用のパスは羽衣としか共有していないため、正真正銘、この世界にいるのは俺と羽衣紫音《しおん》の二人だけということになる。

「…………」

いやまあ、だから何というわけでもないのだが。

「あー、えっと……それで、羽衣。お前が俺を〝ターゲット〟にして【ミッション】を受けてるのがそもそもちょっと意外なんだけど、もしかして何か企《たくら》んでるのか？　お前の場合、《LOC》の限定アビリティが欲しいってわけでもないはずだろ」

「そうですね……いえ、もちろん篠原さんとの親交を深めたい、というのも理由の一つですよ？　莉奈《りな》や雪《ゆき》を〝ターゲット〟にしたことは既にありますが、篠原さんだけはなかったので……一人だけ仲間外れにするのは可哀想《かわいそう》かな、と」

「いや、どんな気の使い方だよ」

「ふふっ。……あ、すみません、冗談でも〝篠原さんと恋人になりたくて〟と言った方が良かったでしょうか？　お望みでしたら今からでも回答を変更しますが」

「いくら仮想現実《VR》の世界だからってそんな便利なシステムはない」

嫋《たお》やかな笑みを浮かべながら冗談を飛ばしてくる羽衣に、俺は嘆息交じりにそんな言葉を返す。……何というか、羽衣紫音という少女は本当に厄介だ。自分がとてつもなく可愛《かわい》いことを自覚した上で、それを〝からかうための武器〟としてだけ使っているお嬢様。一《いち》ノ瀬《のせ》学長とはまた別の意味で、口論になったら勝てる未来の見えない相手である。

が、まあとにもかくにも、当の羽衣は可憐《かれん》な声音で続ける。

「そんなわけで、わたしが《ＬＯＣ》に参加した理由は単なる知的好奇心……ですから既に満たされたと言っても過言ではありません。篠原さんほどの殿方が他の〝約束〟を抱えていないとは思えませんし、そろそろ【ミッション】を片付けるとしましょうか」

「ああ、そりゃ助かる」

言いながら俺は、視線をほんの少しだけ上へとスライドさせた。それは、この仮想現実《VR》空間において〝プレイヤー情報〟等を視界に表示させるためのアクションだ――そうやって《ＬＯＣ》の【ミッション】一覧から羽衣が受諾しているモノを選択する。

内容としてはこんな感じだ。

【受諾者：羽衣紫音】

【内容：夕暮れの教室内で対象《ターゲット》と腕を組むこと。ただし●●】
【実行場所：任意】【指定時間：午後三時】【必須条件：なし】

「腕を組む、ね……」

右手をそっと口元へ遣《や》りながら静かな声音で呟《つぶや》く俺。

「これだけなら一瞬で終わりそうだけど、後半の伏せ字部分が気になると言えば気になるな。何か面倒な条件だったりするのか？」

「いえ、篠原《しのはら》さんが協力してくだされればすぐに達成できると思います。ええと……それでは、篠原さん。今座っている椅子を少しだけわたしの方に近付けてください。あ、もう少しです。もう少し、もう少し……もう少しお願いします」

「もう少しって……いや、これ以上そっちに寄せたらぶつかるんだけど」

「大丈夫ですよ？　椅子と椅子がぶつかるくらいまでぴったり近付けて欲しいんです」

平然とした顔でそんな〝お願い〟をしてくる羽衣《はごろも》。……現状の距離感でも、既に俺と羽衣の肩は微《かす》かに触れ合ってしまっている。ふわりと広がる絹のような長髪が俺の腕やら膝にも零《こぼ》れ落ちていて、そこはかとない甘い香りで頭がどうにかなってしまいそうだ。これ以上近付いたりしたら、一瞬で自制心が崩壊してしまう恐れがある。

だから俺は、そうなる前に小さく首を横に振る。

「ん……あのな、羽衣。伏せ字の部分にどんな条件が書いてあるのか知らないけど、別にここまで近付く必要は――」

「――隙あり、です」

　瞬間。

　耳元でそんな言葉が囁《ささや》かれたと思った刹那、俺の左腕が得も言われぬ柔らかな感触で包まれた。もちろん、それを為《な》したのは他でもない羽衣紫音《しおん》だ。華奢《きゃしゃ》な身体《からだ》でふわりと俺の腕に抱き着いた彼女は、小さな頭をこてんと肩の辺りに乗せてくる。二の腕に触れているふにふにとした〝何か〟も相まって、あっという間に思考がバグってしまいそうだ。

「ッ……！」

「……やっぱり凄《すご》いですね、学園島《アカデミー》の技術は。実際に触れ合っているわけでもないのに篠原さんがすぐ近くにいるように感じます。ふふっ……篠原さんは、どうですか？　わたしのこと、ちゃんと感じてくれていますか？」

「感じて、って……な、何の話だよ。【ミッション】はまだクリアできないのか？」

「どうでしょうか？　伏せ字を確認できるのはわたしだけですから。もしかしたら、わたしとあんなことやこんなことをしない限り【ミッション】達成にならない……という、篠原さんにとっては役得な追加条件が課せられているのかもしれませんよ？」

　超至近距離から俺を見上げてそんな言葉を囁いてくる羽衣。こうなると、言葉遣いや仕草の上品さが逆に艶《なま》めかしく感じられる。わずかに体勢を変えるだけで触れてしまいそう

な距離にある桜色の唇。そんなものを見ながらごくりと唾を呑《の》み込んで——俺は、

「っ……分かった。俺をからかいたいのは分かったから、そろそろ離れてくれよ羽衣《はごろも》。お前の【ミッション】はとっくにクリアできてるんだろ？」

……身体中《からだじゅう》の理性を総動員してどうにかそんな言葉を絞り出す。

そう——〝プレイヤー情報〟を確認するほどの余裕はとてもなかったが、それでも羽衣の【ミッション】は高確率で完了しているはずだった。その根拠は【ミッション】の難易度的な問題だ。彼女の【ミッション】における難攻不落ポイントは〝本土にいる羽衣紫音《しおん》とどうやって接触するのか〟という部分。その解決に〝クリスマスの奇跡〟も使わざるを得ないため、この期に及んで厄介な課題が残っているとは考えづらい。

「……ふふっ、気付かれてしまいましたか」

当の羽衣はと言えば、これ以上粘るつもりもなかったのか俺の指摘を素直に認める。

「お察しの通り、わたしの【ミッション】の伏せ字部分は**【ただし現実世界でなくとも良いものとする】**という、単なる補足のようなものでした。ただ、少し残念です……せっかく恋人のようなやり取りが出来てドキドキしていたところだったんですが」

俺の腕からつっと手を離し、ほんの少しだけ照れたような表情でそんな言葉を口にする羽衣。……彼女の場合はそれでいいかもしれないが、俺の方はドキドキどころか心臓が爆発しそうになっていた。やはり、羽衣紫音という少女は厄介なことこの上ない。

が、まあそれはともかく。

「ん……」

【ミッション】クリアが確定したところで、俺は（平静を取り戻すためにも）教室前方に掲げられた時計で現在時刻を確認することにした。二本の針で指し示された時刻は午後三時十七分。事前に準備をしていたというのもあるが、下手したら詰みかねなかった【ミッション】を二十分足らずで攻略できたことになる。次の待ち合わせ場所は十四番区からやや遠いため、ここで時間を短縮できたのはかなり大きい。

――と、

「それにしても……大変なことをしているようですね、篠原《しのはら》さん？」

そこで声を掛けてきたのは、すっかり普段通りの調子に戻った羽衣紫音だった。量産された教室の椅子ですら由緒正しい貴族の家具か何かに見えてしまうほど上品な姿勢で腰掛けた彼女は、どこか悪戯《いたずら》っぽい表情をこちらへ向けながら続ける。

「少し聞きかじっただけですが、まさか柚葉《ゆずは》に《決闘《ゲーム》》を挑んでいるだなんて……篠原さんがそれほどの命知らずだとは知りませんでした」

「無謀だってのは分かってるよ。だけど、こっちにだって事情があるんだ。普通にやって勝てないからって諦めるのは思考放棄と一緒だろ」

「ふふっ……やっぱり姉弟ですね、お二人は。お姉さんのことは元から大好きですが、弟さんの方もとっても素敵だと思います。わたし、ルナ島で一緒にゲームをした時からすっかり篠原《しのはら》さんの虜《とりこ》なんですよ？　もちろん良い意味で、です」

「最後の一言のせいで素直に喜べないんだけど……」

くすくすと笑う羽衣《はごろも》に対し、曖昧な表情を浮かべて小さく肩を竦《すく》める俺。

そんな俺の瞳を真《ま》っ直《す》ぐに覗《のぞ》き込《こ》みながら、羽衣は相変わらず透明な声音で続ける。

「本当のことですよ？　わたし、心の底から篠原さんを応援しています。だって、つい最近も莉奈《りな》や雪《ゆき》と通話する機会があったのですが……二人とも、今日のことが楽しみで仕方がない様子でしたから。篠原さんが全力で柚葉《ゆずは》との《決闘《ゲーム》》に挑んでくださるのは、二人の親友であるわたしからすればとっても幸せなことなんです」

「……そうかよ。残念ながら、まだ勝ち筋は見つかってないんだけどな」

「そうでしょうか？　何か腹案があるように見えますが……」

冗談めかした口調でそう言って、楽しげにくすりと笑う羽衣。

「ただ、一つだけ気になります。篠原さんが〝約束〟を守ってくださる方だというのは信じていますが、たとえ全ての【ミッション】をクリアできたとしても、複数の女性から迫られた……という事実は変わりません。その上で、篠原さんは殿方としてどのような決断を下すのでしょうか？　莉奈の気持ちに応えるのでしょうか？　それとも、もっと身近な雪の気持ちに……？　わたし、気になってお昼寝もできません」

「……いや、決断って言われても。《LOC》で〝ターゲット〟にされたからって恋愛感情があるとは限らないだろ？　どんな関係性でも設定できるんだから」

「それはそうですが……いえ、好きでもない殿方と一緒にクリスマスを過ごそうとする女の子なんてこの世に一人もいません。絶対に、間違いなく、ひゃくぱーせんとです」

「…………」

「もちろん、わたしを選んでくださってても構いませんよ？　誰かとお付き合いしたことは生まれてこの方ありませんが、篠原さんなら大歓迎です。恋愛系のドラマや映画はそれなりに嗜《たしな》んでいますから、予習はばっちりと言えるでしょう。雪も莉奈もその他の方々も相手にとって不足はありません」

押し黙る俺に対し、羽衣は冗談とも本気ともつかない口調で嫋《たお》やかにそんなことを言ってくる。そうして彼女は、俺の目の前でピッと人差し指を立ててみせると、

「まあ、どちらにしても——素敵なクリスマス《メリークリスマス》を、です」

微《かす》かに首を傾《かし》げながら、思わず見惚《みと》れてしまうくらい可憐《かれん》な笑みと共にそう言った。

【羽衣紫音《しおん》——《LOC》ミッションクリア】
【内容：夕暮れの教室内で対象《ターゲット》と腕を組むこと。ただし現実世界でなくとも良いものとする】

【理想の関係性：親友（今のところ、ですが）】

＃

それから、およそ十五分後——。

仮想《VR》現実空間の中で羽衣《はごろも》の【ミッション】をクリアし、律儀《りちぎ》に待っていてくれた梓沢《あずさわ》の手引きで無事に聖《せい》ロザリア女学院の構内から抜け出した俺は、再び電車に乗り込んで次なる目的地へと向かっていた。

羽衣があっという間に【ミッション】を終わらせてくれたため、時間的な余裕は少しだけある。……いや、もちろんあるとは言ってもせいぜい五分や十分程度のものだが、少なくとも先ほどのように全力疾走する必要はなさそうだ。

『ふわわ……』

心地よく電車に揺られながら——あるいは椎名《しいな》の零《こぼ》す可愛《かわい》らしい欠伸《あくび》をイヤホン越しに聞きながら、俺はポケットから自身の端末を取り出してみることにする。そうして起動したのは《LOC》の専用アプリだ。クリスマスの午前中から合計三つの【ミッション】を完遂し、現在の進捗状況はこんな感じになっている。

【十二月二十五日　午後三時四十二分】

【残りミッション——3つ】

「……うーん……」

　思わず曖昧な声を零す俺。

　残り【ミッション】の数だけ見れば、そろそろゴールが見えてきたと言ってもいい頃合いだろう。実際、全体の時間的にも折り返し地点には到達している。けれど秋月《あきづき》の【ミッション】は内容で言えば最難関だし、彩園寺《さいおんじ》と姫路《ひめじ》のダブルブッキングは未《いま》だに解消できていない。安心できる要素など一つもなかった。

（羽衣は〝腹案〟がどうとか言ってたけど……まだ完成してないんだよな、それ）

　刻々と過ぎていく時間に若干の焦《あせ》りを覚えながら静かに思考を巡らせる。

と……そうこうしているうちに、俺の乗っていた電車が滑らかな慣性と共に目的地となる駅へ滑り込んだ。辿《たど》り着いたのは零番区、だ。学園島《アカデミー》の中枢にして、大規模イベントを行えるような施設がそこかしこに点在しているエリア。連動して商業施設や宿泊施設も充実しており、クリスマスの今日は特に人出が多くなっている。

　そして、この場所で俺と待ち合わせをしている相手というのが、秋月乃愛――英明《えいめい》の小悪魔という二つ名を持つ超有名な6ツ星ランカーだ。学区対抗イベントでは確実に選抜メンバーに入ってくるため、俺とも何かと接点の多い少女。上級生にしては小柄なためこの人混みで探すのはやや難しいが、秋月のチャームポイントの一つであるふわふわの栗色《くりいろ》ツインテールはかなり目立つ。埋もれてしまうようなことはないだろう。

（えっと……）

改札に程近い待ち合わせ用のスポットでぐるりと首を巡らせる俺。……現在時刻は午後三時五十四分。見たところ、秋月《あきづき》はまだ来ていないようだ。

俺がそれを確認したのと同時、右耳のイヤホンからは不思議そうな声が聞こえてくる。

『むぅ……ほんとにいないのかな？　乃愛《のあ》おねーちゃんなら、ぜったいお兄ちゃんより先に来てると思ったんだけど……』

（……いやまあ、イメージ的にはそうだけど）

椎名《しいな》の言葉に俺も控えめながら同意を返す。秋月乃愛は——どこまで本気なのかは分からないが——人目を憚《はばか》ることなく俺にアピールをし続けている少女だ。性格としては真面《まじ》目《め》な部類だし前もって綿密な計画を練る一面も持っているため、英明《えいめい》のメンバーで集まる時なんかは基本的に一番乗りで現地入りしている。

——の、だが。

そんな俺たちの予想に反して秋月はなかなか待ち合わせ場所に現れず、ついには〝指定時間〟である午後四時を回っても姿を見せなかった。

「…………」

意外に思いながらもその場で待ち続ける俺。少しの遅刻くらいなら秋月でも有り得るだろうが、それから五分、十分と待ってみてもそれらしい人影は一向に現れない。彼女の端末に連絡を入れてみても、単調な呼び出し音が無限に続くばかりだ。

ここまで来るとさすがに少し不安になる。……秋月の性格的に、これが悪戯《いたずら》とかドッキリの類《たぐい》だという可能性は排除してしまっていいだろう。が、だからこそ〝何かあったのでは〟という懸念が真っ先に浮かんでしまう。最悪のパターンを考えてしまう。

ただ、

（今は俺と柚姉《ゆずねえ》の《決闘《ゲーム》》が進行してる真っ最中だ。攻略に絡む秋月がどこで何をしてるのか、ゲームマスター側の柚姉は絶対に把握してるはず……）

冷静に思考を巡らせる。柚姉、もとい篠原柚葉《しのはらゆずは》は意地悪で悪戯好きな最強プレイヤーだが、一応それなりの人格者ではある。もし秋月がどこかで危険な目にでも遭っていようものなら、こんな《決闘《ゲーム》》は今すぐ中断して俺をその場へ向かわせるはずだ。つまり秋月の身に危険はない。柚姉との疑似《決闘《ゲーム》》はまだ続行できる状態にある。

それに——実を言えば、秋月が待ち合わせ場所に来ない可能性は最初からあると思っていた。何せ彼女に課されている【ミッション】は、俺を〝ターゲット〟とする全ての【ミッション】の中でも群を抜いて難しい内容《モノ》。準備が上手《うま》くいかなければまず成功する見込みはないわけで、心が折れてしまったのだとしても何ら不思議なことではない。

（つまり……秋月は、自分の意思で隠れてる）

そんな風に結論付ける俺。……ただ、彼女の居場所を探そうにも、右耳に付けたイヤホンからは『むにゃ……すぅ、すぅ……』と心地よさそうな寝息が聞こえ始めている。ちょっと前から眠そうなのは分かっていたが、椎名《しいな》はそろそろログアウトのようだ。

だから俺は、独り言のように小さく呟《つぶや》くことにする。

「じゃあ――ひたすら探しまくるしかない、か」

ああ……全く。

今年のクリスマスは、朝からずっとハプニングの連続だ。

#

秋月乃愛《あきづきのあ》の捜索は、想像に反してそれほど困難なものではなかった。

そもそも近くにいなかったり建物の中に入られていたりした場合はとっくに詰んでいるため思い切ってそれらの選択肢を全て捨て、駅の近くで長居できる公園や広場のような場所に候補を絞って検索する。この条件に該当するスポットはそう多いわけでもなく、三か所ほど巡った辺りで秋月の姿を見つけることが出来た。

「ふぅ……」

彼女が身を潜めていたのは零番区内のとある公園だ――広さはそこそこで、夕方になればほとんど人が寄り付かなくなってしまうような閑散とした場所。そんな公園の端っこに位置するブランコに乗って、秋月は誰がどう見てもしょんぼりとしていた。格好《かっこう》は赤を基調とした可愛《かわい》らしいコートに、幼さと色気を絶妙に両立させるホットパンツ。ふわふわの栗色《くりいろ》ツインテールはいつも通りばっちり決まっているが、それすらもどこか元気なさげに萎《しお》れてしまっているように感じられる。

（……ったく）

そんな姿を見て彼女が待ち合わせ場所に来なかった理由を確信した俺は、嘆息と共に歩を進めることにした。彼女の隣のブランコに腰を下ろした瞬間、そっと顔を持ち上げた秋月が驚いたように茶色い瞳を丸くする。

「え……緋呂斗《ひろと》くん？」

「ああ。……って、そうじゃなかったら誰が来るっていうんだよ」

呆然《ぼうぜん》とした様子で紡がれる言葉に冗談めかした口調で答えを返す俺。それを受けた秋月は、何となく状況を察したのかしばらく動揺しているようだった。バツが悪そうに視線を泳がせたり、露出度の高い太腿《ふともも》の上で意味もなく両手を絡めたりを繰り返す。

それでも俺が根気強く待っていると、秋月はやがて「ん……」と小さく息を吸った。そうしてゆっくりと視線を持ち上げ、弱々しくも言葉を続ける。

「えと、その……ごめんね、緋呂斗くん？　待ち合わせ、行けなくて……」

「ん……いや、それはいいんだけど」

悲しげな声音で呟く秋月に対し、俺は小さく首を横に振る。遅刻そのものは——俺の遅刻でさえなければ——全くもって問題じゃない。問題は、むしろ理由の方だ。

「どうして来なかったんだ？　一応言っとくけど、これは糾弾とかじゃなくて単なる疑問だ。こんなに近くにいたんだから、間に合わなかったわけじゃないんだろ？」

「え、へへ……そう、なんだけど。……んと、これって言わなきゃダメかなぁ？」

「別にダメってことはないけど、教えてくれるまで俺はずっとここに居座らなきゃいけないことになる。それでもいいなら黙っててくれていいぞ」

「……そっか♪　緋呂斗《ひろと》くんが隣にいてくれるのは嬉《うれ》しいけど……迷惑掛けちゃうのは嫌だし、それなら話しちゃった方がいいかも」

真っ白のマフラーに顔を半分埋《うず》めながらそんなことを言う秋月《あきづき》。いつものあざとさが欠片《かけら》も窺《うかが》えない彼女は、無理やり作ったようなぎこちない笑顔で続ける。

「あのね、緋呂斗くん。緋呂斗くんも知ってると思うけど……乃愛《のあ》は、緋呂斗くんのことが大好き。いつもいっつも、緋呂斗くんの〝特別〟になりたいなぁって思ってる」

「……まあ。それは、普通に嬉しいけど」

「えへへ、ありがと♡　……えと、それでね？　だから乃愛は、今年の《ＬＯＣ》で緋呂斗くんとの距離をぐぐっと縮めたいなって思ったの。理想の関係性はもちろん【ラブラブな恋人同士】♪　上手《うま》くいったらそのままお付き合いする予定だったんだけど……」

「だけど？　じゃあ、何かトラブルでもあったってのか？」

「トラブルってわけじゃないけど、乃愛からしたら大大問題だよ。だって、乃愛に課された【ミッション】は——緋呂斗くんを〝ターゲット〟にした【ミッション】は、絶対に達成できないくらい難しい内容だったんだから」

下唇を噛《か》んで無理やり感情を抑えながら、秋月はそれまでよりもワントーン落とした声でそんなことを言う。そうして彼女はゆっくりと俺から視線を落とし、自身の足元をじっと見つめながら栗色《くりいろ》のツインテールを微《かす》かに揺らした。

「緋呂斗くんも知ってるでしょ？　乃愛の【ミッション】……【何らかのイベントを企画し、対象《ターゲット》と一緒に二万人以上の観客に囲まれること】ってやつ。……本当に、意味分かんないくらい難しいんだよ、これ。もちろん乃愛だって色々考えて、どうにかして実現するために動いてみたりしたけど、それでも全然ダメだった。乃愛の【ミッション】は、どんなに頑張ってもクリアできない内容《もの》だった」

「ん……」

「それって、言い換えれば〝乃愛には絶対に達成できないくらい難しい【ミッション】が与えられた〟ってことだよね？　《LOC》では受諾者《プレイヤー》と〝ターゲット〟との距離が遠ければ遠いほど……〝理想の関係性〟から離れてれば離れてるほど【ミッション】の難易度も上がるんだよ。ってことは……ってことはさ、乃愛と緋呂斗くんが【恋人同士】になるのは〝不可能〟ってことなのかな？　乃愛が緋呂斗くんの〝特別〟になるのは、絶対に絶対に無理なのかな……？」

俺には一切視線を向けることなく、秋月《あきづき》は湿った声でそんな疑問を口にする。

まあ、彼女がそう考えてしまうのも無理はないだろう――俺が当事者であることを踏まえるとどうしてもナルシストっぽくなってしまうが、これが無関係の誰かだったら俺だってそう判断する。達成不可能な【ミッション】を課されたということは、その時点で《LOC》のシステムから見放されたようなもの……可能性はないと宣告されているようなものだと、そんな風に塞ぎ込んでしまうのも充分に理解できる。

それでも俺は、自らの思考を否定するように小さく口角を持ち上げた。

「いや。……馬鹿なこと言ってんじゃねえよ、秋月」

「え……？」

そんな俺の言葉に応じて、秋月がゆっくりと顔を上げる。わずかに赤く腫れた目。あざとさなど微塵《みじん》も感じられない無垢《むく》な表情が真《ま》っ直《す》ぐに俺へと向けられる。

「どういうこと、緋呂斗《ひろと》くん……？」

「どうもこうもねえよ。確かに秋月の【ミッション】はめちゃくちゃ難しい――けど、絶対に無理なんて嘆くほどじゃないだろ。恋人云々《うんぬん》ってのは置いておくとして、あの【ミッション】はちゃんとクリアできる。《LOC》の管理者は意外と公平なやつだからな、最初から達成不可能な【ミッション】なんて存在しねえよ」

「え……え？　乃愛《のあ》の【ミッション】が、クリアできる……？　ほ、ほんとに？」

「ああ。何なら、とっくに舞台は準備できてるよ。だから——」

そこで一旦言葉を切ると、俺は静かにブランコを降りることにした。そうして、ポカンと口を開けたままこちらを見つめている秋月に対し、そっと片手を差し伸べる。

「行こうぜ、秋月。こんなところで凹《へこ》まれてたらお前との〝約束〟が果たせない」

……そんな、とびっきり気障《きざ》な仕草と表情で目の前の少女を誘いながら。

俺は、密《ひそ》かに数日前の記憶を辿《たど》っていた——。

♭

十二月二十日、火曜日——クリスマスの五日前。

俺は、四番区内の喫茶店でとある人物と待ち合わせをしていた。

もちろん単なる雑談とか暇潰しが目当てというわけじゃない。数日後に迫ったクリスマス、もとい柚姉《ゆずねえ》との疑似《決闘《ゲーム》》を攻略するにあたっての下準備を行うためだ。開示されている【ミッション】は柚姉の言っていた通り難易度の高そうなモノばかりだが、その中でも群を抜いて厄介な【ミッション】が一つある。

それこそが、

（秋月の【ミッション】の下準備……これだけは、早めに済ませておかなきゃマズい）

──そう。

学園島《アカデミー》にいない羽衣《はごろも》との接触方法や彩園寺《さいおんじ》と姫路《ひめじ》のダブルブッキング解消も大きな課題なのだが、単純な【ミッション】難易度で考えるなら秋月《あきづき》のそれが断トツだろう。ちなみに、内容としてはこんな感じだ。

【受諾者：秋月乃愛《のあ》】

【内容：何らかのイベントを企画し、対象《ターゲット》と一緒に二万人以上の観客に囲まれること】

【実行場所：任意】【指定時間：午後四時】【必須条件：現実世界】

「……ふぅ」

思わず溜《た》め息《いき》が零《こぼ》れてしまう。

というのも、だ──全人口が百万人程度しかいない学園島《アカデミー》において、二万人を超えるような大観衆が一か所に集うイベントなんて年間でも数えるほどしか存在しない。それこそ学区対抗型の大規模《決闘《ゲーム》》くらいのものなのだ。個人の企画したイベントがそれだけの人数を集めた例なんて少なくとも俺の記憶にはない。

故に、一見した限りでは〝絶対に達成し得ない【ミッション】〟となっている。

（STOC《ストック》とかisland tube《アイ・チューブ》の視聴者数を入れていいなら何かしらの生放送で無理やり達成できるかもしれないけど……【必須条件：現実世界】ってのはそれを禁じるための縛りなんだろうな。ったく、鬼みたいな難易度じゃねえか……）

思考を整理しながら静かに首を横に振る俺。

ただ、今から十日ほど前……生徒会室での話を振り返ってみる限り、秋月は既に何かしらの行動を起こしているようだった。そして、彼女が誰に相談を持ち掛けていたのかも分かっている。なるほど、四番区でイベントを企画するなら頼るのはまず彼らだろう。

と——そこまで考えた、瞬間だった。

「……ふむ、待たせたな篠原《しのはら》」

背後から投げ掛けられたぶっきらぼうな声。それに応じて振り返ってみれば、そこにいたのは一組のカップルだった。いつも通りの仏頂面で腕を組んだ榎本進司《えのもとしんじ》と、彼の隣で少し照れたように鮮やかな金糸を弄《いじ》っている浅宮七瀬《あさみやななせ》。

「ああ。……待ってたぜ、先輩」

頼れる先輩二人の登場に、俺は頬《ほお》を緩めると共にそっと安堵《あんど》の息を零した。


「やー、あはは……」

とりあえず席に着き、それぞれの注文した飲み物が届いた頃。

何となく譲り合うような空気の中、まず口を開いたのは俺の斜め前に座る浅宮だった。

「なんか、シノにこういうとこ見られるとちょっとハズいかも。そうじゃなくても進司といるだけでめっちゃ声掛けられるし……ウチ、あんまりそーゆー耐性ないっていうか」

「ふん。そこまで恥ずかしいのなら外出など提案しなければいい。言っておくが、七瀬《ななせ》が僕の後ろに隠れるせいで、矢面に立たされているのはいつも僕の方だぞ？　幼馴染《おさななじ》みだからと言っていつまでも僕を盾にするな」

「む……別にいいじゃん、それくらい。せっかく付き合い始めたんだから、デートくらいしたいに決まってるし。っていうか……ウチ、もうただの幼馴染みじゃなくて、進司《しんじ》のカノジョなんですけど？」

「っ……そうか、そうだったな。うむ……」

「ちょ、照れんなし！　ウチの方がハズいんだから！」

ダイレクトな表現にふいっと視線を逸《そ》らす榎本《えのもと》と、そんな反応に顔を赤らめながらぐいぐいと彼の肩を小突く浅宮《あさみや》。最近では学内でもこんなやり取りばかりが目撃されているという、英明《えいめい》学園随一の有名カップルである。

「ん……」

顔を合わせる度に喧嘩《けんか》していた榎本と浅宮がついに仲良くデートをしている、というだけでなかなか感慨深いものはあるが、とはいえ今日は冷やかしのために二人を呼んだわけじゃない。コーヒーを一口飲んでから、俺はさっそく話を切り出すことにする。

「えっと……まず、せっかくデート中だったってのに呼びつけて悪いな、二人とも」

「んー？　いーのいーの、たまたま近くにいただけだし」

俺の前置きに対し、鮮やかな金糸を微《かす》かに揺らすようにして首を振る浅宮。彼女は笑顔のまま右手を上げてピッと隣の榎本を指し示す。

「シノのお願いなら何でも聞いてあげるよ。主に進司が」

「……おい七瀬、勝手に僕を売り飛ばすのはやめろ。要望に応えられるかどうかは話を聞いてから判断する、と事前に言っておいただろう」

「ぶぅーぶぅー。後輩のお願いもろくに聞いてあげない生徒会長とかめっちゃダサいんですけど。っていうか進司、シノからのメッセ見て大急ぎでここまで来たくせ――」

「ありもしない妄言で喚《わめ》くな、七瀬。……それで、篠原《しのはら》。用件は何なんだ？」

「ん？　ああ、そっちのイチャイチャはもう終わりでいいのか？」

「イチャイチャなど微塵《みじん》もしていない」

俺の軽口にむすっとした顔で腕組みを返してくる榎本。その隣で照れたように顔を赤くしている浅宮を横目で見つつ、俺は苦笑交じりに言葉を続けることにする。

「なら本題だ――榎本に一つ訊《き》きたいことがある。最近、秋月のやつがアンタにクリスマスイベントの開催を打診してこなかったか？　それも友達《ともだち》同士の小規模なイベントとかじゃなくて、何万人も集まるようなデカいやつだ」

榎本の顔を正面に捉えながら、真《ま》っ直《す》ぐにそんな質問を投げ掛ける。

そう――俺の考えが正しければ、秋月《あきづき》が〝イベント開催〟のために相談を持ち掛けたのは榎本進司《えのもとしんじ》のはずだった。何しろ英明《えいめい》学園の中で最も〝人を動かす〟力を持つのは、一ノ瀬《いちのせ》学長でなければ生徒会長である榎本だからだ。英明内部における彼への信頼度ははっきり言って絶大の一言。榎本が号令を掛けるだけで数千人は動くだろう。故に、英明の生徒が何かしらのイベントを企画する場合は、まず真っ先に榎本を頼ることになる。

「アンタではなく榎本先輩だ。……が、そうだな」

相変わらずの仏頂面でそんな訂正を挟んでくる榎本。続けてアイスコーヒーで軽く喉を湿らせた彼は、特に焦《じ》らすようなこともなく端的な答えを口にする。

「イエス、だ。半月ほど前、秋月《あきづき》が英明学園主導でのクリスマスイベント、というのを企画して僕のところへ持ってきた。趣向としてはなかなか面白いものでな、いわゆる《LOC》――クリスマス限定の疑似《決闘》を絡めた大型イベントだ。対象は《LOC》に参加したはいいものの上手《うま》く一歩を踏み出せなかった者、あるいは勇気が出せず参加すら出来なかった者。彼ら彼女らに狙いを絞り、クリスマスという日を楽しい思い出で塗り替えてもらう……まあ、コンセプトとしてはそんなところだな」

資料はこれだ、と言いながら、テーブル上に端末画面を投影展開してみせる榎本。

「ん……」

対する俺は、わずかに身を乗り出すようにしてずらりと並んだそれらに目を通す――秋月が考案したというそのイベントは、一言で言えば『クリスマスに恋人がいなくても関係ねえ、代わりに最高の友達《ともだち》を作ってやるぜ!!』みたいな主旨のモノだった。まず、会場に集まった参加者たちは〝知らない相手と協力する〟タイプの疑似《決闘《ゲーム》》に入れ替わり立ち替わり挑戦する。そしてその際、チームを組むことになった相手を〝ターゲット〟として《簡易版LOC》の【ミッション】を受諾することが推奨される。限定アビリティの報酬がない代わりに〝ターゲット〟を何人でも設定できる《簡易版LOC》。それをひたすら遊び尽くす、というのがこのイベントの本筋なのだろう。

「………………」

受諾した【ミッション】を達成できれば〝願掛け〟効果と達成感で仲良くなれる可能性は大いにあるし、仮に失敗してしまっても後腐れなんか残らない。さらには端末に保存されたアビリティの傾向やこれまでの戦績から相性が良さそうなペアを組むための計算式《アルゴリズム》まで記載されており、秋月の本気度が窺《うかが》える。……というか、普通に目を引く内容だ。《LOC》の人気に便乗する形で今後の定番イベントになってもおかしくない。

「――ふむ」

俺がイベントの概要を把握した辺りで、対面の榎本がそんな声を零《こぼ》した。テーブルに映った膨大な資料を軽く眺めるようにしながら、彼は静かに息を吐き出す。

「見ての通り、秋月が持ってきたイベント案は充分に優秀だ。視点や詳細も含めて悪くない。ただ……何分《なにぶん》、タイミングがタイミングでな。たった半月では、場所も予算も人員もあらゆる手配が間に合わない。故に、残念ながら論ずるに値しないというやつだ」

「え？　……いやいや、何言っちゃってんの進司《しんじ》。論じるどころか、乃愛《のあ》ちのために三日くらい徹夜して色んなトコと交渉しまくってたじゃん。その上でどうにもならなかったんだ、って素直に言えばいいのに」

「ふむ、何故《なぜ》だ？　そんなことを話して安い同情を得たいとは思わないが」

「や、だからそーゆーことじゃないんだってば……もう」

無駄に強情な榎本《えのもと》に対し、呆《あき》れたように肩を竦《すく》める浅宮《あさみや》。……が、仮に彼女の暴露がなかったとしても、秋月《あきづき》から相談を受けた榎本が全力で活路を探したのだろうというのは容易に想像することが出来た。支持率ぶっちぎりトップの生徒会長は伊達《だて》じゃない。

（けどまあ、それはともかく……やっぱり、秋月は榎本のところにイベント案を持ち込んでたのか。ただ【ミッション】が発行されてからクリスマス当日までの期間は三週間もない。さすがに間に合わない、って却下されて……だから元気がなかったのか、あいつ）

思考を整理するように右手をそっと口元へ遣《や》る。

秋月の選んだ手法は、ある意味で王道と言っていいだろう。二万人越えの大観衆を集められそうなイベントを企画し、その運営を生徒会長である榎本進司に依頼する。内容も相当に練られていたため成功の可能性はあったはずだが、しかし今回はあまりにも時間が足りなかった。まあ、これぱっかりは榎本を責められるようなものじゃない。

（っていうか……よく考えたら、この【ミッション】だけ難易度が段違いなんだよな。イベントを企画してどこかに持ち込んで……って、普通に考えたら〝達成不可能〟だ。選んだ〝関係性〟が違うのかもしれないけど、何でこんなに――――いや、待てよ？）

そこで俺は、ふとあることに気が付いて思考を止めた。

二万人以上の観客が集まるような大規模イベント。確かにそれは、本来なら学区対抗型の大型《決闘《ゲーム》》くらいのものだが、ことクリスマスに限ってはもう一つ開催される予定があった。それこそが《ライブラ》主催のクリスマスイベントだ。今を時めくアイドルグループを学園島《アカデミー》に招き、華やかなライブパフォーマンスをするというもの……けれど、連日のニュース番組なんかでも告知されているが、そのイベントは当のアイドルが起こした不祥事によって中止になってしまったらしい。数万人規模の大型イベントが、だ。

（中止……あの《ライブラ》がただの中止で済ませるか？　も予算もとっくに揃《そろ》ってたはずだし、そもそもあいつらの熱量は半端じゃない。ぽっかり空いたイベントの枠……それを《ライブラ》の連中はどう使うつもりだった？）

直感に従って手元の端末を操作する俺。そうしてアクセスしたのは《ライブラ》が運営している公式サイトだ。そこには日々更新されているネット記事の他に、重大トピックとしてこんな項目が掲げられている。

――曰《いわ》く、

『緊急大告知!!』

『みんなも知っての通り、クリスマスに予定されていた《ライブラ》のイベントは中止になってしまったにゃ。本当にごめんなのにゃ!!』

『ただし！　もちろん、それで終わる《ライブラ》じゃないのにゃ！　クリスマスまではまだ時間もある——そこで、みんなからゲリライベントの案を大募集するにゃ！』

『募集期限はクリスマス当日、午後三時！　集まった案の中から〝これだ！〟ってやつを選んで、ゲリラで実行させてもらうのにゃ！』

『クリスマスをもっと盛り上げるための楽しい案を待ってるにゃ〜!!』


「……なるほど、こいつか」

端末の画面を見つめながらポツリと呟《つぶや》く。

クリスマス当日に《ライブラ》が予定しているゲリライベント——おそらく、秋月《あきづき》に課された【ミッション】はそれを前提としたものなのだろう。つまりはイベント案を送って採用されるのが正規の攻略方法、というわけだ。いくら〝超難易度〟とはいえ、最初からクリアできない仕様というわけじゃない。

けれど、そんな俺の様子を見て、対面の榎本《えのもと》が静かに首を横に振った。

「いや……横から水を差すようで悪いが、篠原《しのはら》。それに採用されるのはまず無理だろう」

「っ……へえ？　何でそんなことが言えるんだ？」

「僕も調べたからだ。秋月に頼られて適当な仕事をするわけにはいかないからな、英明《えいめい》でのイベント実施が不可能だと分かってすぐにエントリーさせた。……が、聞いたところによれば、現時点で集まっている案は千件近くに上るそうだ。秋月の案がどうこうという話ではなく、確率的に厳しいものがある。少なくとも、僕はそれに賭けられない」

「ん……千件、か」

　確かに、それは膨大な数字だ。上位の候補に入ることは出来るかもしれないが、絶対に採用されるとはとても保証できない。ただ秋月の【ミッション】内容を考える限り、ここで《ライブラ》を頼らないという選択《ルート》はおそらく有り得ないだろう。つまり、必要なのは秋月の案を通すための方法、その一点に限られる。

　だから、俺は。

「ま、そこまで分かれば充分だ。ありがとな、二人とも――おかげで活路が見えてきた」

　ニヤリと口角を持ち上げながら、不敵な声音でそう言った。

＃

――十二月二十五日、午後四時二十三分。

すなわち、現在。

「ちょ、ちょっと……ね、ねえ、ちょっと待ってってば緋呂斗《ひろと》くんっ」

俺に手を引かれるがまま呆然《ぼうぜん》と付いてきていた秋月《あきづき》だったが、公園の出口に差し掛かった辺りで我に返ったように俺へと声を掛けてきた。指先だけの弱い力で俺の手を握り返しながら、彼女は不安そうな上目遣いと共に尋ねてくる。

「乃愛《のあ》の【ミッション】がクリアできる、って……それ、本気で言ってるの？　あんなにめちゃくちゃな、心が折れちゃいそうになるくらい難しい【ミッション】なのに？」

「難易度が高いのは事実だけど、お前の心は折れてないだろ」

秋月の問いを一言で切り捨てる俺。そうして、彼女の瞳をじっと見つめて続ける。

「何日か前、榎本《えのもと》から一通りの事情を教えてもらった。本当に諦めてるならあんな資料は作れねえよ。むしろ執念の塊じゃねえか」

「そ、それは、そうかもだけど……でもでも、それが実現できなかったからしょんぼりしてるんだよ。乃愛があの資料を会長さんに見せたのが二週間以上前……そのタイミングでダメだったんだから、もう二万人を集める手段なんかない。緋呂斗くんがどこに行こうとしてるのか知らないけど、乃愛は……乃愛は、これ以上悲しくなりたくないよ」

「……ま、そう思っちまうのも無理はないんだけどな」

歩くペースを少しだけ落としながら、俺は秋月の言葉に同意を返す。彼女の認識は何も

間違っていない。間違ってはいないのだが、

「秋月、お前も知ってるんだろ？　《ライブラ》が中止になったイベントの穴埋めとしてゲリライベントの案を募集してたこと……いや、知ってるどころか、榎本に言われてとりあえず例の企画を投げてたはずだ。あれが採用されてれば、二万人の観客を集める【ミッション】なんて余裕でクリアできる。むしろお釣りが出るくらいだ」

「《ライブラ》の……う、うん、それはそうだと思うけど。……でもでも、すっごくたくさんの案が集まってるって聞いたよ？　何百件とか、何千件とか……どれが採用されたのかは怖くて見てないけど、乃愛の案なんかが通ってるわけ――」

「いや、通るだろ」

数日前の榎本と似たようなことを言う秋月に、俺は小さく首を横に振ってみせた。そんな断言を受けて、目の前の彼女は「え……」と目を丸くする。

「通るって……何でそんなに自信満々なの、緋呂斗くん？」

「そりゃ自信満々にもなるって。まあ、そもそもの出来が良いっていうのはもちろんあるけど……お前のイベント案には、他の連中の企画にはない特大の利点が一つある」

「利点？」

「ああ。――アレはさ、他の連中が出した良案をいくらでも吸収できるんだよ。元々の案では単に〝協力型の疑似《決闘》《ゲーム》〟を行う、ってだけだったけど、そこを〝今回投稿され

た優秀な《決闘《ゲーム》》案〟に置き換えれば、時間の許す限りいくらでもイベント案を採用できることになる。《ライブラ》だって千件以上の案から一つだけを選ぶのはかなり難しいはずだからな。秋月《あきづき》の案を採用して〝ミニゲーム〟的に色々遊ぶのが一番賢い……って、風《かざ》見《み》のやつにもそれとなく推奨しといた」

「え……」

再び呆《ほう》けたようにそう言ってポカンと口を開ける秋月。

そう——榎本《えのもと》から一通りの話を聞いた後、俺は秋月イベントの持つポテンシャルを整理して、《ライブラ》の筆頭レポーターである風見鈴蘭《すずらん》に力説していた。当然ながらというか何というか、反応は上々。るんるんな口調で『確かにそれは最高だにゃ……！　にゃふふ、夢が広がるにゃ!!』と返事があった。……当のゲリライベントは三十分ほど前に始まっているが、誰の案が採用されたかなんて確認する必要もない。何せ秋月の案は、その他多くの採用案を統括する〝枠組み《システム》〟の側に入っているからだ。

「……要するに、お前の案が最高に良かったってことだよ」

ようやく辿《たど》り着いたイベント会場に裏口から足を踏み入れつつ——ちなみに〝クリスマスの奇跡〟でスタッフ用の通行証を作成している——作戦の総まとめとしてそんな言葉を口にする俺。まだ状況が掴《つか》み切れていない秋月の手を引きながら長い廊下を歩き、その傍《かたわ》らで簡単な補足を続けることにする。

「俺がやったのは単なる追加説明だからな。イベント慣れしてる《ライブラ》なら、何もしなくたって秋月案の良さに気付いていてくれてたかもしれない」

「で、でも……それでイベントが失敗なんかしたら、乃愛《のあ》……」

「安心しろよ、秋月。STOC《ストック》で流れてる情報によれば、今この会場にいるイベント参加者は三万七千人だそうだ。午後四時を回ってすぐの頃はせいぜい二万後半ってところだったみたいだけど、口コミが広がって途中参加がガンガン増えてるらしい。まだ開始から一時間も経《た》ってないけど、控えめに言って大成功——だってさ」

「ぁ……」

　そこでようやく実感が湧いてきたのか、秋月はポツリと吐息交じりの声を零《こぼ》す。

　ちなみに、だが……俺たちがいるのは無数にある入場口の一つ、イベント中でも自由に出入りできる分厚い扉の前だ。当然ながら防音性能は高いはずだが、それでも会場内の熱気は地鳴りのように伝わってくる。クリスマスの今日この瞬間において、間違いなくここが学園島《アカデミー》一の〝熱〟を帯びていると言っていいだろう。

「……そっか。そう、なんだ……」

　そんなものを扉越しに感じながら、秋月は静かな声音で呟《つぶや》いた。心なしか元気を取り戻したように見えるふわふわの栗色《くりいろ》ツインテール。上級生とは思えないくらい小柄で華奢《きゃしゃ》な身体《からだ》を持つ彼女は、きゅっと俺の手を握ったままこちらを見上げて続ける。

「緋呂斗《ひろと》くんが、叶《かな》えてくれたんだ。乃愛《のあ》だけじゃ出来なかったことを……途中でもうダメだって諦めちゃってたことを、緋呂斗くんが完成させてくれたんだ」

「……いや、俺は何もしてないぞ？　単純にお前の案が優秀だったのと、あとは《ライブラ》のモチベが予想以上に高かっただけだ」

「ううん。それでも、緋呂斗くんがいなかったらこんなことにはなってないもん。緋呂斗くんが〝ターゲット〟じゃなかったら乃愛はここまで真剣になれなかったし……《ライブラ》の人たちが話を聞いてくれたのだって、きっと緋呂斗くんだからだよ。緋呂斗くんが信頼されてるから、だからちゃんと動いてくれたんだ。……えへへ♪」

言いながらくるりと身体《からだ》の向きを変え、手を繋《つな》いだまま俺の真正面に回る秋月《あきづき》。その瞬間、背丈とは不釣り合いなくらいに大きな胸が否応《いやおう》なく視界に入る。普段のあざとさを取り戻しつつある上目遣いが甘えるように俺を捉える。

そして、

「ねえ、緋呂斗くん♪　せっかくこんな特別な日にデートしてるんだし、一つだけ……クリスマスプレゼントってことで、一つだけ乃愛のお願い聞いてくれない？」

「……内容次第だけど、何だよ？」

「ええ～？　そこは嘘《うそ》でもいいから〝何でもいいぞ〟って言ってくれないの？」

「そんな隙を見せられる相手じゃないからな……」

ぷくっと頬《ほお》を膨らませる秋月にそう言って、冗談交じりに小さく肩を竦《すく》める俺。

その瞬間、だった。

「っ……」

ふわり、と柔らかな感触が胸元に飛び込んでくる――秋月に、抱き着かれたのだ、と気付いたのはそれから数秒後のことだった。普段の〝俺をその気にさせる〟目的のスキンシップとは明らかに違う、親愛やら恋慕といった感情がダイレクトに詰め込まれたハグ。俺の胸に頭を押し付けるように、秋月は小柄な身体でぎゅぅっと俺を抱き締めている。全身を包み込む甘い匂いと髪やら肌やらの感触で頭がどうにかなりそうだ。

「お、おい――」

「……ごめんね、緋呂斗くん」

たっぷり数秒ほど硬直してからようやく声を発した俺だが、秋月はそれを遮るかのように少し掠《かす》れた声を零《こぼ》した。そうして彼女は、離れる気配を一切見せずに続ける。

「今だけ――今だけでいいから、独り占めさせて？　乃愛が緋呂斗くんの〝特別〟になれるかどうかは分かんないけど……今日はクリスマスだから、ちょっとだけ」

「…………こんなのでいいのかよ」

「えへへ♪　当たり前だよ、緋呂斗くん。乃愛にとっては最高の贈り物だもん……♡」

俺の服に顔を埋《うず》めたままくぐもった声でそんなことを言う秋月。

結局――ややあって顔を真っ赤にした秋月《あきづき》が自分から身体《からだ》を離してくれるまで、俺たちは誰もいない廊下で抱き締め合っていた。

【秋月乃愛《のあ》――《LOC》ミッションクリア】
【内容：何らかのイベントを企画し、対象《ターゲット》と一緒に二万人以上の観客に囲まれること】
【理想の関係性：ラブラブな恋人同士♡】

＃

「え、へへ……なんか乃愛、さっきからずーっと赤くなっちゃったままかも♡」

――零番区のイベント会場に辿《たど》り着いてからしばし。

思考が暴走する寸前まで秋月のハグを受け続け、その後ホールに入ることで瞬く間に彼女の【ミッション】をクリアした俺は、当の秋月と共に会場を抜け出していた。

照れたように両手でパタパタと顔を扇《あお》いでいる秋月だが、確かにその顔はほんのりと赤く染まったままだ。普段からぐいぐい攻めてくる彼女にしてはやや珍しいと言えないこともない。……が、激しく照れているのは俺だって同じことだ。表面上はどうにかして平静を保っているものの、先ほどのハグから動悸《どうき》がずっと収まっていない。隣を歩く秋月に心音が聞かれていないか心配になってくるレベルだ。

まあ、とにもかくにも——ようやく本調子を取り戻してきた秋月《あきづき》は俺の目の前でくるりとターンを決めると、後ろ手を組んで「えへへ♡」とあざとい笑みを浮かべてみせる。

そうして一言、

「もう何回も言っちゃったような気がするけど……改めてありがとね、緋呂斗《ひろと》くん。もしかしたら泣きながら過ごすことになるかもって思ってたのに、緋呂斗くんが〝攻略〟してくれたおかげで一番素敵なクリスマスになっちゃった♡」

「ん……そうか。まあ、それなら良かった」

「うん♪　えへへ……ほんとはこのまま夜まで二人っきりでいたいところだけど、緋呂斗くんのことだからまだまだ《LOC》の【ミッション】が残ってるんでしょ？」

「……お祭しの通り、ってやつだな」

人差し指で頬《ほお》を掻《か》きながらも一応は誠実に答える俺。時間的にはそろそろ夕方だが、今日の一番の山はこの後に控えていると言っても過言じゃない。秋月考案のイベントに参加せずさっさと会場を抜け出してきたのはそれが理由だ。

「そっかぁ……残念♪　じゃあ、今日はここでお別れってことにしておくけど……」

言いながら秋月は、あざとい笑顔でちょんちょんと俺を手招きしてきた。誘われるがままに顔を近付けてみると、彼女は少しだけ背伸びをして俺の耳元に唇を寄せてくる。

そして、

「乃愛、ちゃんと本気だから。……のんびりしてると奪っちゃうからね♡」

「────」

捉えようによっては〝宣戦布告〟とも取れるそんな囁《ささや》きを残して、秋月はひらりと俺から距離を取った。先ほどよりもさらに赤くなったように見える彼女は、それでもいつものあざとい仕草で「またね♪」と俺に両手を振って去っていく。小柄なその背がやがて見えなくなってから、俺は静かに息を吐き出した。

「ふぅ……」

何というか──緊張と動揺とその他諸々《もろもろ》の心の動きで、精神力《MP》を一気に持っていかれたような感覚だ。普段は適当にあしらわれる前提でちょっかいを掛けてきている節のある秋月だが、今日は最初から最後まで本気だったため流すわけにはいかなかった。真正面から強い感情を受け止め続けていたのだから、疲れるのは当然といったところだろう。

が、まあそれはともかく。

【十二月二十五日　午後四時五十一分】
【残りミッション──2つ】

「………」

──端末画面に映った表示を眺めながら、俺は無言で思考を巡らせる。

現在までに水上《みなかみ》、皆実《みなみ》、羽衣《はごろも》、そして秋月の【ミッション】をクリアしているため、残る〝約束〟はあと二つだけだ。時間には常に追われる羽目になっているものの、どうにか全て達成することが出来ている。傍《はた》から見れば順調と言っていいくらいだろう。

けれどそれでも、俺の内心は落ち着くどころか焦《あせ》りを増すばかりだった――何しろ、柚《ゆず》姉《ねえ》との《決闘《ゲーム》》における最大の難所は最後の最後。姫路と彩園寺の【ミッション】がどちらも〝午後七時〟に設定されてしまっていることだからだ。幸い指定時間まではまだ二時間以上あるが、このダブルブッキングが解消できない限り、どれだけ頑張ったところで二つの【ミッション】を同時に達成することなんて出来やしない。

一見すれば、どちらかを選ぶしかない二者択一。

ただし、どちらかを〝選ばなかった〟時点で、俺は柚姉との《決闘《ゲーム》》に敗北する。

(ま、要するに……ここからが今日のラストパートってわけだ)

とんっ、と背後の壁にもたれかかりながら。

俺は、そんな覚悟と共に小さく息を吐き出した――。

#

「――加賀谷《かがや》さん、一つ相談に乗っていただけませんか？」

『にひひ、分かってるよん白雪《しらゆき》ちゃん。ずばりヒロきゅんの落とし方、だよねん？』

「驚くほどに違います。そうではなく、クリスマスの日にご主人様と行う疑似《決闘《ゲーム》》の内容を一緒に考えていただきたいのです」

『？　いやいや、だからそれが〝ヒロきゅんの落とし方〟ってことじゃないの？　王様ゲームとか愛してるゲームとか……いくらヒロきゅんでもイチコロ間違いなしだねん！』

「な……そ、そのような不埒《ふらち》な《決闘《ゲーム》》をご主人様とわたしが二人っきりで行うというのですか？　絶対にダメです。わたしはともかく、ご主人様が喜ぶはずがありません」

『ええ～？　二人でやったら超盛り上がると思うんだけど……あれ？　っていうか白雪ちゃん、何か色々調べてたんじゃなかったっけ？』

「あ、はい。これまで学園島《アカデミー》で行われたことのある《決闘《ゲーム》》ルールにはざっと目を通してみました。魅力的なルールや面白い《決闘《ゲーム》》はたくさん見つかったのですが……」

『んー。まあ、白雪ちゃんの場合はヒロきゅんを打ち負かしたいわけじゃないもんね』

「そうなのです。となれば、やはりオリジナルゲームを用意すべきかと」

『なるほど。……にひひ』

「？　……何を笑っているのですか、加賀谷さん」

『べっつに～？　ただ、白雪ちゃんがこんなに真剣になっちゃうなんて、やっぱりヒロきゅんは果報者だな～って思ってさ。ね、やっぱりポッキーゲームとかにしとかない？』

「………もう、加賀谷さんなんて絶交《ミュート》です」

『え、ちょっ、それだけはダメだってば白雪ちゃ――（ブツン）』

とある姉弟の通話記録

柚　ね、ね、緋呂斗？ 今ヒマ？ お姉ちゃんとお喋りしない？

……いや、ヒマなわけないだろ　緋

こっちは姉ちゃんとの《決闘》の真っ最中だっての　緋

確か中間報告は要らないんじゃなかったのか？　緋

柚　そうだけど～

柚　でもさ、こんなに連絡してくれないとは思わないじゃん？　難易度も高いし、もうちょっとゲームマスターを頼ってくれるかなぁって期待してたんだけど

頼るって言われても……じゃあ、ハンデか何かくれるのかよ　緋

柚　え？ ないけど

……切っていいか？　緋

柚　ええ～？ もう、緋呂斗のいけず～

柚　まあ、私としては緋呂斗のカッコいいところが見れるだけで充分なんだけどね

柚　あ、もちろんずっと監視してるわけじゃないからね。お姉ちゃんに遠慮せずイチャイチャしちゃっていいんだよ？

…………そりゃどうも　緋

第四章 〝赤の星VS元〝赤の星〟

liar liar

＃

「…………」

十二月二十五日。時刻はもうすぐ午後五時になる頃。

零番区から再び電車に乗り込んだ俺は、その車内で静かに思考を巡らせていた。

現在時刻からも明らかだが、俺と柚姉《ゆずねえ》が行っている疑似《決闘《ゲーム》》は既に佳境に入っている。残された〝約束〟はたったの二つ……当然、待ち合わせの相手も彩園寺《さいおんじ》と姫路《ひめじ》の二人だけ。そして、それぞれに課された【ミッション】はこんな感じだ。

【受諾者：彩園寺更紗《さらさ》】
【内容：対象《ターゲット》と一緒に四番区のドローンイルミネーションを鑑賞すること】
【実行場所：四番区内】【指定時間：午後七時】【必須条件：二人きり】

【受諾者：姫路白雪《しらゆき》】
【内容：対象《ターゲット》と疑似《決闘《ゲーム》》を行うこと。ただし●●】

【実行場所：三番区内】【指定時間：午後七時】【必須条件：ホワイトクリスマス】

どちらの【ミッション】も〝指定時間〟は午後七時。俺の身体《からだ》が分裂でもしない限り絶対に達成できないダブルブッキングだ、というのは最初から分かっているが、とはいえそこで思考停止するわけにはいかない。

まずは各【ミッション】の内容を改めて吟味してみることにしよう。彩園寺《さいおんじ》に課されているのは〝ドローンイルミネーション〟の鑑賞——クリスマスまでの一週間で色々と調べてみたところ、これは四番区が毎年恒例で行っているショーのようなものを指しているらしい。数百機のドローンが空を飛び回り、壮大な光の魔法を演出する……という、要は花火大会のロマンチックバージョンみたいなもの。開催時間は年によって多少前後することもあるようだが、基本的には午後七時過ぎからとなっている。

逆に姫路《ひめじ》の【ミッション】は、特に場所や時間に依存するものではない。一見した限りでは【ミッション】自体の難易度もそう高くなさそうだが……まあ、要するにこれら二つの難攻不落ポイントは偏にダブルブッキングにある、ということなのだろう。実際、同じ時間に二つの【ミッション】をこなすなんて普通に考えれば不可能だ。

——けれど、

（一応、抜け道はないこともないんだよな……）

微《かす》かに目を眇《すが》めながら、俺は思考を整理すべく内心でそんな言葉を口にする。

同じ時間に設定された【ミッション】、どうにもならないダブルブッキング——その解消を目指すにあたって、まず注目すべきは彩園寺の【ミッション】だ。ドローンイルミネーションとやらの詳細はともかく、重要なのは何よりそれが四番区で行われるイベントだという点だろう。四番区ということは、その責任者は我らが一ノ瀬《いちのせ》棗《なつめ》学長。権限次第ではイベントの実施時間を変えられるかもしれない、という見込みがあった。

ただ……三日ほど前にその話を振ってみたところ、返ってきたのはこんな反応だ。

『くくっ……あははははは！』

『ドローンイルミネーションの開始時間を変更してくれ、か。これまたとんでもない依頼を持ってきたものだね、篠原《しのはら》？』

『まあ、目の付け所くらいは褒めてやってもいい。学園島《アカデミー》四番区というのは文字通り私の管理下だからね、ドローンを飛ばすタイミングくらい私の一存でどうとでもなる。加えて特定のイベントと連動している【ミッション】の場合、イベントの開催時間が変更になれば〝指定時間〟も自動で変わる。そこは保証してあげるよ』

『だけど、君も分かっているだろう篠原？　残念ながら私には、その依頼に応えてやる理由が一つもない。学区対抗の公式戦ならともかく、これは柚葉《ゆずは》と君との疑似《決闘《ゲーム》》。君が負けても何ら問題ないどころか、勝ったら〝冥星〟の情報を教えなければならないと来た。……これでも私は、篠原緋呂斗《しのはらひろと》という戦力を重宝しているんだよ。冥星なんかとは出来れば関わらないで欲しい、と考えるくらいにはね』

『つまりは却下だ。クリスマス当日までに他の案を検討してみるといい』

――極めて論理的な〝否定〟の言葉。

まあ、学長の言い分はもちろん理解できる。権限としては可能だが、俺のためにイベントの実施時間を変える理由が彼女には一つもない……だから頷《うなず》くことはない。俺と学長の間にある〝相互利用〟の関係を考えれば当然の話と言えるだろう。その後も何度か交渉はしてみたものの、ついにクリスマス当日まで学長の意見が変わることはなかった。

（ただ、一応勝機はある――昨日までは条件が揃《そろ》ってなかったけど、今なら学長の答えを引っ繰り返せるかもしれない。だから…………って、え？）

そこまで考えた辺りで、俺は不意に思考を止めた。というのも、手元で弄んでいた端末が突如として振動したからだ――見れば、受け取ったのは一件のメッセージ。それだけなら特に気に留《と》めるようなことでもないのだが、画面を見つめた俺は思わず息を呑《の》んでしまう。込み上げてきた嫌な予感に駆られて即座にメッセージアプリを開いてしまう。

……が、まあそうなってしまうのも無理はないだろう。

何せ、送信者欄に表示されている名前は、他でもない〝姫路白雪〟だったのだから。

＃

『――お疲れ様です、ご主人様』

『本日はクリスマスという特別な日にわたしとのお時間を作っていただき、本当にありがとうございました。心の底から感謝しています』

『【ミッション】の内容は既にご確認いただいているかと思いますが……本日は、ご主人様とわたしでオリジナルの疑似《決闘》《ゲーム》を行います。専属メイドの身分でご主人様と戦うというのは少し躊躇《ためら》われる部分もありますが、たまにはリナのような〝競争相手《ライバル》〟のポジションに立ってみるのも悪くない……と、そんな風に思い直しました』

『そして、肝心の《決闘》《ゲーム》ルールなのですが』

『ご主人様がリナの【ミッション】をクリアできるかどうか――これを、勝敗の基準としましょう。無事にリナとの約束を果たせればご主人様の勝利、万が一達成できなければわたしの勝利というわけです。それ以外のルールは何もありません』

『ですのでご主人様は、全身全霊でリナの【ミッション】を攻略してきてください。リナとの〝約束〟を守ってあげてください。ああ見えてリナも、今日のことを……ご主人様とのデートを、とてもとても楽しみにしていたと思いますので』

『わたしのことはお気になさらずに』

『ご主人様ならきっと選択を間違わないと、そう信じています』

「っ……」

——姫路《ひめじ》から送られてきた唐突なメッセージ。

それは、今日この後で行う疑似《決闘》《ゲーム》のルールとやらを簡潔に記したものだった。もちろん、それだけなら別におかしなことはないだろう。わざわざ事前に共有する必要はないような気もするが、姫路くらいの気配り精神があれば有り得ない話じゃない。

けれど、問題はその内容だ——彩園寺《さいおんじ》の【ミッション】をクリアすれば俺の勝ち、という意味不明なルール。今朝〝楽しみにしている〟と言っていたのとは相反するような、俺と会うことすらない《決闘》内容。……ああ、そうだ。もちろん、俺だって気付いていなかったわけじゃない。学園島《アカデミー》の《決闘》《ゲーム》は千差万別だから、例えばメッセージアプリや通話だけで完結するルールだって作ろうと思えば作れるし、極論〝制限時間内により多く瞬《まばた》きした方が勝ち〟なんて勝負すら成立しうる。つまりは対面でのやり取りなんて前提とされちゃいないんだ。確かに、それなら他の【ミッション】とだって平気で同時攻略できるだろう。ダブルブッキングなんて発生すらしていないと言えるだろう。

「…………」

ただ、そんな都合の良すぎる《決闘》《ゲーム》を姫路が偶然で持ってくるはずはない。……要するに、悟られたんだ。《カンパニー》経由のハッキングで抜いたのか、あるいは羽衣《はごろも》あたりから聞き出したのかは分からないが、ともかく彼女は俺が〝ダブルブッキング〟で悩んでいることを知ってしまった。自分の〝約束〟が彩園寺の〝約束〟と被《かぶ》っていることを知ってしまった。そしておそらくは、俺と柚姉の《決闘》内容に関しても。

もしそうだとすれば、姫路が〝自分自身の計画〟を続行しようと考えるはずがないだろう。姫路白雪《しらゆき》というのはそういう人間だ。今日がどれだけ大事な日であったとしても、どんなに時間をかけて準備していたのだとしても、彼女は篠原緋呂斗《おれ》を優先する。自分自身の感情なんて一切加味することなく、即断で〝身を引く〟——だって、冷静に状況を眺めてみれば、どう考えてもそれが最善手だからだ。《決闘《ゲーム》》内容がこれなら、俺は今すぐ彩園寺との待ち合わせ場所に急ぐだけで二つの【ミッション】をクリアできる。もはや戦略も駆け引きも何もなく、柚姉《ゆずねえ》との疑似《決闘《ゲーム》》にもあっさりと勝つことが出来る。

——そう。

ただ一人、待ち合わせ場所にポツンと取り残される姫路白雪だけを犠牲にして。

「…………ふざ、けんな」

そこまで思考が追い付いた瞬間、俺は自分でも気付かないうちにそんな言葉を発していた。おそらく、少しばかり腹が立っていたんだろう。こんな提案をしてきた姫路に……ではもちろんなく、彼女にこんなことを言わせてしまった俺自身に。姫路は今日この日のために一生懸命準備をしてくれていたはずだ。なのにそれを台無しにするようなルールを送ってきているのは、当然ながら俺のため。俺がいつまでもダブルブッキングを解消できなかったから、柚姉《ゆずねえ》との《決闘《ゲーム》》における勝機を掴《つか》むことが出来なかったから、いつもと同じ〝イカサマ〟めいた方法で彼女が無理やり勝ち筋を作ってくれた。

……だけど、今回に関してだけは完全に余計なお世話だ。

姫路《ひめじ》の気持ちを犠牲にするくらいなら、冥星の秘密なんか一生知らなくたっていい。

そんなわけで——俺は、

(舐めんなよ、姫路。……お前が仕えてる〝主《あるじ》〟がどれだけ負けず嫌いなのかってことを今から思い知らせてやる)

電車が駅へ滑り込むのと同時、固い決意と共にゆっくりと立ち上がることにした。

#

「くくっ……何だい？　性懲りもなくまた来たのか、篠原《しのはら》」

——十二月二十五日、午後五時七分。

英明《えいめい》学園高等部の学長室にて。

ガラステーブルを挟んだ対面でいつも通り大胆に足を組んだ一ノ瀬《いちのせ》学長は、俺の姿を見るなり挑発的に口角を上げてそんな言葉を口にした。

「君が困っていることは重々知っているけど、残念ながら私の回答は変わらないよ。ドローンイルミネーションの時間変更……冗談もほどほどにして欲しいものだね」

「……やっぱり、ダメなんですか？」

「ああそうだ。……恨んでくれるなよ、篠原？　これほど必死で〝冥星〟に近付けまいとしているんだから、むしろ感謝されてもいいくらいだ。全く、私ほど情に溢《あふ》れた教育者なんて学園島《アカデミー》広しと言えども他にはいないだろうね」

冗談めかした口調で言いながら静かに眼鏡《めがね》の位置を直す学長。可笑《おか》しげなその表情はさながら俺を試しているようで、だからこそ俺は小さく息を吸い込むことにする。

そうして、真《ま》っ直《す》ぐに彼女の瞳を見つめ返しながら一言。

「まあ、学長の言いたいことは分かります。ここで俺の頼みを聞く義理なんて学長には一つもない。ただそれ以前に……俺と柚姉の《決闘》がどうこうって話以前に、ドローンイルミネーションの時間は前倒しにした方がいいと思います」

「へえ？　それはまた、どうしてかな？」

「もう知ってるはずですよね、学長。……今日は、七時過ぎから雪ですよ」

言いながら端末を取り出して、俺は目の前にとある画面を投影展開してみせた。ごく一般的な天気予報アプリ――十二月二十五日は、夜から雪マークが付いている。

そう、これこそが学長との交渉を成立させるための極めて重要な条件《ピース》だった。確かに彼女が俺の依頼を聞き入れる義理なんてものは一つもないが、悪天候というのは充分な理由になり得るだろう。そして俺は、今日の夜に雪が降る可能性があることをとっくの昔から知っていた。だって、そうでなければ姫路《ひめじ》の【ミッション】に含まれている【ホワイトクリスマス】の条件が完全に〝クリスマスの奇跡〟を前提としたものになってしまう。

微《かす》かに口角を持ち上げながら続ける。

「数百機のドローンを飛ばすんですよね？　だったら雪は天敵のはずです。吹雪になったらイベント自体を中止にしなきゃいけないかもしれない」

「くくっ、それは君の願望だろう篠原《しのはら》？　学園島《アカデミー》の技術ならどんな天候であってもドローンくらい飛ばせるさ。それこそ台風の中でもね」

「いやいや……飛んだとしても、観客の方が堪《たま》ったもんじゃないですよ」

学長の切り返しに俺はジト目でそんな突っ込みを返す。ドローンを使ったイルミネーションなんだから、観客が集まるのはもちろん外だ。プラネタリウムじゃあるまいし、大雪の中で空を見上げ続けるというのはあまりにも過酷すぎるだろう。

――と、

「くくっ……なるほど」

俺の言い分を全て聞き終えた学長は、そこで不敵に笑ってみせた。

「君の言う通りだ。確かに、それはイルミネーションの時間を前倒しにする理由にはなり得るだろう。……だけどね篠原、これでトントンだ。君が〝冥星〟に近付くことと、四番区の伝統行事が失敗に終わること。この二つは私の中でどちらも〝負け〟に相当する。あまり気乗りしたものではないな」

「う……そりゃ、俺も随分高く見積もられたものですね」

「当然だろう？　私だって君の〝嘘《うそ》〟に人生を賭けている。だから——ああ、それなら私に疑似《決闘》で勝ってみろ篠原。それが出来れば要望通り、すぐにでもドローンを飛ばしてやろう。負けた場合のペナルティなんてものは設定しないけど……とにかく、私はこの方法以外で頷《うなず》かない。それだけは断言しておいてあげるよ」

「…………」

「くくっ、それなりに魅力的な条件だと思うけど？」

そう言って挑発的な笑みを浮かべると、学長はタイトスカートを穿《は》いていることなんか歯牙にもかけず、大胆に足を組み替える。……一ノ瀬《いちのせ》棗《なつめ》。英明《えいめい》学園学長にして学園島《アカデミー》四番区の管理責任者。学生時代は６ツ星かつ〝赤の星〟の所持者で、柚姉《ゆずねえ》と一緒に英明学園の黄金時代を創り上げたという伝説級のプレイヤーだ。もちろん直接《決闘《ゲーム》》をしたことはないが、一筋縄じゃいかない相手だというのは間違いないだろう。

それでも俺は、欠片《かけら》も動揺することなく不敵に一つ頷いてみせる。

「分かりました。じゃあ、その条件でいいですよ。今から学長と疑似《決闘《ゲーム》》をして、俺が勝ったらイベントの時間を前倒しにしてもらう……約束は守ってくださいね」

「……正気か、君？」

俺の返事が意外だったのか、学長は微《かす》かに眉を顰《ひそ》めてそんな問いを返してくる。

「自分自身を過剰に高く評価する趣味はないけど、私はそれなりに《決闘《ゲーム》》が得意だ。現役時代も柚葉《ゆずは》以外には負けたことがない。それに……分かっているのかな？　君が普段から頼りまくっている《カンパニー》は他でもない私の配下だ。いくら何でも雇い主を陥れたりはしないと思うけど」

「そうですね。椎名《しいな》も寝ちゃいましたし、イカサマは封印ってとこです」

「くっ……なかなか面白いことを言うね、篠原《しのはら》。イカサマを封じた〝偽りの７ツ星〟がこの私に勝てるとでも？」

「俺一人なら無理かもしれませんね。……だけど、すいません学長。こんなこともあろうかと、俺は今日一日をかけて〝仲間探し〟をしてたんです」

そう言って、テーブルの上の端末にそっと指先を触れさせる俺。

まず、既に分かっていることだが――《ＬＯＣ》では、たとえクリスマス当日であっても新たな【ミッション】を受諾することが出来る。それ自体は例の〝飛び入り【ミッション】〟が発生したことからも明らかだ。そして俺に対する【ミッション】は五つも六つも存在しているのに対し、俺自身は（少なくとももついさっきまでは）誰に対しても【ミッション】を受諾していなかった。言い換えれば、その権利を未だに残していた。

小さく息を吸い込んでから続ける。

「多分、ですけど……《ＬＯＣ》の【ミッション】は、現状からめちゃくちゃ遠い〝理想の関係性〟が選択されてる場合、一応は達成可能な中でなるべく難易度が上がるように設定されるんですよね。難しいことには難しいけど、他の【ミッション】とは絶対被《かぶ》らないように——少なくとも工夫すればどっちも達成できるように——なってる。だから、たとえば俺が【前世からの旧友】みたいな関係性で誰かを〝ターゲット〟にすれば、高確率でこれが【ミッション】になるんじゃないかって思ってました。俺の予定を考えればタイミング的には今しかなくて、難易度も充分以上に高いから」

「……これ、というのは？」

「決まってるじゃないですか、学長」

学長の問いに対し、俺はわずかに口角を持ち上げながら端末の画面を大きく投影展開した。瞬間、ガラステーブルの上に映し出されたのは俺の【ミッション】の全貌だ。

と、いうのも——

【受諾者：篠原緋呂斗《ひろと》】

【内容：対象と共に一ノ瀬棗と疑似《決闘》を行い、これに勝利すること】

【実行場所：四番区内】【指定時間：なし】【必須条件：なし】

「……ま、こういうことですよ」

対面に座る学長が【ミッション】内容を一通り確認するのを待ってから、俺は落ち着いた口調で言葉を続けることにする。

「学長の言う通り、俺一人で学長に勝てるかどうかは微妙……というか、厳しいところでした。だから有り得ない難易度の〝関係性〟を設定することで学長との《決闘《ゲーム》》を【ミッション】にして、無理やり協力者を作ろうと思ったんです」

「くっ……あはははは！　なかなかやるじゃないか、篠原《しのはら》。まさか柚葉《ゆずは》の思考を読んで作戦に取り入れるなんて……まさに姉弟ならではのプレイングといったところかな。ああ、編入試験でズタボロの成績を取った落ちこぼれとは思えない成長ぶりだよ」

「う……それ、そろそろ忘れてもらえませんかね？」

「いいや、残念ながら私は一生この話題《ネタ》で君を馬鹿にすると決めている」

カチャリと眼鏡《めがね》を持ち上げながら嗜虐《しぎやく》的な笑みを浮かべる学長。

「だけど篠原、今の話には一つ問題があるだろう？　君の好敵手《ライバル》であり島内でも有数の実力者である彩園寺更紗《さいおんじさらさ》と、君の専属メイドであり今までもあらゆる《決闘《ゲーム》》においてサポートを任せていた姫路白雪《ひめじしらゆき》。協力者と聞いて真っ先に浮かぶのはこの二人だけど、今の状況を考えればその選択肢はどう考えても有り得ない。一体、誰に声を掛けたのかな？」

「……それが、実は俺も一人しか浮かばなかったんですよね」

学長の質問に俺がそう答えた瞬間、見計らっていたかのようなタイミングでコンコンとノックの音が響き渡った。それに応じて静かに立ち上がると、俺は学長室の（やたら高そうな）カーペットを踏み締めながら扉の方へと歩み寄る。

そう――そうだ、このタイミングで《ＬＯＣ》の【ミッション】を送り付け、身勝手に呼び出すことができる相手なんてそうはいない。水上《みなかみ》を呼んだら彼女の姉に恨まれそうだし、羽衣《はごろも》は相変わらず学園島《アカデミー》にいないし、秋月《あきづき》とこのタイミングで会うのはさすがに気まずいし、椎名《しいな》は多分ぐぅすぅと寝ている。というか、そうじゃなくても〝滑り込み〟は推奨されるような行為じゃない。……けれどたった一人だけ、このクリスマス当日に滑り込みで【ミッション】を受諾し、俺を自宅に呼びつけたやつがいる。全く同じことをしているだけなんだから、彼女にだけは文句を言われる筋合いがない。

（それに……あいつなら、戦力的な意味でもめちゃくちゃ頼りになるからな）

本人には絶対に言わないが、俺はそんなことを考えながら重い扉に手を掛ける。そうして、そのままゆっくりと押し開いてみれば、扉の外に立っていたのは一人の少女だ。どこかサンタクロースっぽい雰囲気の赤いコートに、それとは対照的な青のショートヘア。眠たげな瞳が特徴的な、聖《せい》ロザリア女学院唯一の６ツ星――《凪の蒼炎》皆実雫。

当の彼女は、俺の顔を見るなり開口一番にこんなことを言う。

「今日は、本当に災難……ストーカーさんと三回も会うなんて、厄日の最上級」

「いや、絶対に言いすぎだろ……最初の一回は偶然だし、二回目はお前の呼び出しじゃねえか。っていうか、そんなに嫌なら来なくても良かったんだぞ？」

「む……その言い方は、生意気。わたしに対する【ミッション】を受諾したんだから、ストーカーさんはわたしのことが好きで好きで堪《たま》らないということ……もっと素直に歓迎すべき。具体的には、金一封……ひゃくまんえん」

「何でそうなるんだよ。現実的に有り得ない〝関係性〟で【ミッション】を申請する、って話はつい三時間前にしておいただろうが」

羽衣《はごろも》の【ミッション】へと向かう寸前にした作戦会議を思い返しつつ、呆《あき》れたように小さく首を横に振る俺。……とはいえ、だ。もしも俺がただ皆実《みなみ》を〝ターゲット〟に選んだだけなら、それこそ彼女がここに来てくれる理由にはならなかっただろう。報酬の限定アビリティなら既に獲得できているわけで、同じ相手と二度も【ミッション】をクリアするメリットなんて《LOC》には存在しない。

それでも俺は、眠たげな青の瞳を見つめながらわずかに口角を持ち上げて続ける。

「なあ皆実。お前がわざわざ四番区《こんなとこ》まで来てくれたのは、課された【ミッション】の内容が面白そうだったからだろ？　英明《えいめい》の学長に挑むっていう【ミッション】が楽しそうだったから、だからノリノリで遠出してきてくれたんだろ？」

「ん。否定は、しない……ストーカーさんと組むのは不服だけど、英明の学長さんと遊ぶのは楽しそう。とっても、わくわく……」

いつも通りの淡々とした口調でそんなことを言いながら、皆実は俺の後ろを覗《のぞ》き込《こ》むようにしてちょこんと学長室の中へ視線を遣《や》った。釣られて俺も振り返ってみれば、そこでは相変わらず大胆に足を組んだ一ノ瀬《いちのせ》学長が不遜な笑みを浮かべている。眼鏡《めがね》の奥の瞳で俺と皆実をじっと見つめていた彼女は、小さく息を吐き出して――、

「やれやれ。……これは、なかなか骨が折れそうだ」

仕方なさげな、あるいは心の底から愉《たの》しげな口調で〝歓迎〟の意を示してみせた。

＃

【十二月二十五日　午後五時十九分】
【残りミッション――２】

「いいかい、二人とも？　今から行う疑似《決闘《ゲーム》》は、名を《サンタゲーム》という」

――皆実が合流してからほんの数分後。

人口の増えた英明学園の学長室では、さっそく《決闘《ゲーム》》のルール説明が始まっていた。

「？　えっと……《サンタゲーム》？」

その導入として学長が発した言葉に、俺は思わず首を傾《かし》げてしまう。……基本的にドＳで獰猛《どうもう》な一ノ瀬学長にしてはやけに可愛《かわい》らしいネーミングだ。単にメルヘンチックなだけ

じゃなく、クリスマス絡みだというのも気にはなる。

「もしかして、わざわざオリジナルゲームを考えてくれたんですか？」

「くくっ、残念ながらそういうわけじゃない。数あるルールの中からクリスマスが題材になっているものを選んでみただけだ。……というか篠原《しのはら》、いきなり乗り込んできておいてよくもまあそんな発想になるものだね？　全く、感心してしまうよ」

「うっ……ま、まあ、言われてみれば……」

「すごい、ストーカーさんが押され気味……これが、学長。大人の、力……」

左隣に座る皆実《みなみ》が青のショートヘアを揺らしながらこくこくと首を縦に振る。

が、まあそれはそれとして、対面の学長は相変わらず不敵な口調で言葉を継いだ。

「この《決闘《ゲーム》》を考案したのは柚葉《ゆずは》——君の姉だよ、篠原。私たちが学生の頃、よく暇潰しとしてルール調整に付き合わされたものだ」

「へえ……じゃあ、割とシンプルな《決闘《ゲーム》》ってことでいいんですかね？」

「もちろんだ。その場における〝正解〟を選び出すだけの、簡単な心理戦だよ」

言いながら学長は、俺たち生徒の持つそれとは少しだけ造りが違う端末をガラステーブルの上にコトンと置いた。そうして指先で何やら操作をし、俺たちの前に大きな投影画面を展開してみせる。そこに映し出されたのは一つの表だ——〝四人のジレンマ〟なんかのパラドックス問題でよく見かける3×3の表。縦軸と横軸にはそれぞれ【サンタ】と【子供】の表記が加えられている。

　そんな投影画面の向こうで、一ノ瀬《いちのせ》学長は愉《たの》しげに言葉を継いだ。

「この《決闘《ゲーム》》はターン制で進行する。1ターン目の先攻、後攻。2ターン目の先攻、後攻……と続いて、3ターン目が終わった時点で《決闘《ゲーム》》終了だ。その時点で篠原たちのポイントが私のそれを上回っていれば、直ちにドローンを飛ばすと約束しよう。引き分け以下だった場合は再戦にも応じてあげるけど、時間的にはちょっと厳しいだろうね」

「……ふぅん？　実質、一回限りの挑戦……引き分けもダメ。それは、なかなかの鬼畜ルール……ストーカーさんの運命も、ここまで。来週には、続かない……」

「お前、言っとくけど今は俺の味方だからな……？」

　まあいいけど、と呟《つぶや》いて小さく首を横に振る俺。何度も言っている通り、今はただでさえ時間がないんだ。皆実のペースに呑《の》まれているわけにはいかない。

「それで、先攻と後攻っていうのは何なんですか？」

「良いところに目を付けたね、篠原。《サンタゲーム》にはいわゆる〝攻撃側〟と〝守備側〟のような概念がある。それが【サンタ】と【子供】だ」

「……全然ピンと来ないんですけど」

「くくっ、文句があるなら君の姉に直接言ってくれ。柚葉曰《いわ》く、これは〝プレゼントの受け渡し〟をテーマにした《決闘《ゲーム》》らしい。分かるかい篠原？　要はプレゼントを渡す【サンタ】が攻撃側、プレゼントをもらう【子供】は守備側になる、というわけだ」

「あー……なるほど」

声を上げて賛同するほどではないが、まあ分からないということはない。その認識なら確かに【サンタ】側がオフェンスになるだろう。

「けど、プレゼントの受け渡しなんてのがどうやったら〝心理戦〟になるんですか？」

「それも簡単な理屈だ。……くくっ、というか君たちだってよく知っているだろう？　サンタクロースというのは良い子にプレゼントをあげる存在だ。逆に言えば、悪い子にプレゼントをあげてはいけない。だって、そうしないと世の中が悪い子ばかりになってしまうからね。それを防ぐのもサンタクロースの重要な仕事だ」

「……？　まあ、大袈裟《おおげさ》に言えばそうなるかもしれませんね」

「ああ。つまりだ、篠原《しのはら》。サンタの視点では〝良い子にプレゼントをあげる〟か〝悪い子にプレゼントをあげない〟——この二つのパターンが成功、ということになる」

「ん……なるほど。じゃあ、逆に〝良い子にプレゼントをあげない〟のと〝悪い子にプレゼントをあげる〟のが大失敗、ってわけか」

「無論、そうなる。良い子にしていたのにプレゼントをもらえなかったらその子供は大泣きしてしまうだろうし、悪い子にプレゼントをあげてしまうようでは意味がない。どちらもサンタとしての評価点が下がることになる。……ちなみに、この〝評価点〟のことを柚《ゆず》葉《は》はサンタポイントと呼んでいた。【サンタ】と【子供】を三回ずつ担当し、最終的に持っていたSP《エスピー》が多い方の勝利だね」

「さんた、ぽいんと……ちょっと、欲しい。サンタの中の、サンタ……髭も、生える」

「……いや、いくらポイントを集めてもサンタにはなれないと思うけど」

皆実《みなみ》の呟《つぶや》きに突っ込みを入れつつ思考を整理する俺。要するに【サンタ】と【子供】の二陣営に分かれ、３ターンの間にSPとやらを稼ぎ合う《決闘《ゲーム》》というわけだ。大枠としてはまあ単純な部類と言っていいだろう。

「それで、詳しいルールはどんな感じなんですか？」

「ああ。じゃあ、まずは【サンタ】の方から説明しよう――【サンタ】を担当するプレイヤーは、初めに一つの選択を行う必要がある。【子供】に何をあげるべきか……まあ、要するにプレゼントの中身に関することだね。《サンタゲーム》には二種類のプレゼントが存在し、【サンタ】はそのどちらかを【子供】に提示しなければならない。ここでは便宜的に〝A〟と〝B〟とでも呼んでおこうか」

「……？　つまり、プレゼントの価値に差がある……ということ？」

「くくっ、その理解で間違っていない。そして《サンタゲーム》の基本として、よりグレードの高いプレゼントをあげた方がサンタとしての評価も上がる……具体的には、Aのプレゼントを【良い子】に渡せれば15ＳＰ、Bのプレゼントを【良い子】に渡せれば8ＳＰ

を獲得できる。これだけ聞けば、どう考えても【サンタ】はBではなくAのプレゼントを選んだ方が良さそうだ。……ただ、もし確実に【良い子】に渡せるのだとしても、一概にはAを選ぶべきだと断言できない理由がある。推測できるかな、篠原《しのはら》？」

「それは、えっと……」

学長の言葉にそっと右手を口元へ遣《や》る俺。……【悪い子】に渡してしまうリスク、というのは当然あるのだろうが、【良い子】に渡せる前提なら獲得SPの高いAを選ぶ方が自然なはずだ。それなのに〝一概には言い切れない〟ということは、つまり。

「……もしかして、プレゼントが相手に渡るから、ですか？」

「察しが良いね。その通りだよ――【サンタ】が【子供】にプレゼントを渡した場合、当然ながらそのプレゼントは【子供】のモノになる。そして、AとBにはそれぞれ特定のアイテムが割り振られているわけだけど、どちらかと言えばAの方が強い。つまりAをプレゼントに選ぶと自動的に高SPを獲得できるチャンスとなる代わり、それが成功したとしても【子供】側に強力なアイテムが渡ってしまう、ということだ」

「なるほど……そういうことか」

ようやく《決闘《ゲーム》》の主旨が少しだけ見えてきて、俺はそっと右手を口元へ遣る。SPの獲得を急ぐのか、あるいは相手に強力なアイテムが渡らないことを優先するか。お互いの得点状況にも依《よ》るだろうが、かなり高度で繊細な駆け引きが要求されそうだ。さすがは柚《ゆず》姉《ねえ》の考案した《決闘《ゲーム》》といったところだろうか。

俺がそこまで思考を巡らせた辺りで、対面の学長が悠然と言葉を継ぐ。

「そして、プレゼントの提示が済んだらいよいよ〝心理戦〟に突入だ。まず【サンタ】側は目の前の【子供】にプレゼントを【あげる】のか、あるいは【あげない】選択をするのか……【サンタ】として責任を持って選んでもらう。さっきも言った通り、相手が【良い子】だと読むなら【あげる】を、逆に【悪い子】だと読むなら【あげない】を選ぶのが正解だ。くくっ、それが【サンタ】としての役割だからね」

「ん……ってことは、つまり【子供】側にも二つの選択肢があるってことですか？」

「ああ、その通りだよ篠原。要するに【サンタ】側は【あげる／あげない】の選択を、対する【子供】の側は【良い子／悪い子】の選択をするということになる。これらの選択が確定したタイミングでお互いの属性を開示し、その組み合わせに応じて〝ＳＰ〟と〝アイテム〟の移動処理を行うわけだ。……ちなみに、そろそろ気付いているとは思うけど、その関係を一つの表にまとめたものが君たちの前に映っているソレだよ」

言いながら、不敵な笑みと共にこちらへ人差し指を突き付けてくる学長。そんな動きに釣られて、俺と皆実《みなみ》は改めて目の前の投影画面に視線を向ける――曰《いわ》く、

【良い子／あげる】――提示プレゼント分のＳＰがサンタに加算。子供はプレゼント獲得。

【良い子／あげない】──サンタは所持SPを全て失う。プレゼント獲得者はなし。

【悪い子／あげる】──サンタのSP変動はなし。子供はプレゼント獲得。

【悪い子／あげない】──提示プレゼント分のSPがサンタに加算。さらに、子供ではなくサンタがプレゼント獲得。


「「……ん……」」

一見シンプルなその表を見つめつつ、俺と皆実《みなみ》はほぼ同じタイミングで吐息を零《こぼ》す。

まあ──要するに、先ほどから言っていた〝【サンタ】の義務〟とやらを具体化したものがこれなのだろう。印象としてはそれなりに難しそうだ。【サンタ】側の勝利パターンと【子供】側の勝利パターンが二つずつあるものの、それらは決して等価というわけじゃない。ハイリスクハイリターンな選択を取るか無難な選択を取るか、そして相手の動きをどう見るか。やること自体は単なる〝二択〟に過ぎないのだが、心理戦というだけあって考えなければならない要素がなかなか多い。

「……ちなみに、学長」

　そこまで思考を巡らせてから、俺は静かに声を上げる。

「この〝プレゼント獲得〟ってのが、要は〝アイテム入手〟になるんですよね。Aの方が強いって話でしたけど、具体的にはどんな効果なんですか？」

「ああ。まず、この《決闘》《ゲーム》における〝アイテム〟はどちらもお互いの選択が終了した後に使う補助的なモノだ。安価なBの方が【透視メガネ】、相手側が【良い子／悪い子】あるいは【あげる／あげない】のどちらを選択したか覗き見ることが出来る。そして高価なAの方が【改竄《かいざん》装置】、こちらは相手のした選択を強制的に反転させることが出来る」

「それは、便利……というか、勝ち確？」

「いやいや、そう簡単なものじゃないさ。【改竄装置】は相手の選択を反転させるだけだからね、読み違えていれば自ら最悪の結果を引き起こすことにもなりかねない。【透視メガネ】に至っては単に覗《のぞ》き見るだけだから、単体だとまるで意味がない。……ただ、強力なのは二つのアイテムが揃った場合だ。アイテムの使用数に限度はないから、相手の選択を見た上で必要なら反転させる……という動き方が出来る。この場合だけは必勝だ」

「……なるほど」

　確かにそうだ。【透視メガネ】も【改竄装置】も単独ではそこまで使い勝手の良くないアイテムだが、二つが揃《そろ》うと爆発的なまでの効力を発揮する。つまり、プレゼントを選ぶ際は自分に〝A〟と〝B〟の両方が回ってくるように、あるいは相手側にそれらが揃ってしまわないように動く必要があるということだ。だとすれば、獲得SPの低い〝B〟を選ぶべき場面も充分に発生しうるのだろう。

無言で考え込む俺の対面で、学長は「くくっ」と獰猛《どうもう》な笑みを浮かべている。

「私と君たち、どちらも最初は10SPからのスタートだ。各ターンの先攻および後攻はその都度ランダムで決定する。また疑似《決闘《ゲーム》》につきアビリティは設定なしだ。……ルールとしてはこんなところかな。まあ、ハンデが欲しいなら話は別だけど？」

眼鏡《めがね》の奥の目を細めながらニヤニヤと挑発的な言葉を繰り出してくる学長。それを受けて、俺は微《かす》かに口角を持ち上げて否定の台詞《せりふ》を——突き返そうとしたその瞬間、ぐいっと身を乗り出した皆実雫《みなみしずく》が学長の端末に触れ、投影画面をオフにした。青のショートヘアが俺の隣でさらりと揺れる中、クリアになった視界に少し驚いた様子の学長が映る。

そんな彼女を眠たげな瞳で見つめながら、皆実は。

「ごちゃごちゃ言ってないで、早く勝負……ハンデなんか、一つも要らない」

「…………ほう」

淡々とした皆実の物言いに、対面の学長がぴくっと眉を動かしたのが見て取れる。

（って……いやいや、そこまで挑発する必要はないんですけど⁉　皆実さん⁉）

そんな悲鳴を上げる俺の内心とは裏腹に、かつての6ツ星ランカー一ノ瀬棗《いちのせなつめ》と《凪《なぎ》の蒼《そう》炎《えん》》皆実雫はいつの間にかバチバチと強烈な火花を散らし合っていた——。

＃

【《サンタゲーム》──1ターン目】
【一ノ瀬棗：10SP】【篠原緋呂斗《しのはらひろと》&皆実雫：10SP】
【先攻サンタ：一ノ瀬棗】

厳正なる抽選の末、1ターン目の先攻は学長となった。

基本的に、この〝抽選〟によって有利不利というのは決まらない──何しろこの《サンタゲーム》では、【サンタ】側にも【子供】側にもプレゼントを手に入れるチャンスがあるからだ。相手よりも先にプレゼントを手に入れて有利に立ち回る、というのが理想であるのは間違いないが、それは【子供】だけでなく【サンタ】側でも実現できる。故に、学長の思考を徹底的に読まなきゃいけないことになる。

「じゃあ、まずはプレゼントの提示からだね。このターン、私が君たちにあげようと思っているのはAのプレゼントだ。とにかくSPは稼いでおくに越したことがない」

そんな学長の発言と同時、俺と皆実の目の前に大きなプレゼント箱が現れた。Aのプレゼント──【サンタ】視点では【良い子／あげる】か、もしくは【悪い子／あげない】の組み合わせを作れれば15SPの獲得となる豪華なプレゼントだ。ちなみに中身は【改竄《かいざん》装置】、相手の選択を反転させることが出来る強力なアイテムである。

「ん……」

これが初手ということもあり、じっくりと思考を巡らせ始める俺。

《サンタゲーム》における【サンタ】と【子供】の選択には、全部で四パターンの組み合わせが存在する。中でも【子供】視点で確実に〝成功〟だと言えるのは【良い子／あげない】と【悪い子／あげる】の二通りだろう。前者は【サンタ】側のSPが0になり、後者は一方的にプレゼントだけをもらうことができる。

「でも、それだけじゃない……」

そこで声を上げたのは他でもない皆実雫《みなみしずく》だ。俺の隣に座った彼女は、学長に作戦が筒抜けになってしまわないようこちらへ身体《からだ》を寄せながら囁《ささや》くような声音で続ける。

「【良い子／あげる】でも、別にいい……15SPは取られるけど、その代わり【改竄《かいざん》装置】がもらえる。絶対にダメなのは、一つだけ……【悪い子／あげない】」

「……まあ、そうなんだよな」

小声で同意しながら頷《うなず》きを返す。

皆実の言う通りだ——《サンタゲーム》はその性質上、どちらかと言えば【子供】が得をしやすい造りになっている。【良い子／あげる】は基本的に【サンタ】側の成功パターンなのだが、見方によっては引き分けのようなものだろう。手に入れたアイテムで後々S

Pを獲得できると考えればそれほど問題はない。ただし【悪い子／あげない】だけは最悪だ。【サンタ】にSPを稼がれた上、プレゼントまで回収されることになる。

「だから【子供】側は【良い子】の方がとりあえず無難な選択肢で、【悪い子】を選ぶのは〝逆張り〟みたいな考え方になるんだろうな。裏の裏を突く、っていうか」

「ん。それに……【サンタ】が10SPしか持ってないのも、大事」

「？　……ああ、そうか」

皆実の指摘で重要な事実に気付く俺。……【サンタ】の視点に立ってみた時、所持SPの量によって大きく意味の変わる組み合わせ《パターン》が一つ存在する。それこそが【良い子／あげない】だ。【サンタ】側のSPが0になってしまうこの組み合わせは、ターンが進めば進むほど避けなければならないものとなるが、今はまだ〝A〟をあげることによるプラスの方が少し大きい。つまり今の【サンタ】が最も避けるべきは【良い子／あげない】ではなく【悪い子／あげる】の方、ということになる。

（それなら【サンタ】の選択は【あげない】だから……やっぱり俺たちは【良い子】を選んでおけばいい、ってことか）

対面のソファに座る一ノ瀬《いちのせ》学長を眺めながら、俺は内心でそう結論付ける。一応、というか何というか、細かな根拠は他にもあった。提示されているプレゼントが〝A〟である以上、仮に【サンタ】が【あげる】を選ぶつもりなら俺の選択に関わらず【改竄装置】がこちらへ渡ることになる。初手から強力なアイテムを流すのはやはりリスキーだろう。ここは【あげない】前提でプレゼントを選んだと考えるべきだ。

「…………」

だから俺は、隣の皆実《みなみ》に見守られる形で【良い子】を選択することにする。

「選びましたよ、学長」

「くくっ、随分迷っていたようだね篠原《しのはら》？　時間に追われているのは君の方だったはずだけど……まあいい、心配しなくても徐々に感覚は掴《つか》めてくるだろうさ」

優雅な所作で銀縁眼鏡《めがね》を押し上げながら不敵にそんなことを言う学長。彼女はもう一度タイトスカートに包まれた足を組み直すと、ニヤリと獰猛《どうもう》に笑って言葉を継ぐ。

「本来ならここで〝アイテム使用〟のフェイズが入るんだけど、今は1ターン目の先攻だからね。お互いにアイテムなんか持ってないし、このまま選択開示《ショウダウン》といこうか。さて、私の【サンタ】適性はどのくらいかな？」

そこまで言った辺りで、一ノ瀬《いちのせ》学長はパチンと指を打ち鳴らしてみせた。するとその瞬間、ガラステーブルの真上にお互いの〝選択〟が投影展開される。

【サンタ：一ノ瀬棗《なつめ》――あげる】

【子供：篠原緋呂斗《ひろと》&皆実雫《しずく》――良い子】

【結果：一ノ瀬棗に15SP加算。篠原緋呂斗&皆実雫に《改竄装置《かいざんそうち》》授与】

「──くくっ、どうやら初手は私が読み勝ったみたいだね？」

「っ……そうみたいですね」

煽《あお》るような学長の言葉に対し、俺は微《かす》かに頬《ほお》を引き攣《つ》らせながら答えを返す。読み負けた──まあ、確かにそういうことなのだろう。あの状況なら【サンタ】は【あげない】を選んだ方が低リスクだったはずだが、俺たちがそう考えるであろうことを見透かされたというわけだ。立ち上がりとしてはやや苦しい展開と言っていい。

「25対10……ストーカーさんのせいで、あっという間にダブルスコア。ストーカーさんなのに【良い子】なんて選ぶから、当然の報い……犯罪者は、良くない子」

「……いや、それは関係ないだろ。そもそもストーカーなんかしてないっての」

苦笑と共に小さく首を横に振る俺。またも皆実にペースを崩された形だが、まあ学長に持っていかれるよりはいくらかマシだろう。ふぅ、と短く息を吐き出してから、改めて投影画面の表示に目を向ける。1ターン目後攻、次の【サンタ】は俺たちだ。

（まずはどっちのプレゼントを提示するか、だけど……）

隣の皆実と相談するまでもなく、俺は一瞬で〝Ｂ〟のプレゼントを選択する。

これに関してはあまり迷う必要もなかった。現在のアイテム状況的に、俺が【透視メガネ】を手に入れられれば〝必勝〟のセットが揃《そろ》う反面、学長に渡ってしまったところで大した痛手にはならない。序盤はＳＰよりもアイテム優先だろう、という判断である。

「ん……ここは、ちょっと難しい」

属性選択のフェイズに移った辺りで、またも皆実《みなみ》がこそっと耳打ちしてくる。吐息が鼓膜を撫《な》でるだけじゃなく、青の髪がさらさらと俺の頰《ほお》に触れるくらいの至近距離。状況的に仕方ないとはいえ、つい数時間前のことを思い出してドキドキしてしまう。

けれど、皆実の方は俺の内心なんか気にも留《と》めずに淡々と続ける。

「こっちにとっては〝B〟の価値が高くて、しかもSPは初期状態……だから、ストーカーさんは【あげない】を選びそう。そうすれば【悪い子／あげない】でこっちが一気にリードできるし、【良い子／あげない】のダメージも最小……簡単な、話」

「ああ。簡単だから読まれやすい、って話だよな。俺たちが【あげない】を選ぶって判断するなら、学長の選択は【良い子】になる。だからこっちはそれを読んで【あげる】にするべきなのかもしれないし、学長がそれを読んで【悪い子】にしてくる可能性まで考えるならやっぱり【あげない】の方が正解になる。これじゃ堂々巡りだ」

「ん。心理戦、突入……」

そんな皆実の言葉を聞きながら、俺は静かに顔を持ち上げることにした。テーブルを挟んだ対面に座っているのは、当然ながら対戦相手——一ノ瀬《いちのせ》棗《なつめ》学長だ。彼女は俺たちの視線に気付いたらしく、不敵かつ挑発的な笑みを返してくる。

「くくっ……どうしたんだい、二人とも？　君たちは当代最強の7ツ星と聖《せい》ロザリア唯一の６ツ星だったはずだけど。まさか心理戦は専門外だったりするのかな？」

「余計な、お世話……それより、あなたはどっちを選んだの？」

「【悪い子】だ、と言ったら？」

「……………それは、ちょっと悩む」

鎌を掛けるだけのつもりだった問いに即答を返してきた学長に対し、皆実はほんの少しだけ虚を突かれたようにそんな言葉を口にする。

が、まあそれも無理はないだろう——何せ【悪い子】だ。１ターン目の先攻でじっくり考察した通り、基本的に【子供】側は【良い子】さえ選択していれば大きく負けることはない。上手《うま》くいけば相手のＳＰを０にすることができ、そうでなくともプレゼントは獲得できる一手。ローリスクハイリターンと言っていいだろう。逆に【悪い子】はなかなかのハイリスクだ。何もかも持っていかれる代償の割に、リターンは【透視メガネ】だけ。そんな賭けに出る理由が学長の側には一つもない。

「……ん……」

ちらりと隣を見てみれば、皆実も小さく頷《うなず》いてくれていた。同意、ということでいいのだろう。学長側の選択はおそらく【良い子】の方だ。

「それじゃあ、こっちも選択完了です。本当の答えを教えてもらいますよ、学長」

「ああ、いいだろう。私の選択はこうだ」

俺の言葉にニヤリと深く笑みを浮かべ、再びパチンと指を打ち鳴らす学長。さすがに今回ばかりは無難な結果になるだろう――そう考えていた俺は、直後に表示された投影画面を見て思わず目を見開くこととなる。

【サンタ：篠原緋呂斗《しのはらひろと》&皆実雫《みなみしずく》――あげる】
【子供：一ノ瀬棗《いちのせなつめ》――悪い子】
【結果：SP変動なし。一ノ瀬棗に《透視メガネ》授与】

（な、んで……だよ⁉）

提示された結果が信じられずに内心で悲鳴じみた声を上げる俺。

いや……もちろん、実際の被害という意味ではそれほど酷《ひど》いものじゃない。単独では使い道のない【透視メガネ】が学長の手に渡った、というだけのこと。SPを稼げなかったのは普通に痛いが、少なくとも最悪の結果ではないだろう。

ただそれでも、この状況で【悪い子】を選んできたという事実そのものが俺たちからすれば相当に衝撃的だった。文字通りのハイリスクローリターン。だからこそさすがに【悪い子】はないだろうと思っていて、そんな思考を見透かされたということになる。

「……本当のことを言ってたんですね、学長」

「くくっ、当然だろう？　その方が効果的な場面なら私は平気で手の内を晒《さら》すよ。あとは相手が勝手に自滅してくれるのを待つだけでいいからね。……この私に心理戦で勝とうなんて、あと十年は修行してから言って欲しいものだ」

不遜な笑みと共にカチャリと銀縁眼鏡《めがね》を押し上げる学長。皆実がいるので詳しいことは話せないが、そういえば彼女は〝赤の星〟の元所持者――つまりは〝嘘〟の使い手だ。こういった駆け引きはお手の物というか、おそらく最も得意とする舞台なのだろう。

そんな俺の動揺を他所《よそ》に、目の前の投影画面では早くも表示が切り替わっている。

【《サンタゲーム》――2ターン目】
【一ノ瀬棗：25SP&透視メガネ】【篠原緋呂斗&皆実雫：10SP&改竄《かいざん》装置】
【先攻サンタ：一ノ瀬棗】

「…………」

再び学長が先攻、俺たちが後攻となる対面。ただし1ターン目と違うのは、お互いにアイテムを持っていること……そして所持SPに差が付いてしまっていることだ。仮に2ターン目も学長だけがSPを稼ぐような結果になってしまった場合、3ターン目だけでは追い付けない可能性がある。故に、今度こそ確実に正解を選び出さなきゃいけない。

「ああ、ちなみに私が提示するプレゼントは〝B〟の方だ。獲得できるSPはたったの8で、その上【透視メガネ】が君たちに渡れば〝必勝〟のセットが完成する。くっ……これなら君たちも少しはやる気が出ると思うけど？」

「……気を遣ってもらってどうも」

挑発的な学長の言葉に軽めの皮肉を返しつつ、俺はそっと右手を口元へ遣《や》る。

2ターン目の先攻——《サンタゲーム》全体で言えば折り返しの直前にあたる手番。ここで【サンタ】がどちらを選んでくるかと考えた時、すぐに思い至るのは【あげない】選択のリスクについてだ。成功パターンである【悪い子／あげない】を引けても学長の所持アイテム的にそれほど美味《おい》しくない反面、失敗パターンである【良い子／あげない】のダメージは先ほどよりも上がっている。数字で言えば25ＳＰのマイナスだ。そうなれば一気に俺たちの方が有利になる。というか、勝負はもう決まったようなものだろう。

「だから、さすがに学長が【あげない】を選んでくることはない……と思うけど、皆実《みなみ》の見立てではどんな感じだ？」

「……むむ」

状況証拠的には九割九分【あげる】が選ばれているはずだが、先ほどの〝逆張り〟が頭にチラつくせいで確信が持てず、隣の皆実に意見を求めることにする。彼女はしばらく無言で考え込んでいたが、やがて小さく頷《うなず》くと俺の耳元にそっと唇を近付けてきた。

「さすがに、ここは【あげる】一択のはず……そうじゃなかったら、お手上げ。こっちも戦い方を変えなきゃいけない……」

青のショートヘアを揺らしながら淡々とした口調で囁《ささや》く皆実。そんな言葉を受けて、俺は手元の端末で【悪い子】の選択を確定させる。……確かに、彼女の言う通りだろう。この状況で【あげない】を選択されるようなら、まともに心理戦をやっていて俺たちが一ノ瀬学長に勝てる未来はおそらく来ない。最も順当な勝ち筋が潰されてしまう。

そんな思いを抱えながら選択開示《ショウダウン》を待って――次の瞬間、

【サンタ：一ノ瀬棗《いちのせなつめ》――あげない】

【子供：篠原緋呂斗《しのはらひろと》&皆実雫《しずく》――悪い子】

【結果：一ノ瀬棗に8SP加算。一ノ瀬棗に《透視メガネ》授与】

「っ……」

……あまりにも絶望的な展開に、俺は思わず天を仰ぐ。

有り得ないはずだった。この局面での【あげない】選択は下手したら〝即死〟の可能性がある。だからこそ、という逆張りの思考を巡らせるのは簡単だが、とはいえ実際にそんな手が打てるものか？　俺が無難に【良い子】を選んでいたらその時点でこちらの勝ちはほとんど決まっていた。だというのに、学長は【あげない】で突っ張ってきた。

「ああ、悪く思わないでくれよ篠原」

そんな俺の内心を見透かすかのように、対面の学長は不敵な笑みを浮かべてみせる。

「逆張りに悪待ち、相手の意表を突くためだけの選択……この辺りの手管は私にとって癖みたいなものでね？　当時は《悪待ちの魔女》なんて呼ばれたものさ。もちろん毎度必ずというわけじゃないけど、ここぞという場面であえてハイリスクな選択肢に賭ける。これは作戦というより性質のようなものだよ。いくら理屈を捏《こ》ね回《まわ》したところで他人に理解できるはずがないし、そもそも理解する必要がない」

「……まあ、そうなのかもしれませんね」

学長の言葉を最後まで聞いて、俺は静かに一つ頷《うなず》く。

《悪待ちの魔女》――ここぞという場面であえて〝ハイリスク〟な選択を織り交ぜる、という一ノ瀬棗《いちのせなつめ》なりの戦い方。《サンタゲーム》のような心理戦において、その性質は非常に厄介な武器となり得るだろう。何しろどう動くのか分からない乱数のようなものだ。それも完全なランダムではなく、俺たちの思考を乱すべく的確に差し込まれるのだから性質《たち》が悪い。実際、ここまでは見事に翻弄されてしまっている。

33対10という絶望的な得点差。

まともな勝ち筋が一切見つからないくらいの強敵。

「ハッ……」

けれど――それでも俺は、微《かす》かに口角を持ち上げると、相変わらず獰猛《どうもう》な色を湛《たた》える学長の瞳を真《ま》っ直《す》ぐ見つめ返すことにした。脳裏に浮かぶのは先ほど皆実《みなみ》が零《こぼ》していた言葉だ。戦い方を変えなきゃいけない……つまり、心理戦で対抗しちゃいけない。俺にとってこの《決闘《ゲーム》》は彩園寺《さいおんじ》との約束を果たすためのものであり、同時に姫路《ひめじ》との約束を果たすためのものでもある。要は絶対に負けられないんだ。だからこそ、読み合いだとか心理戦だとか、そんな不確かな勝負でケリを付けるつもりなんて毛頭なかった。

「申し訳ないですけど、学長。この《決闘《ゲーム》》は最初から俺たちの勝ちですよ」

「……へえ？　なかなか威勢がいいじゃないか、篠原《しのはら》。この苦境をどうやって乗り越えるというのかな？」

「決まってるじゃないですか——〝クリスマスの奇跡〟を使うんです」

言って。

俺は端末を目の前に掲げると、《ＬＯＣ》の専用アプリから〝クリスマスの奇跡〟を発動することにした。皆実を〝ターゲット〟とする【ミッション】をクリアするために一度だけ使用が許されている万能の奇跡。拡張現実《ＡＲ》機能で実現できるものなら何でも一つ生み出せるこの力は、当然ながら《サンタゲーム》におけるアイテムさえも生成できる。

「こいつを使って、俺は【透視メガネ】を作ります。そうすれば俺たちの手元に【透視メガネ】と【改竄《かいざん》装置】が揃《そろ》う……必勝の組み合わせ、ってやつですよ」

「……なるほど」

俺の発言に対し、ガラステーブルの向こうの学長はなおも余裕そうな表情で頷いてみせた。そうして優雅に足を組み替えると、獰猛かつ嗜虐《しぎゃく》的な笑みを浮かべて続ける。

「何か仕掛けてくるだろうとは思っていたけど、まさか《決闘《ゲーム》》外からアイテムを持ち込んでくるとはね。豪胆というか何というか……だけど篠原、分かっているのかな？　いくらその組み合わせが〝必勝〟でも、たった一度の勝利では私との差が詰め切れないよ。どんな計算をしているのかは知らないけど……」

「まあ、その辺は楽しみにしててくださいよ」

学長に対抗するように不敵な笑みを浮かべてみせる俺。

そうして始まった2ターン目の後攻――再び【サンタ】となった俺はプレゼントAを提示した後、迷うことなく【あげない】を選択する。学長側もほぼノータイムで選択を終えるが、その直後に初めての〝アイテム使用フェイズ〟が発生した。動いたのはもちろん俺たち【サンタ】側だ。まずは【透視メガネ】を使って学長の選択が【良い子】であることを見抜き、さらに【改竄装置《かいざん》】を用いることでその選択を〝反転《シヨウダウン》〟させる。

すなわち、最終的な選択開示は【悪い子／あげない】……SPもプレゼントも同時に獲得できる、【サンタ】側にとって間違いなく最高の組み合わせ《パターン》だ。

「ん。ストーカーさんにしては、上出来……やっと、追い上げ」

ようやく好転の兆しを見せてきた状況に対し、皆実《みなみ》の方もやや上機嫌に頷《うなず》いている。実際、奇跡を消費しただけあって1ターンの稼ぎとしては充分すぎるくらいだろう。

目の前の投影画面は、既に最終ターンの表示に移っている。

【《サンタゲーム》――3ターン目】
【一ノ瀬《いちのせ》棗《なつめ》：33SP&透視メガネ2】【篠原《しのはら》緋呂斗《ひろと》&皆実《しずく》雫：25SP&改竄装置】

【先攻サンタ：篠原緋呂斗＆皆実雫】

……《決闘《ゲーム》》の展開としては、それなりに煮詰まってきていると言っていいはずだ。最終ターンを残して俺たちと学長のＳＰ差は８。これを〝たったの〟と呼べるかどうかは微妙なラインだろう。何しろ、この《サンタゲーム》は引き分けじゃ意味がない。最終的な所持ＳＰが学長を上回っていなければ俺の依頼は通らないんだ。そしてここから逆転するためには、まず先攻の【サンタ】側で確実に15ＳＰを稼いでおく必要がある。

けれど、

「ストーカーさん。ちょっと、こっち……きて」

「……え？」

俺がＡのプレゼントを提示しようとしていたところ、隣の皆実がちょんちょんと俺を手招きしてきた。前髪の隙間からじっとこちらを見つめる青の瞳。言われるがままに耳を寄せてみると、彼女はいつも通りの淡々とした声音でとある推測を告げてくる。

「——……と、思う。だから、Ａは危険……負け筋に、なる」

「ぁ……確かに、その可能性はあるな。っていうか、学長なら絶対にそうだ……」

ちらりと対面の学長を盗み見つつ、小さく首を横に振る俺。

そうして俺は、改めて今回のプレゼントを提示することにした。投影画面に堂々と映し出されたそれを見て、一ノ瀬学長は少し意外そうな顔で口を開く。

「へえ？　ここでBを提示するとは予想外だね。引き分けでは意味がないと最初に言っておいたはずだけど……どういうつもりかな、篠原《しのはら》？」

「どうもこうもないですよ。俺たちは、ただ勝つための選択をしてるだけです」

「……くくっ、面白い」

俺の返事を聞いて、一ノ瀬《いちのせ》学長はいかにも可笑《おか》しそうに喉を鳴らす。そうして互いにノータイムで属性選択を終え、早くも選択開示《ショウダウン》へ進むかと思われたその瞬間、学長はこれ見よがしに自身の端末を掲げてこう言った。

「ああ、そうだ——そういえば篠原、君は知っていたかい？　《LOC》はクリスマス限定の疑似《決闘《ゲーム》》であり、疑似《決闘《ゲーム》》だからこそ端末を持つ者であれば学生でなくとも参加できるということを。つまり君たちだけに限らず、私も〝クリスマスの奇跡〟を使用できるということを」

「っ……なるほど、学長も新しく【ミッション】を受諾したってわけですか」

「言わずもがな、大正解だ。つい先ほど、篠原柚葉《ゆずは》を〝ターゲット〟にして新規【ミッション】を受諾した。だけど、そのクリアに関しては正直どうでもいい。重要なのは〝クリスマスの奇跡〟によるアイテム生成だ——これにより私は【改竄《かいざん》装置】を作り出し、手持ちの【透視メガネ】と合わせて〝必勝〟の組み合わせを完成させる。君たちの選択はどうせ【あげない】だろうけど、念のためそれを確認してから【改竄装置】で覆《くつがえ》す」

「…………」

「つまり、最終ターン先攻の結果は【悪い子／あげる】……【子供《私》】の大勝利だよ」

悠然とした口調で紡がれる学長の勝利宣言。それと同時、アイテム効果の処理が全て終わって3ターン目先攻の結果が投影画面に大きく映し出される。

【サンタ：篠原緋呂斗《ひろと》&皆実雫《みなみしずく》――あげる】
【子供：一ノ瀬棗《なつめ》――悪い子】
【結果：SP変動なし。一ノ瀬棗に《透視メガネ》授与】

「ん……」

そんな表示を見つめながら右手をそっと口元へ遣《や》る俺。

【悪い子／あげる】――確かに、この組み合わせ《パターン》はなかなかに絶望的だ。学長に【透視メガネ】が渡ってしまうのはいいとして、単純にSPを稼げないのが痛すぎる。33対25のまま学長のターンに回ってしまうわけだから、その時点で俺たちの勝ちはなくなったようなものだ。【子供】側がSPを稼ぐ手段なんかこの《決闘《ゲーム》》には存在しない。

ただ、

「……ちょっと意外ですね、それ」

少なくとも〝最悪〟ではないその結果に、俺は疑問と共に小さく首を横に振る。

「確かに【悪い子／あげる】も学長にとっての成功パターンですけど、せっかく【透視メガネ】と【改竄《かいざん》装置】が揃《そろ》ってるんだから、無理やり【良い子／あげない】を作って俺たちのSPを0にした方が効果的だったはずです。効果的っていうか、どう考えても正解はそっちですよ。だって、このパターンだと俺たちに〝勝ち筋〟が残っちまう」

「勝ち筋？　それは……つまり、私が【サンタ】となる最終のターン後攻で【良い子／あげない】の組み合わせが発生する可能性、ということかな？」

　くくっ、と喉を鳴らして笑う学長。

　そう――彼女の言う通りだ。次なる最終ターンの後攻を残し、学長と俺たちの所持SPは33対25のまま。一見【子供】である俺たちに勝ち筋など残っていないように見えてしまうが、その実【良い子／あげない】が発生した場合だけは【サンタ】のSPが0となるため逆転勝利をすることが出来る。苦境ではあるものの、絶体絶命というほどではない。

　けれどそれでも、対面の学長は不敵かつ不遜な表情を返してくる。

「まあ、どっちも似たようなものだろう？　確かに3ターン目の先攻で君たちのSPを0にしていれば〝必勝〟だったけど、今の状況だってそれと大差ないよ」

「大差ない、ですか？」

「ああ。何せ、最終戦の焦点は【良い子／あげない】が発生するかどうか――ただそれだけだ。それ以外の組み合わせ《パターン》ではどうやっても逆転に至らない。そして君たちが持っているアイテムは【改竄装置】だけだ。私の選択を反転させることは出来るけど、そもそも私が何を選んだのかは見ることができない」

「はい、そういうことになりますね」

「くっ……要するに、完全二択の心理戦というわけだろう？　私が【良い子】を選ぶと思うなら君たちは【改竄装置】を使ってはいけないし、逆に【悪い子】を選ぶと思うのならば【改竄装置】を使わなければいけない。その選択をこなすだけの《決闘《ゲーム》》というわけだ。そしてこれまでの経験上、私が負けるとは思えない。……ほら、これでも充分に〝必勝〟だとは思わないか篠原《しのはら》？　加えて私の気持ちよさも遥《はる》かに上だ」

眼鏡《めがね》のレンズを光らせながら獰猛《どうもう》な笑みを浮かべる学長。

まあ、彼女の言い分も分からないではない——何しろこれまで、俺と皆実《みなみ》は学長の選択を読もうとして全て失敗に終わっている。それを考えれば、点数差を付けられた状態で最終ターンに突入している現状は充分すぎるくらいに絶望的だと言えるだろう。こんな状況で《悪待ちの魔女》に心理戦を挑むなんて無謀以外の何物でもない。

——けれど、

「ふう……」

先ほども確認した通り、俺たちは既に〝心理戦〟なんて舞台では戦っていない。

「すいません、学長。実は学長が俺に合わせて〝クリスマスの奇跡〟を使ってくることは予想できてました。まあ、俺じゃなくて皆実が先に気付いてくれたんですけど……どっちにしても、対策はとっくに打ち終わってました。もう一回言いますが、この《決闘《ゲーム》》は成立した時点で俺たちの勝ちです」

「……へえ？　冗談にしては面白くないけど、まさか本気で言っているのかな？」

「本気じゃなきゃこんなこと言わないですよ。っていうか……そもそも、俺が何のために皆実を連れてきたと思ってるんですか、学長？」

「ん……」

ちらりと隣の少女を見遣《みや》りながらそんな言葉を告げる俺と、青のショートヘアをさらりと揺らして何やら澄ました顔をしてみせる皆実《みなみ》。その言葉が意外だったのか、ガラステーブルの向こうの学長は「……？」と微《かす》かに眉を顰《ひそ》める。

「何のために、というのは……戦力の嵩増《かさま》しではなかったのか？」

「もちろんそれもありますけど、一番の理由はカモフラージュのためです。気付きませんでしたか、学長？　俺は今、皆実《こいつ》との【ミッション】に挑戦しながら彩園寺《さいおんじ》の【ミッション】を同時並行で攻略しようとしてるんです。この《決闘《ゲーム》》に絡む【ミッション】は一つじゃない。つまり〝クリスマスの奇跡〟は——もう一回、使える」

「——————!?」

「俺が生成するのは【透視メガネ】です。……これで、心理戦なんて要素はなくなりました。最終ターンの結果は【良い子／あげない】——学長のＳＰは０になります」

ようやくここまで辿《たど》り着けたという実感と共に宣言する。

そう——皆実を連れてきた理由というのは、要するにそういうことだった。学長から提示される《決闘《ゲーム》》がどんな内容であれ、《ＬＯＣ》由来の〝クリスマスの奇跡〟を使える俺の方が有利になることは間違いない。ただし《ＬＯＣ》の【ミッション】はクリスマス当日でも受諾できるため、バレてしまえば学長から後追いでコピーされる可能性は高いだろう。だからこそ〝奇跡〟を二つに増やしておいた、というわけだ。

「む……それについては、大激怒。都合のいい、女……」

「……いや、それはマジでごめんなんだけど」

淡々と文句を言ってくる皆実に思わず頬《ほお》を引《ひ》き攣《つ》らせる俺。一応前もって事情は話しているのだが、一方的に協力してもらった負い目がないとはさすがに言えない。何かしらで機嫌は取らなきゃいけないいだろう。

ともかく、

【サンタ：一ノ瀬棗《いちのせなつめ》——あげない】
【子供：篠原緋呂斗《しのはらひろと》＆皆実雫《しずく》——良い子】
【結果：一ノ瀬棗のＳＰが消滅。プレゼントの移動なし】

お互いの選択とアイテムの使用が反映され、最終ターンの結果が投影画面に映し出された。狙い通りの結末とはいえ、俺は微かな安堵《あんど》にそっと胸を撫《な》で下《お》ろす。

「……なるほど、ね」

そんな俺の対面では、学長がポツリと声を零《こぼ》しながら自身の端末をテーブルの上に放っていた。赤のエフェクトと共に〝敗北〟の二文字が刻まれた画面。しばらく無言でそれを見つめてから、彼女はこれ見よがしな溜《た》め息《いき》を吐《つ》きつつ小さく両手を挙げてみせる。

そうして一言、

「負けだ、負け。……くそ、久しぶりに悔しいな」

珍しく拗《す》ねたような響きを持つ彼女の呟《つぶや》きは、広い学長室内にゆっくりと伝播《でんぱ》した。

【《サンタゲーム》――終戦】
【一ノ瀬《いちのせ》棗《なつめ》：0SP／篠原緋呂斗《しのはらひろと》&皆実雫《みなみしずく》：25SP】
【勝者：篠原緋呂斗&皆実雫】

#

『し、篠原！　ごめんなさい、今ちょっといいかしら⁉』

――十二月二十五日、午後五時五十八分。

一ノ瀬学長との死闘をどうにか潜《くぐ》り抜《ぬ》けた数分後、俺の端末に着信があった。

相手は他でもない、桜花《おうか》の《女帝》こと彩園寺更紗《さいおんじさらさ》だ。常勝無敗の元7ツ星であり、学《アカ》園島一《デミー》のお嬢様であり、《ＬＯＣ》の【ミッション】を受諾して俺と会う約束を交わしている張本人。そんな彼女は、明らかに慌てたような口調で続ける。

『あのね。今日の約束、午後七時に四番区の駅前で待ち合わせって伝えていたと思うのだけど……何ていうか、今すぐ総合広場の方に来てもらうことって出来るかしら？』

「今すぐ？　まあ、行こうと思えば五分ちょっとで行けるけど……何でまた？」

『お目当てのイルミネーションがもう始まっちゃってるの！　天候の影響で時間を早めるって告知がついさっき……と、とにかく早く来て！　待ってるから！』

「ん……ああ、了解」

　ボロが出ないよう短い返事だけをして彼女との通話を終える俺。続けて小さく首を横に振ってから、対面のソファに座る一ノ瀬学長へ改めて身体《からだ》を向け直す。

「ありがとうございます、学長。もう動いてくれてたんですね」

「当然だろう？　こう見えても私は仕事の出来る女だからね」

　先ほどの疑似《決闘《ゲーム》》に負けた悔しさがまだ残っているのだろう。やれやれと言わんばかりの仕草で肩を竦《すく》めながら、学長は何とも皮肉っぽい口調で返してくる。

「君たちとの《決闘《ゲーム》》が決まった段階でとりあえず開演の準備は済ませていたんだ。あとは私の指示一つでいつでも始められるくらいにはね。といっても、まさか本当に負かされるとはこれっぽっちも思っていなかったけど……ああ、全く」

「……あー、なんかすいません」

「くくっ、何を謝る必要がある？　篠原緋呂斗《しのはらひろと》は今や、誇張も謙遜も抜きで英明《えいめい》学園の最高戦力だ。君の成長は私にとっても喜ばしいことに決まっている」

静かに首を振りながらそんなことを言ってくる学長。それで切り替えが済んだのか、彼女はいつも通りの不敵かつ獰猛《どうもう》な眼差《まなざ》しを真《ま》っ直《す》ぐこちらへ向けてくる。

「さて……せっかくあの柚葉《ゆずは》に勝利する道を切り開いたのだから、君はさっさと残り二つの【ミッション】をクリアしてくるといい。大切な〝約束〟を守ってくるといい。私の負けを無駄にしたらどうなるか、篠原ならよく分かっているだろう？」

学長らしいと言えば学長らしい、遠回しでSっ気に溢《あふ》れた激励の言葉。

そんなものに一つ頷《うなず》いて、俺は静かにソファを立つことにする——が、その直前、不意に横合いからじとっとした視線を感じて動きを止めた。見れば、視線の主は（まあ当然と言えば当然ながら）皆実雫《みなみしずく》だ。前髪越しに透明な青の瞳をこちらへ向けている彼女は、相変わらず淡々とした声音でゆっくりと口を開く。

「……わたしの出番は、ここまで？」

「ああ、今日のところはな。まさか三回も会うことになるとは思わなかったけど、何だかんだ助かった。一応礼は言っとくよ、皆実」

「一応どころか、土下座で感謝されてもいいくらいの働き……やっぱり、ストーカーさんは横暴。労働力の、搾取……ブラック企業、まっしぐら」

「いや、何もそこまで言わなくても……ほら、帰りは多分学長が送ってくれるし」

「……ほう？」

「ん……それなら、いい。ＶＩＰ待遇……」

俺の提案にこくこくと頷く皆実。代わりにガラステーブルの向こうでは学長が小さく目を眇《すが》めているが、おそらく何かしらの対応はしてもらえることだろう。

――と、まあそんなわけで。

青のショートヘアを微《かす》かに揺らした皆実雫は、真っ直ぐに俺を見つめてこう言った。

「それじゃ……ストーカーさんも、せいぜい頑張って」

＃

【十二月二十五日　午後六時七分】
【残りミッション――２】

夕暮れ時を通り越してそろそろ本格的な夜へと移りつつあるクリスマスの日。

学園島《アカデミー》四番区の一角、総合広場――これまで《決闘《ゲーム》》の会場としても何度か利用したことのある広大なその場所には、かなりの数の見物人が集まっていた。

まあ、それも不思議なことではないだろう。何しろ現在この広場の上空で行われているのは、四番区伝統のドローンイルミネーションだ。数百機のドローンを用いた空のイリュージョンは単純に色鮮やかで美しく、また幻想的な雰囲気はクリスマスデートにもぴったりだと非常に評価が高い。そのため他学区から訪れているカップルも多いようだ。

(で、彩園寺《さいおんじ》はどこにいるって……?)

そんな人混みの中で、俺は一人〝約束〟の相手を探していた。元々の待ち合わせ場所から急遽《きゅうきょ》変更となっているため、今は彼女が送ってくれた座標データと睨《にら》めっこしながら歩いている……のだが、そもそも俺は地図を読むのが得意じゃない。これだけ大きな会場の中から特定の誰かを見つけるというのはなかなか困難なミッションだ。

(これは、もう一回あいつに電話した方が……って、ん?)

——と。

そこまで考えた辺りで不意に後ろからくいっと袖を掴《つか》まれた気がして、俺は導かれるがままに身体《からだ》を反転させた。すると、そこに立っていたのは一人の少女だ——黒を基調とした少し大人っぽい雰囲気のコートを身に纏《まと》い、ついでに深く被《かぶ》った帽子で髪と目元を隠した少女。彼女の外見的な特徴を順に挙げたとき一位と二位になる部分が両方とも伏せられてしまっているが、それでも目の前にいるのが誰なのかは一瞬で分かった。

とはいえ、そのくらいは当然のことだ。

大っぴらに会うことが出来ない俺たちだから、変装していても見失うことは絶対にない。

……だから、

「メリークリスマス、篠原《しのはら》」

「ああ。……待たせたな、彩園寺」

片手で帽子を持ち上げて意思の強い紅玉《ルビー》の瞳を覗《のぞ》かせた少女──彩園寺更紗《さらさ》に対し、俺はほんの少しだけ頬《ほお》を緩めながらそんな言葉を口にした。……十二月二十五日、午後六時十二分。今日は朝からずっと時間に追われていたためあっという間だったような気もするが、心境としてはようやくここまで辿《たど》り着けたといった感じだ。一ノ瀬《いちのせ》学長との死闘を思い返しつつ、じんわりとした安堵《あんど》と達成感に包まれる。

「……っと」

まあ、それはともかく。

感慨に耽《ふけ》っていても恥ずかしさが増すだけなので、さっそく話を切り出すことにする。

「それで、どうする？　思ってたより大分混んでるんだけど……これって席取りみたいな文化があったりするのか？」

「ええ、もちろんあるわよ？　といっても、お花見なんかと違って空を使ったイルミネーションだから、広場のどこから見てもちゃんと綺麗《きれい》なのだけど。ちなみに、あたしたちの席は向こうの方に確保してあるわ。篠原も案内してあげる」

「ああ、そりゃ助かる。いくら変装しててもこの人混みじゃバレかねないし、そもそもろくに会話も——って」

言葉の途中で思わず口を噤《つぐ》む俺。……といっても、別に予想外の人物が目の前を通り過ぎたとか、あるいは頭上のドローンがいきなり墜落したとか、そんなミラクルが起きたわけじゃない。もっと、もっと単純なことだ。

「……ん……」

控えめに差し出された右手——そう。彩園寺《さいおんじ》が、他でもない彩園寺更紗が、俺に向かって真っ直ぐ手を突き出していた。寒さのせいか少しだけ赤くなっている綺麗《きれい》な右手。まさか今から俺とジャンケンをしようとか、そういう意味ではさすがにないだろう。

「え、っと……」

「……か、勘違いしないでよね、バカ篠原《しのはら》」

突然の出来事に脳内処理が追い付かず、俺が一人で勝手に狼狽《うろた》えていると、目の前の彩園寺がむっと頬《ほお》を膨らませながらそんなことを言ってきた。そうして彼女はやや強引にこちらへ一歩踏み込んでくると、有無を言わせずその手を俺の左手に絡めてくる。ひんやりとした感触が指先を包み込むと同時、電流のような何かが背筋を駆け抜ける。

これまでよりも一段と距離が近くなった彼女は、続けて言い訳するように口を開いた。

「別に深い意味はないわ。あんたと手を繋《つな》ぎたいなんて全然思ってない……でも、こんな人混みではぐれちゃったら大変じゃない。正体がバレて騒ぎになるかもしれないし、そうなったら【ミッション】も達成できなくなるわ。だから……だからそう、仕方なくよ」

「……仕方なく、なのか」

「あ、当たり前じゃない！　あたしが設定してる〝理想の関係性〟は【共犯者】……間違っても【恋人】なんかじゃないんだから。今後の大規模《決闘》《ゲーム》のために、少しでも強力なアビリティが欲しかっただけ。あたしの足を引っ張らないでもらいたかっただけ。クリスマスの夜ではあるけれど、ロマンチックな要素なんか一つもないわ」

「あー、はいはい。お前がそんなタイプじゃないってことくらい分かってるよ」

「そう？　ん、ならいいけれど……」

俺の返答に不承不承といった様子で頷《うなず》いてみせる彩園寺。ここまではいつも通りと言ってもさほど問題のないやり取りだったが、彼女はそこで帽子を深く被《かぶ》り直して俺の視線から逃れると、きゅ、っと繋いだ右手に力を込めつつこんなことを言う。

「でも……これだけは言っておいてあげる。こう見えてもあたし、今日のこ、こ、ことをずっと楽しみにしてたのよ。だから、来てくれてとっても嬉《うれ》しいわ。……ありがと、篠原」

聞こえるか聞こえないかといった声量でポツリと零《こぼ》された言葉。

彩園寺らしからぬ素直《ストレート》な表現に真《ま》っ直《す》ぐ心を撃ち抜かれ、俺は思わず天を仰ぐ。

「――――」

「って……ど、どうしたのよ篠原《しのはら》？　急に空なんか見上げちゃって」

「あ、ああいや……何でもない、っていうか、ただイルミネーションが気になってるだけだよ。席も取ってくれてるんだろ？　だったら早くそっちに移動しようぜ」

「？　ええ。もちろん、それはいいけれど……」

慌てて話を元に戻した俺に彩園寺《さいおんじ》はしばらく不思議そうな顔をしていたが、やがて「まあいいわ」と切り替えてくれたようだった。そうして彼女は絡まったままの指先に一瞬だけ視線を落としてから、ほんのりと頬《ほお》を赤らめて〝案内〟を始める。

大勢の観客で溢《あふ》れる総合広場。各区画には飲食物を中心とした出店が隙間なく並んでおり、一見した限りではどこへ行っても彼女の【ミッション】内容にある【二人きり】という条件を達成できないように思えてしまう。それでも彩園寺はすいすいと人の波を躱《かわ》すように歩を進め、ついには広場に併設された総合グラウンドの方まで辿《たど》り着いた。ドローンが飛んでいるのは広場の真上にあたるため、こちらへ来ると途端に人が少なくなる。

「お、おい……こっちで良いのか、彩園寺？　向こうの方がよく見えるんじゃ……」

「いいえ、それがそうでもないのよ」

少し早歩きになって俺を先導しながら、彼女は少し得意げな声音でそんなことを言う。

「ドローンショーって要は立体のイルミネーションだから、一応〝最適な方角〟っていうのがあるの。で、それは向こうの広場じゃなくて、実はこっちのグラウンド側……その理由は、island tube《アイ・チューブ》配信用の機材《カメラ》がグラウンドの屋根に取り付けられているから。ってわけで、一番の穴場は間違いなくここよ。【二人きり】にもなりやすいし」

「へえ、なるほど……やけに詳しいんだな」

「う……あ、当たり前じゃない。これくらい学園島《アカデミー》の女の子にとっては一般常識よ？　別に【ミッション】が出されてから慌てて調べたとかじゃないんだから！」

「はいはいそうかよ。……けど、グラウンドなんか勝手に入って大丈夫なのか？」

「ええ、もちろん問題ないに決まってるわ。だって――あたしが借り切ってるんだもの」

「――は？」

「ふふん。だから、ちゃんと場所を取ってあるって言ったでしょ？」

俺の反応が期待通りのものだったのか嬉《うれ》しそうにくすっと笑みを浮かべながら、彩園寺はさらにぐいぐいと俺の手を引っ張っていく。

そうして辿り着いた四番区の総合グラウンド――久我崎《くがさき》との《決闘《ゲーム》》なんかでは超満員になっていたこの場所だが、観客の入っていない今はただただ閑散としている。そのため何となく物悲しい雰囲気すら感じ取れてしまうのだが、彩園寺に連れられて二階席へと上がった瞬間、それらの印象は百八十度反転した。……本当に、天空のイルミネーションが目の前だ。彩園寺の下調べ通り角度は完璧で、距離についても高さがある分こちらの方がおそらく近い。手を繋《つな》いだまま一緒に空を見上げて、俺たちはしばし言葉を失う。

「「…………」」

夜空を縦横無尽に駆け回り鮮やかな光をばら撒《ま》く無数のドローン。それらは色を変えながら様々な模様を描き出す。学長から話を聞いた時は花火大会と似たようなものかと思ったのだが、違うのはその規模感《スケール》だ。もちろん打ち上げ花火の真似事《まねごと》も出来るが、ドローンの本領はそこじゃない。空一面の巨大なキャンバスへ自由自在に壮大な画《え》を映し出すとびっきりの迫力――そんなものを特等席から眺め、俺は圧倒されながら声を零《こぼ》す。

「……すげえな。こんな場所を用意できるとか……天才かよ、お前」

「あら、今さら気付いたの？　あたしはずっと昔から自他ともに認める天才よ」

冗談交じりの声音でそう言って、彩園寺《さいおんじ》はおもむろに大きな帽子を脱ぎ捨てる。瞬間、今まで隠されていた彼女の容姿が露《あら》わになった。魔法のようにふわりと広がる豪《ごう》奢《しゃ》な赤の長髪。薄暗闇の中でも煌々《こうこう》と輝く紅玉《ルビー》の瞳。シックな黒のコートとセーターは少しだけ背伸びしようとしている彼女の雰囲気によく似合っていて、もう何度会っているかも分からない相手だというのにドキドキと心臓が高鳴ってしまう。もしかしたら軽く化粧《メイク》をしているのだろうか？　いつもより少しだけ、ほんの少しだけ――目が離せない。

「……っ……」

俺が何も言えずに黙っていると、対する彩園寺が照れたようなジト目を向けてきた。

「ね、ねえ篠原《しのはら》？　じっと見てるだけじゃなくて、何か言ってくれないかしら。さっきも言った通り、今日の目的は単なる《決闘《ゲーム》》攻略……クリスマスの夜に二人っきりで出掛けているだけで、別にデートなんかじゃないけれど。でも、それでも女の子がこうやってお洒落《しゃれ》してきてるのよ？　少しくらい報いてくれてもいいはずだわ」

「あ、ああ。その……めちゃくちゃ似合ってるぞ」

「ん。……それだけ？」

「それだけ、って……いやまあ、その。何ていうか…………可愛《かわい》い、けど」

「かわっ……ふ、ふんだ。もっとマシな褒め方を期待していたのだけれど、待っていても無駄みたいだからそれで及第点ってことにしてあげるわ！　全くもう、篠原は……」

かぁっと顔を赤くしながら何度か首を横に振って、彩園寺はぽふっと近場の椅子に腰を下ろした。このグラウンドの二階席は全て回転式の椅子になっていて、外側に向けることも出来ればベッドのように背もたれを倒してしまうことも出来る。上空のイルミネーションを眺めるにはとにかく絶好のロケーションだった。

「ん……」

冷静さを取り戻すためにそんなことを考えながら、俺は彩園寺に倣って隣の椅子に腰掛けると、そのまま少しだけ背中を倒すことにした。視界のド真ん中では煌《きら》びやかなイルミネーションが次から次へと展開され、すぐ隣には彩園寺が寝転がっているという状況。人混みという大義名分がなくなったためさすがに手は離しているが、席の間隔がそれなりに近いため、少し身体《からだ》を捻《ひね》るだけで左腕が彼女に触れてしまいそうになる。

「……そういえば、あたし」

と——。

そんな風に空を眺めて少しばかりの時間が経《た》った頃、隣の彩園寺《さいおんじ》が不意にポツリと声を零《こぼ》した。それに応じて左側へ視線を向けると、見慣れた彼女の顔が思ったよりも近くにあってドクンと大きめに心臓が跳ねる。吐息を肌で感じられるくらいの、あるいは睫毛《まつげ》の長さまで判別できるくらいの距離。この近さはいくら何でも心臓に悪い。

彩園寺の方も赤面しているように見えたが、それでも彼女は無理やり言葉を継ぐ。

「男の子とこういうことするの、生まれて初めてだわ。二人っきりでデートスポットに来るとか、綺麗《きれい》な夜景を見るとか……もちろん、あたしの立場なら当然なのだけど」

「ま、そりゃ〝彩園寺更紗《さらさ》〟だもんな。今日だって変装しなきゃ来られなかったし、そもその動機が浮いた話じゃなくて《LOC》の【ミッション】だ」

「まあそうね。でも……去年の今頃は、あたしが《LOC》に参加するだなんて想像もしていなかったもの。ユキとか紫音《しおん》が相手ならともかく、まさかあんたみたいなやつと過ごすことになるなんてちっとも、ね」

「……悪かったな、《女帝》様のプランを引っ掻《か》き回しちまって」

「別に、悪いなんて言ってないじゃない。確かにあんたのせいで〝爆弾《うそ》〟は増えたかもしれないけれど……それでも、去年よりずっと楽しい一年間を過ごせてるから」

だからありがと、と呟《つぶや》きながら紅玉《ルビー》の瞳をちらりとこちらへ向ける彩園寺。その言葉には皮肉も誇張も混じっておらず、咄嗟《とっさ》に上手《うま》い返し方を見つけられなかった俺は「……おう」と短い返事を口にする外ない。

「ふふっ……」

そんな俺の反応を見て、彩園寺はくすっと口元を緩めてみせた。次いで――ここが攻め時もとい〝からかい時〟だと踏んだのだろう――豪奢《ごうしゃ》な赤髪を揺らすようにして身体ごと俺の方を向いた彼女は、どこか悪戯《いたずら》っぽい口調で続ける。

「それにしても、残念だったわね篠原《しのはら》？　もしあんたの目的が叶《かな》っていれば……この島にいるっていう〝幼馴染《おさななじ》み〟とちゃんと再会できてたら、今あんたの隣にいたのはその子だったかもしれないのに」

「あ、あー……どう、なんだろうな」

紅玉《ルビー》の瞳に見つめられてそっと右の頬《ほお》を掻く俺。

俺の幼馴染み――十年近く前に本土で仲良くなり、毎日のように遊んでいた〝初恋〟の相手。けれど彼女は、ある日突然学園島《アカデミー》へと引っ越すことになってしまった。彩園寺の言う通り、俺はそいつと再会するためにこの島へやってきたんだ。顔も名前もはっきりとは憶《おぼ》えていない探し人……けれど、情報閲覧権限が最大になる〝本物の７ツ星〟に至れば過去の情報まで検索できるようになる。人探しなんてほんの一瞬で終わるはずだ。

……というのが、俺が必死で色付き星《ユニークスター》を集めている理由の一つ。

ただし、今から半年以上前、《ディアスクリプト》の勝利報酬も兼ねて柚姉《ゆずねえ》に教えてもらった事実によれば、俺は既に〝彼女〟と再会しているらしい。つまり俺の探し人は学園島《アカデミー》に十何万といる女子生徒の中の一人、というわけじゃなく、俺がこの島に移り住んできてから少なくとも五月までの間に知り合っていた誰か、となるわけだ。

（正直、それだけなら可能性のあるやつはそこそこいる。学園島《アカデミー》最強、なんて立場だから知り合いは異常に多いし、何なら英明《えいめい》の生徒だけでも数千人は下らない。だけど、その中でも姫路《ひめじ》と彩園寺《さいおんじ》は、学園島《アカデミー》に引っ越してきたタイミングがちょうど十年近く前……俺の幼馴染《おさななじ》みとぴったり一致してる。まだ誰にも話しちゃいないけど、二人のうちどっちかが俺の幼馴染みだって可能性はかなり高い……とはいえ、だ）

そこまで考えた辺りで小さく首を横に振る俺。……真相が気にならないと言えばさすがに嘘《うそ》になるが、こうして頭を捻《ひね》っていてもきっと答えは出ないだろう。俺が〝彼女〟と遊んでいたのは十年近く前のことで、それこそ漠然としたエピソードくらいしか覚えていないんだ。本物の〝7ツ星〟にでもならない限り特定する手段はおそらくない。

だから俺は、はぐらかすつもりで無難な言葉を選ぶことにする。

「もし再会できてたらそうなってたかもしれないけど……何せ、もう何年も会ってないわけだからな。向こうが俺のことをどう思ってるのかなんて知らないし、何なら学園島《こっち》でとっくに好きなやつが出来てるかもしれない」

「ふぅん？　意外とドライ……っていうか、現実的なことを言うのね。せっかくその子のために〝偽りの７ツ星〟なんかやってるのに」

「別にあいつのためだけってわけじゃねえよ。厄介なことに、俺の〝嘘《うそ》〟には色んなやつの立場やら事情が絡みまくってるんだ。お前もそうだろ、彩園寺？」

「ま、言われてみればその通りね。……でも」

囁《ささや》くようにそう言って、彩園寺はこちらを向いたまま微《かす》かに身じろぎした。どこか緊張しているようにも感じられる真剣な表情。刻々と模様を変える天空のイルミネーションに照らし出されて、意思の強い紅玉《ルビー》の瞳が複雑な色の輝きを放っている。

「やっぱりその子は、篠原《しのはら》にとってちょっと特別な存在だと思うのよ。あたしやユキより先に篠原と出会っていて、あんたが学園島《アカデミー》へ来るきっかけを作った女の子……大袈裟《おおげさ》に言えば、篠原の人生を変えちゃった子。多分あんたは、こうしてあたしと二人っきりでいてもその子の顔がどこかにチラついてるんでしょ？　初恋の記憶が大切だから、心の中でしっかり義理立てしてるから……あんたは絶対、その子のことを忘れられない」

「……まあ。忘れる、ってことはないかもしれないな」

「かもじゃなくて〝絶対〟よ。だって、初恋っていうのはそれだけ特別なものだもの。だから……ね、篠原《しのはら》。ちょっといいかしら？」

そこで彼女は、口元に微《かす》かな笑みを浮かべたままちょんちょんっと俺を手招きしてみせた。リクライニング機能を用いて半分ほど背中を倒した椅子の上。隣に座る彩園寺《さいおんじ》に身体《からだ》を向けながら、俺は内緒話を聞くような格好《かっこう》で彼女の口元に耳を近付ける。

――その瞬間、だった。

「んっ……」

「――――ッ⁉」

頬《ほお》に触れた柔らかな感触。……それは、実際の時間に換算すれば本当に一瞬の出来事だったのだろう。けれど俺にはまるで時が止まったかのように、何なら永遠のようにも感じられた。しばしの硬直から立ち直って呆然《ぼうぜん》と隣の少女に視線を向ければ、彼女は彼女で恥ずかしそうに顔を朱に染めている。右手の甲をぎゅっと口元に押し当てている。

「…………」

決して名探偵なんかじゃない俺だが、それでも何が起こったのかは明白だった――彩園寺更紗が、俺の頬にキスをしてきたんだ。ほんの一瞬触れるだけのライトキス。普段は俺と煽《あお》り合いやら何やらをしている彼女の唇が、間違いなく俺の頬にそっと触れた。

「っ……さ、彩園寺？　あ、あのさ、今――」

「――ち、違うからっ！」

かつてないほどの混乱と動揺に襲われながらも俺がどうにか言葉を発しようとしたところ、当の彩園寺はそれを遮るような形で否定の文言を口にした。彼女はこれまで以上に真っ赤に染まった顔を隠すようにぼふっと寝返りを打つと、俺に背を向けたまま妙に言い訳がましい口調で続ける。

「べ、別に……あたしは、あんたのことが好きってわけじゃないのだけれど。本当に、そんなことはちっともないけれど……それでも、こんなに近くにいる相手があたしの方を向いてくれないのはちょっと癪《しゃく》じゃない。もっと言えば、ムカつくじゃない」

「そうか……？　学園島《アカデミー》に来てから、俺はお前のことばっかり見てる気がするけどな」

「ぅ……で、でもそれは、どっちかって言うと敵対してるって意味でしょ？　今回はそういうことじゃないの。あんたが〝初恋の子〟を忘れられないみたいだから、あたしはあたしで〝初めて〟を一つ奪わせてもらったわ」

「っ……」

「……どう？　これで、少しはあたしのことを意識してくれるようになったかしら」

少しだけ体勢を元に戻してちらりと紅玉《ルビー》の瞳をこちらへ向けてくる彩園寺。

まあ、何というか——彼女らしいやり方と言えばその通りだろう。俺の中にある〝幼馴《おさな》染《じ》み〟の存在が大きいと見て、それと対抗するために、あるいは上書きするために、新たな〝初めて〟を俺にぶつけてきたというわけだ。

それが恋愛感情から来るものなのかはよく分からない。……今回の《LOC》で彩園寺《さいおんじ》が設定している関係性は【共犯者】らしいし、実際〝これはデートじゃない〟と何度も否定されている。もしかしたら独占欲とか嫉妬とか、その手の感情なのかもしれない。

「…………」

けれど彼女にとって、それが【恋人】と同じくらい大切な関係であることは確かで。

そのことを主張するために俺の〝初めて〟を奪いに来た、というのは……何だか、思わず口元が緩んでしまうくらい愛《いと》おしい事実に思えて。

だから、俺は。

「いや。……残念ながら、何も変わっちゃいねえよ。悪いけど、お前に対するその辺の感情はとっくの昔にカンストしてて、これ以上強く意識しようがないんだから」

――冗談めかした口調ながらも、少しだけ素直にそんな言葉を口にした。

【彩園寺更紗《さらさ》――《LOC》ミッションクリア】
【内容：対象《ターゲット》と一緒に四番区のドローンイルミネーションを鑑賞すること】
【理想の関係性：唯一無二の共犯者《パートナー》、ってところね】

＃

十二月二十五日、午後六時四十七分。

長かったクリスマスがいよいよ最終盤へ突入する中、数百機のドローンを使った壮大なイルミネーションもまた、徐々に終幕へと近付いているようだった。これまでよりも細かな間隔でパッパッと色や光が切り替わり、クライマックスに相応《ふさわ》しい豪華かつ疾走感のある光景をダイナミックに演出している。

「ん……」

二人して一頻《ひとしき》り照れまくったことでようやく落ち着いてきたのだろう。隣に座る彩園寺は穏やかな表情でそんな夜空を見上げている。そうして、彼女は不意に紅玉《ルビー》の瞳をこちらへ向けると、囁《ささや》くようにこんな言葉を口にした。

「そういえば……まだちゃんとお礼を言ってなかったわね。ありがと、篠原《しのはら》。あんたのおかげで、意外と悪くない時間が過ごせたわ」

「……お礼？　何の話だよ、それ」

対する俺は、何を言われているのか分からず小さく首を傾《かし》げてみせる。

「《ＬＯＣ》の【ミッション】を受諾したのもこのグラウンドを借りてくれたのも彩園寺だろ。感謝しなきゃいけないのは俺の方だと思うけど」

「そう？　じゃあそれは素直に受け取っておくけれど、あたしが言いたいのはそのことじゃないわ。だって……あんたのせいなんでしょ？　このイルミネーションが時間変更になったのって」

「え……」

彼女からの思わぬ指摘に大きく目を見開く俺。

その反応が狙い通りのものだったのか、彩園寺《さいおんじ》は嬉《うれ》しそうに口元を緩めて続ける。

「おかしいと思ってたのよ。四番区伝統のイルミネーションは、初年度からずっと午後七時台に行われてる……急に前倒しで始めることになったなら、そこには何かしらの理由があるはずじゃない。そう思って、あたしが知る限り一番の事情通に——つまり紫音《しおん》に話を聞いてみたら、すぐに白状してくれたわ。あたしとユキの〝約束〟が被《かぶ》ってたことも、それをどうにかするためにあんたが英明《えいめい》の学長に挑んでたことも」

「そこまで知ってたのかよ……って、だったらそこは感謝じゃなくて、むしろ責める場面じゃないのか？　俺のせいでお前の〝約束〟が前倒しにされてるんだから」

「いえ、そうでもないわ。だって、要するに今年のイルミネーションがいつもより早く開催されたのはあたしのため、ってことだもの。そんなの特等席以上に〝特別扱い〟じゃない。それに、学園島《アカデミー》最強の７ツ星が……篠原《しのはら》があたしとの〝約束〟を守るために色々と奔走してくれたっていう事実そのものも、普通に悪い気はしないわね」

「……まあ、そりゃ切り捨てるわけにもいかなかったからな」

「ふうん？　それはお姉さんとの《決闘《ゲーム》》があったから、かしら？」

「そんな縛りがなくても必死でやったってのよ」

「ふふっ、それなら良かったわ。……ま、紫音の話じゃ、あたしとユキの他にもたくさんの女の子から《ＬＯＣ》の〝ターゲット〟にされていたみたいだけれど」

「うっ……」

　突然ジト目になってそんなことを言ってくる彩園寺に対し、俺は思わず頬《ほお》を引《ひ》き攣《つ》らせる。……まあ、クリスマス当日に六人もの異性と〝約束〟を交わしているやつなんて、冷静に考えて意味が分からないだろう。遅刻はしていないし【ミッション】も全てクリアしてはいるものの、不誠実だと罵られても全くもって文句は言えない。

　と、

「……ねえ、篠原」

　俺がそんなことを考えていると、目の前の彩園寺が何やら思い詰めた表情でポツリと言葉を零《こぼ》してみせた。彼女は紅玉《ルビー》の瞳を静かに持ち上げ、じっと俺を見つめて続ける。

「あんたの周りに魅力的な女の子がたくさんいることは分かってるわ。でも、たとえばあたしが〝行かないで〟って言ったら……〝今日はあたしと一緒にいて〟って言ったら。たとえば、あんたに〝あたしを選んで〟って、言ったら、あんたは……」

「…………」

　決定的な〝何か〟を口走ろうとする彩園寺。――だが、

「……ううん。やっぱり、今のなし！」

そこで彼女はそれまでの空気を霧散させるように首を振ると、一転して軽やかな笑顔を浮かべてみせた。迷いが晴れたようなすっきりとした表情。紅玉《ルビー》の瞳を宵闇の空へと向けながら、彩園寺《さいおんじ》は柔らかな口調で続ける。

「だって、あたしがす――興味を持った〝篠原緋呂斗《しのはらひろと》〟は、他の誰かとの約束を無視してあたしだけを大事にしてくれるようなつまんないやつじゃなくて、イカサマとか無茶苦茶な手を使ってでも絶対に全員との約束を叶えちゃうとんでもないやつの方だもの。知っての通り、あたしの【ミッション】はとっくに達成されてるわ。だから、篠原はユキのところに行ってあげて？」

「……いいのかよ」

「いいに決まってるじゃない」

微《かす》かな嘆息と共に断言する彩園寺。

「そもそもあんたがイルミネーションの時間を変更させたのは、あたしだけじゃなくてユキとの約束も絡んでるからなんでしょ？　そこまでしてもらってるのにあたしが〝行かないで〟なんて言い始めたら、まるであたしが篠原のことを好きで好きで仕方ない子みたいじゃない。天下の《女帝》をそんな俗物に貶《おとし》めたくなかったら、さっさとユキの【ミッション】をクリアしてくることね。こんなところで投げ出すなんて許さないから」

「彩園寺、お前……めちゃくちゃ良いやつかよ」

凛々《りり》しさすら感じる物言いに半ば感動しながらそんな言葉を返す俺。それを受けた彩園寺は「ふん」とそっぽを向いてしまったが、どうやら満更でもないようだ。

「……ちなみに、ユキの【ミッション】はどんな内容なの？」

「ん？　ああ……えっと」

そんな彼女の質問に対し、俺はポケットから自身の端末を取り出すことにした。ついに最後の一つとなった《ＬＯＣ》の【ミッション】――俺と姫路白雪《ひめじしらゆき》の二人に課されたそれは、文面《テキスト》にすればこんな感じだ。

【受諾者：姫路白雪】

【内容：対象《ターゲット》と疑似《決闘《ゲーム》》を行うこと。ただし●●】

【実行場所：三番区内】【指定時間：午後七時】【必須条件：ホワイトクリスマス】

「――ま、要するに〝何でもいいから疑似《決闘《ゲーム》》をすればいい〟ってだけの【ミッション】だな。伏せ字次第ではあるけど、ダブルブッキングさえ解消できてればそう問題ないと思う。困るとしたら【ホワイトクリスマス】って条件くらいだ」

「ホワイトクリスマス……？　じゃあ、雪が降らなきゃいけないのね」

興味を惹かれたのか豪奢《ごうしゃ》な赤髪をさらりと揺らしながらそう言って、紅玉《ルビー》の瞳を空へと向ける彩園寺。イルミネーションが終わって静かになった学園島《アカデミー》の夜空は、いつからか分厚い雲で覆われている——が、今のところ雪が降る気配はない。

同じく空を見上げながら、俺はそっと右手を口元へ遣《や》って続ける。

「天気予報からして今日中に雪が降ることは間違いないと思う。姫路《ひめじ》と会ってすぐに降り始めるかどうかはともかく、いざとなったら持久戦って手もなくはない。だから、まあそれ自体は別に心配してないんだけど……」

「？　けど、何よ？」

「……実は俺、姫路にちょっとしたサプライズを仕掛けてる真っ最中なんだよ。ただ、雪の降る時間が正確に分かってないとネタ晴らしが難しいっていうか」

思考を巡らせながら呟《つぶや》く俺。……姫路に対するサプライズ。数週間前の時点ではさすがに今日の天気なんか確定していなかったわけだから、彼女の【ミッション】における〝クリスマスの奇跡〟には【ホワイトクリスマス】の条件で詰みにならないための保険のような役割があった。姫路もそう思っているはずで、故にサプライズというのはその認識を逆手に取ったモノである。事前の仕込みについては今朝の段階で既に済ませてあった。

と——そこで、

「ふうん？　それくらいなら、彩園寺家《うち》の天候演算システムで調べられると思うけれど」

「……え」

彩園寺《さいおんじ》が零《こぼ》した言葉に俺は思わず目を丸くした。半分寝かせた椅子から上半身だけを起こすようにして、驚きを抑えながら隣の彼女に問いかける。

「それ、詳しく聞いてもいいか？」

「詳しくも何も、言葉通りのシステムよ。彩園寺家が独自に運用してる天気予報の進化版みたいなものね。当日の天気なら、分とか秒の単位で正確に分かるはず」

「…………、あのさ」

「分かってるわよ、あたしのＩＤを貸してあげればいいんでしょ？　……ユキに譲られたまま終わるだなんて、それはそれで癪《しゃく》だもの。だから、その代わり――」

言って、彩園寺はびしっと俺に人差し指を突き付けてきた。豪奢《ごうしゃ》な赤の長髪をふわりと揺らした彼女は、口元に不敵な笑みを浮かべてこんなことを言う。

「――ユキを満面の笑顔にすること。それが条件よ」

「っ……ああ、任せとけ」

真《ま》っ直《す》ぐに頷《うなず》きながら躊躇《ためら》うことなく一言。

姫路《ひめじ》の〝親友〟でもある彩園寺更紗《さらさ》の声援を受けて、俺は静かに席を立つことにした。

【十二月二十五日　午後六時五十三分】
【残りミッション――１】

shion

莉奈、莉奈

shion

今日の首尾はどうでしたか？　上手く篠原さんを落とせましたか？

sarasa

ぅ……だ、だから、そんなんじゃないって何度も言ってるじゃない

sarasa

篠原ならユキのところに行ったわ

sarasa

まあ……あたしも、ちゃんと約束は守ってもらったけれど

shion

ですから、その中身を知りたいのです

shion

クリスマスですよ？　四番区のイルミネーションですよ？ 二人っきりですよ？

shion

何もなかった、なんて言われてもにわかには信じられません

sarasa

それは……

sarasa

…………

shion

……あれ？ もしかして莉奈、本当に……

sarasa

篠原ならユキのところに行ったわ

sarasa

篠原と何があったかなんて……いくら紫音でも、絶対に教えられないから！

第五章　二人きりの《決闘》

liar liar

b

——十二月二十五日。クリスマスの午後七時前。

「…………」

自らの吐息が空へ上っていくのを見つめながら、姫路《ひめじ》白雪《しらゆき》は一人静かに立っていた。

もちろん、何の目的もないというわけじゃない——何しろ白雪は今、一人の相手と〝約束〟をしている。クリスマスという特別な日に二人きりで会う約束。彼との距離を少しだけ縮めるための、一歩だけ前に進むための大切な待ち合わせ。

けれど——こうして待ってはいるものの、その約束が果たされることはおそらくないだろう。何故《なぜ》なら白雪は、その権利を自ら放棄したんだから。

『全くもう……だから優しすぎるんだってば、白雪ちゃんは』

右耳に装着したイヤホンからは色々な感情が混ざった声が漏れ聞こえてくる。慰めるような、落胆したような、諭すような、慈《いつく》しむような……とても慣れ親しんだ声だ。

「そう、でしょうか？」

けれど白雪は、すぐには頷《うなず》かずにさらりと白銀の髪を揺らす。

「そんな風に思ったことは一度もありませんが……」

『だとしたら自己分析が間違ってるだけだって。まだ高校生の女の子なんだから、もっとワガママになっていいんだよん？　我慢ばっかりしてたら潰れちゃうんだから』

「ワガママ……ですが、それは」

首に巻いたマフラーに口元を埋《うず》めながら呟《つぶや》く。……ワガママ。確かに、白雪《しらゆき》が彼にワガママを言った記憶はほとんどない。ただし、それは当然のことだ。何しろ白雪は彼に仕える専属メイド——彼との間柄は単なる友人やクラスメイトなどではなく、主と従者の関係にあたる。それはある意味で〝特別〟なのだが、いや特別だからこそ、普通の友人やそれ以上の関係というのが余計に遠くなってしまっているのかもしれない。

「……ご主人様の専属メイドとして、間違ったことをしたつもりはありません」

そこまで思考を巡らせてから小さく首を横に振る白雪。

まあ……結局は、こういう返事をするしかないのだろう。心のどこかが痛んでいるような気はしなくもないけれど、それで彼が救われるのであれば何の問題もない。むしろ、絶対に避けたいのは逆のパターンだ。白雪がワガママを通したせいで彼がピンチに陥るという展開だけはメイドとして許してはいけない。だとしたら、やはりワガママは言わない方がいいという結論になるだろう。我慢して済むならそれでいい。

だから、

（とりあえず、待ち合わせの時間まではここにいて……その後は、帰ってお屋敷の掃除でもしていましょう。ご主人様のお帰りは、もしかしたら遅くなるかも──）

……と。

思案と共に右手をそっと顎の辺りへ触れさせた、瞬間だった。

「っ──」

唐突に思考が停止する──ほんの一瞬前まで何を考えていたのかすら思い出せないくらい、頭の中がそれで埋め尽くされた。が、まあそうなってしまうのも当然だろう。何しろ大きく見開いた白雪の瞳には、一人の人物が映っている。待ち焦がれていた相手だ。同時に、来るはずがないと思っていた相手だ。意味が分からないという混乱と、どうしてここへ来てしまったんだという憤慨が……いや、どちらも嘘《うそ》だった。そんなマイナスの感情なんかより、溢《あふ》れ出す嬉《うれ》しさの方がずっとずっと大きい。

「よう、姫路《ひめじ》──待たせたな」

……十二月二十五日、午後七時ちょうど。

白雪の前に姿を現したのは、篠原緋呂斗《しのはらひろと》──彼女が仕える7ツ星の主《あるじ》、その人だった。

＃

「な……な……」

待ち合わせ場所に立っていた姫路《ひめじ》は、俺の姿を見るなりポカンと口を開いてみせた。おそらく、俺がここに来ることはないと踏んでいたんだろう。澄んだ碧《あお》の瞳をぱちくりと瞬《まばた》かせた彼女は、呆然《ぼうぜん》とした表情のままおそるおそる訊《き》いてくる。

「ご主人様……ですか？　本当に？」

「ああ。……っていうか、そうじゃなかったら誰に見えるんだよ」

「あ、いえ……すみません。その、まさか来てくださるとは思っていなかったので……」

白銀の髪をさらりと揺らして頭を下げる姫路。

彼女の格好《かっこう》は、冬の夜に相応《ふさわ》しい暖かそうな白のコートだ。普段見慣れているメイド服やら制服とは打って変わり、カジュアルラフな〝ザ・女の子〟といった様相。ふわふわのマフラーと手袋が彼女の持つ柔らかな雰囲気にとてもよく似合っている。

が、まあそれはともかく。

当の姫路は、気を取り直すように次なる質問を投げ掛けてきた。

「それで、ご主人様。どうして――というより、どうやってここへ来たのですか？　まさかリナの【ミッション】を放棄した、というわけでは……」

「ああいや、そういうわけじゃない。彩園寺《さいおんじ》との〝約束〟なら先に済ませてきた」

「済ませて……？　い、いえ、そんなことは出来ないはずです。紫音《しおん》様の話では、わたしとリナの約束が完全に被《かぶ》ってしまっていると……だから、あのような《決闘《ゲーム》》ルールを申請させていただいたのですが」

「それについては気を遣わせちまって悪かったな。姫路と彩園寺の【ミッション】がダブルブッキングしてたのは本当のことだけど、実はもう解決できてるんだ。何ていうか、イベントを一つ前倒しにしてもらって……」

「前倒し、というと……まさか、四番区のイルミネーションですか？　あ、あの女狐《めぎつね》様を頷《うなず》かせるなんて……随分と無茶《むちゃ》な賭けに出ましたね、ご主人様」

「そりゃまあ、大事な約束が二つも人質に取られてたからな」

小さく肩を竦《すく》めて告げる俺。確かに学長との疑似《決闘《ゲーム》》は危うい橋だったが、その対価として姫路と彩園寺の〝約束〟を両立させられるなら安いものだろう。

ただ、

「あー……もしかして、迷惑だったか？」

目の前に立つ少女を真《ま》っ直《す》ぐに見つめながら、俺はそんな疑問を口にする。……俺のやったことは、端的に言えば自己満足のようなものだ。姫路が提示してくれた案ならもっと簡単に、そしてもっと確実に柚姉《ゆずねえ》との《決闘《ゲーム》》に勝つことが出来ると分かっていて、それでも成功するか分からない賭けの方を優先した。姫路からすれば――7ツ星の専属メイドである彼女からすれば、その選択はどのように見えているのだろうか。

「……いえ。迷惑などということは決してありません、ご主人様」

そんな俺の懸念に対し、姫路《ひめじ》は迷うことなくさらりと白銀の髪を振ってみせた。そうして澄んだ瞳をこちらへ向けると、ほんの少しだけ上目遣いになって続ける。

「実は、少しだけ……ほんの少しだけ、わたしも期待していたんです。ご主人様がリナとの〝約束〟を果たしに行っているのを知った上で、自分から身を引いたことを理解した上で……それでも、わたしのご主人様ならここに来てくれるかもしれないと。わたしには及びもつかない方法で駆け付けてきてくれるかもしれないと……そう思っていました」

「……さすがは専属メイドってとこだな。俺の考えくらいお見通しか」

「はい、もちろんです。ただ――それは〝そんな可能性もあるかもしれない〟という願望に近い予感でしたので、九分九厘……いえ、それよりもっと高い確率で、わたしは待ち惚《ぼう》けを食らうものだと思っていました。……ですので」

そこまで言って、姫路は一瞬だけ言葉を止めた。冬の寒さで微《かす》かに赤らんだ頬《ほお》。真っ白に色の付いた吐息。いつもより少しだけ温度の高い視線が俺を捉えて――そして、

「嬉しいに決まっています。とても、とっても……比較対象が思いつかなくてちょっと困ってしまうくらいには、嬉《うれ》しくて仕方ありませんよ？」

「っ……そうか、なら良かった」

ふわり、と口元を緩ませながら喜怒哀楽の〝喜〟をこれでもかと言わんばかりに主張してくる彼女に対し、俺は悶絶《もんぜつ》しそうになるのを抑えながらどうにか一つ頷《うなず》いた。

——学園島《アカデミー》三番区内のとある公園。

冬の装いでもやや肌寒い曇天の下で、俺と姫路は二人揃《そろ》って手近なベンチに腰掛ける。

「それでは、ご主人様。改めて【ミッション】の話をいたしましょう」

「ああ、頼む」

俺の同意を受けて、左隣に座った姫路が鞄《かばん》から自身の端末を取り出した。こんなのはよくある光景、どころか超定番のシチュエーションにあたるはずなのだが、それでも少しドキドキしてしまうのは今日がクリスマスだからだろうか。あるいは姫路が俺の専属メイドとしてではなく、一人の女の子として隣にいるからだろうか。

そんな俺の内心には当然ながら気付く由《よし》もなく、姫路は澄んだ声音で続ける。

「わたしに課せられた《LOC》の【ミッション】内容は、こちらです——【対象《ターゲット》と疑似《決闘《ゲーム》》を行うこと。ただし●●】。ご主人様には伏せ字に見えている部分もあるかと思いますが、こちらは特に《決闘《ゲーム》》の勝敗を規定するような縛りではありません。ご主人様はただ純粋にわたしとの《決闘《ゲーム》》を楽しんでいただければと」

「ん……なるほど、本当にそれだけでいいんだな」

「はい。ご主人様が他に誰とどのような【ミッション】をこなしてきたのかは分かりませんが、内容としては比較的簡単な部類かと思います」

一瞬だけ拗《す》ねたようなジト目を経由しつつも静かに頷《うなず》く姫路《ひめじ》。……まあ、彼女の言う通りだ。この【ミッション】の難攻不落ポイントは〝ダブルブッキング〟であり、それが解消された今、クリアを阻害する要素なんておそらく微塵《みじん》も残っていない。ただただ姫路との疑似《決闘《ゲーム》》を無事に完遂させればいい、というだけの【ミッション】だ。

「それで……さっきのメッセージにあったやつは置いといて、どんな《決闘《ゲーム》》をやるのかはもう決まってるのか？」

「もちろんです、ご主人様。普段はサポートメインのわたしですが、この一か月ほどで学《アカ》園島《デミー》の歴史を総浚《そうざら》いするくらい徹底的に《決闘《ゲーム》》の種類を調べ尽くし、目に留《と》まったものをいくつか組み合わせることで今日にぴったりのルールを構築いたしました」

「……そこまでやって彩園寺《さいおんじ》に譲ろうとしたのかよ」

「ご主人様を勝たせることが出来るのであればわたしの労力など何でもありませんので」

呆《あき》れと感嘆が混ざった声を零《こぼ》す俺に対し、姫路は澄ました顔でそんなことを言う。献身的すぎるというか何というか……まあ、間に合ってよかったというやつだ。

とにもかくにも、姫路はピンと人差し指を立てながら言葉を紡ぐ。

「本日行う疑似《決闘《ゲーム》》は《究極の選択《ジャッジメント》》――二択をテーマにした賭け事《ギャンブル》のような《決《ゲー》闘《ム》》です。《究極の選択《ジャッジメント》》では、まずどちらかのプレイヤーが〝出題者〟となり、二択で回答できるような〝お題〟を何か一つ提示します」

「二択で回答できるお題……？　かなり広い括《くく》りだけど、何でもいいのか？」

「はい、何でも構いません。たとえば【自動販売機の緑茶とコーヒーのボタンを同時に押します。購入されるのはどちらでしょう？】でもいいですし、あるいは【次にあの角を曲がってこちらへ向かってくるのは二人組以上のグループである。〇か×か？】でももちろん大丈夫です。とにかく答えが二択になり、正解を確かめる術があるもの……お題を設定する際のルールはこれだけですね」

分かりやすくまとめてくれる姫路。要するに、二択問題なら本当に何でも構わないということだ。基本的にはあらゆるものを〝お題〟とすることが出来る。

「えっと……それで？　次は、お題を出された側がその問題に答えるのか？」

「はい。ですが、ここではただ答えるのではなく、どれだけの自信を持って回答するのかを予《あらかじ》め提示していただく必要があります——その際に用いるのが、チップです。《究極の選択》ではご主人様とわたしがお互いに10枚のチップを持った状態から《決闘《ゲーム》》をスタートし、最終的に相手の所持チップを全て奪った方が勝者となります。つまり、回答者側が決められるのはこのチップを賭ける枚数……ということです」

「なるほど……じゃあ、出した答えが正解だったら出題者側から回答者側に、不正解だったら回答者側から出題者側に〝賭け額〟分のチップが移動するわけか」

「その通りです、ご主人様。ちなみに、賭け額の上限は一つのお題につき3枚です」

すぐ隣から俺の顔を覗《のぞ》き込《こ》むようにしつつ、姫路《ひめじ》は白銀の髪をさらりと揺らして小さく首を縦に振る。対する俺は、右手をそっと口元へ遣《や》った。単純明快で面白そうなルールではある、が……一つだけ気になることがある。

「あのさ姫路、これってターン制なのか？」

「そうですね。わたしとご主人様で〝出題者〟と〝回答者〟を交互に行います」

「ああ。じゃあ、それはいいけど……何ていうか、ちょっと、〝回答者〟側が有利すぎるルールじゃないか？ 出題者が設定するのは二択の〝お題〟だけで、あとは〝答え〟も〝賭け額〟も回答者が決めるんだよな。これじゃいつまでも終わらないような……？」

——そう。

今のルールを聞く限り、有利なのは明らかに回答者側だ。難しいお題は最低額《1枚》のベットで適当にスルーして、確実に正解できるお題が出された時だけ意気揚々と3枚突っ込んでいればいい。となると出題者側も簡単なお題は出せなくなるから、基本的には【50／50】……すなわちコイントスのような〝二択の運ゲー〟ばかりを提示しなければならなくなる。それでチップ10枚を削るのはなかなか遠い道のりだろう。

「ふふっ……さすがはご主人様ですね」

そんな俺の疑問に対し、姫路はそう言って微《かす》かに頰《ほお》を緩めてみせた。続けて彼女は白銀の髪を揺らしながら小さく頷《うなず》くと、再び碧《あお》の瞳を持ち上げて涼やかに言葉を継ぐ。

「実は、この《決闘《ゲーム》》にはもう一つ特殊なルールがあります。それは出題者にだけイカサマが許可されている、ということ——もちろん指摘を受けた場合は速やかに取りやめなければいけませんが、バレない限りは何でもOKです。たとえば【自動販売機で飲み物を一本だけ買います。果たして当たりは出るでしょうか？】というお題が出された場合、おそらくご主人様は【出ない】方にチップを3枚賭けると思います。ですが、もしもわたしが何らかの細工をしているとしたらどうでしょうか？　半々どころか、確実に当たりが出るような仕掛けが施されているのかもしれません」

「意外と戦略的だな……ちなみに、イカサマを指摘できるタイミングは？」

「現行犯のみ可、とします。つまり、わたしが既に色々な仕掛けを終えているのだとしたら、それらは全て防ぐことが出来ません」

　補佐組織《カンパニー》のリーダーでもある彼女は、そう言って悪戯《いたずら》っぽく微笑《ほほえ》む。

「…………」

　最初から準備万端で待ち構えられていた感はあるが……とにもかくにも、ルールはきっちり理解できた。二択のギャンブルゲーム《究極の選択《ジャッジメント》》。お互いに10枚のチップを持った状態でスタートし、先に相手のチップを削り切った方の勝ち。各ターンの中では、まず出題者が二択で回答できる〝お題〟を提示し、次に回答者が〝答え〟と〝賭け額〟をそれぞれ決定する。その答えが正解か不正解かでチップ移動の方向が決まるわけだが、ここで出題者にだけは〝イカサマ〟を行う権利が与えられている。仕込みの瞬間を押さえられない限り、正解を捻《ね》じ曲《ま》げるような行動を取っても構わない。

「〝つまりはイカサマ前提の心理ゲームだ〟——と、そう思っているのだとしたら大間違いですよ、ご主人様？」

「——へ？」

と……俺がそこまで思考を巡らせた瞬間、すぐ隣に座っている姫路《ひめじ》が不意にそんな言葉を口にした。彼女は見惚《みと》れるような笑みを浮かべると、涼やかな声でこう切り出す。

「最初の出題者はわたしです。——本日、ご主人様はリナとわたし以外にもたくさんの方から《LOC》の〝ターゲット〟にされていたことかと思います。それは秋月《あきづき》様と水上《みなかみ》様と、おそらくは紫音《しおん》様と……ひょっとして、皆実《みなみ》様も含んで〝六名〟ですか？」

「え、いや、えっと……な、何の話だ？」

「《究極の選択《ジャッジメント》》のお題ですよ、ご主人様。きちんと〝はい〟か〝いいえ〟の二択で答えられる質問です。もちろん、このお題への正答はご主人様だけがご存知《ぞんじ》ですので、どちらへ賭けても自動的に正解にはなりますが……正誤判定を捻じ曲げる〝イカサマ〟は回答者側には許可されていませんので、嘘《うそ》はつかないでくださいね？」

「う……じゃあ、とりあえず〝はい〟に3枚で」

「……肯定、ですか。なるほど、やはり皆実様もご主人様を……まあ、今回は枢木《くるるぎ》様や梓《あず》沢《さわ》様が動かなかっただけ良かった、ということにしておきましょうか」

　右手をそっと唇の辺りに触れさせながら何やら呟《つぶや》いている姫路。その直後、形ばかりの正誤判定を介して姫路から俺へと3枚のチップが移動する……のはいいのだが、今の流れを見る限り——勝敗とはまた別の意味で——雲行きがかなり怪しい気がする。

（イカサマ仕込みの心理ゲームじゃないなら、もしかしてこれ……）

　そこまで考えた辺りで小さく首を横に振る。既に《決闘《ゲーム》》は始まっているんだ、穿《うが》った見方ばかりしていても仕方ないだろう。

「えっと……それじゃ、次は俺が〝出題者〟でいいんだよな？」

「はい。二択で回答できるお題をお願いします」

「ん……」

　白銀の髪をさらりと揺らす姫路に見守られながら、俺は静かに思考を巡らせる。出題者側に与えられているのは〝お題〟の設定権と〝イカサマ〟の行使権——ただ後者に関しては、椎名《しいな》のサポートすら付いていない今の俺に実行できるとは思えない。順当に〝正解が分からない〟タイプのお題を出して《決闘《ゲーム》》を進めた方がいくらかマシだ。

　——と、いうわけで。

「じゃあ……今から俺が、端末のストップウォッチ機能を使って適当に時間を計る。姫路は表示された数字の下一桁が〝偶数〟になるか〝奇数〟になるか当ててくれ」

「なるほど。ストップウォッチの下一桁は百分の一秒の位……いくらご主人様の動体視力と反射神経が優れていても、特定の数字を狙うのはなかなか難しいでしょう。つまりはセオリー通り【50／50】のお題、というわけですね」

「まあな。イカサマ可のルールがあるとはいえ、チップを稼ぎやすいのはどう考えても回答者の方だ。だったら、今はダメージを抑えるのが最優先だからな」

小さく肩を竦《すく》めて答える俺。……それは、おそらく《究極の選択《ジャッジメント》》という《決闘《ゲーム》》において最も基本となる考え方だろう。チップを稼ぐのは自身が回答者の時だけ。出題者である間は、とにかく【50／50】を狙い続けた方がいい。

こくん、と頷《うなず》いてから姫路《ひめじ》は続ける。

「分かりました。では、わたしは〝偶数〟を選びます。賭けるチップは……悩ましいところですが、ここは1枚にしておきましょう」

「ああ。それじゃあ——」

そう言って、隣の姫路にも見えるようにストップウォッチを起動し、計測開始のボタンをタップする俺。仕込みも何もしていないため適当なタイミングで計測を終了し、姫路と二人で覗《のぞ》き込《こ》むように下一桁の数字を確認する。すると、端末画面の端の方に小さく表示されていたのは〝6〟——すなわち、偶数だ。

「……当たるのかよ」

「はい、当たってしまいました。もちろん、これに関しては本当に偶然ですが……」

いただきます、と小声で囁《ささや》いて、白銀の髪をさらりと揺らす姫路。同時に端末上ではチップの移動処理が行われ、現在の所持状況が【12枚－8枚】に更新される。

「――それでは、もう一度わたしが〝出題者〟となる番ですね」

そんな表示を確認しながら、姫路は微《かす》かに口元を緩めてそう言った。けれど彼女は新たな〝お題〟を告げるわけでもなく、澄んだ碧《あお》の瞳を真《ま》っ直《す》ぐこちらへ向けてくる。

そうして一言、

「もうお分かりかとは思いますが……ご主人様、わたしは何の仕込みもしていません。イカサマを使う予定もありません。わたしがこのルールを設定した理由は、嘘《うそ》を排除した状態でご主人様にお訊《き》きしたいことがあったから――つまり、わたしのワガママです。ですので、もしもご主人様が〝今すぐやめろ〟というのであれば、わたしはこれから無難な質問だけをして《究極の選択《ジャッジメント》》を終わらせます。【ホワイトクリスマス】の条件は〝クリスマスの奇跡〟で達成できますので、その時点でわたしの【ミッション】は完遂です」

「……その言い方は、ズルいだろ。俺がそんな命令をするとでも思ってるのか？」

「いいえ。……そんなご主人様だからこそ、わたしはこの《決闘《ゲーム》》を申し込んだのです」

ふわりと柔らかな笑みを浮かべてそんなことを言う姫路。白銀の髪を微かに揺らした彼女は、いつも通りの涼やかな声音で今度こそ次なる〝お題〟を投げ掛けてくる。

「先ほどのイルミネーションの件ですが……ご主人様が女狐《めぎつね》様に挑んだのは、わたしのためですか？　それともリナのためですか？」

「ん……いや、その質問は〝お題〟として成立してない。どっちかのためだけってわけじゃないから、ちゃんとした二択になってないだろ」

「そう、ですね。……では、質問を変えさせていただきます。今回の《ＬＯＣ》でご主人様を〝ターゲット〟にしていた女性の中に、理想の関係性を【恋人】またはその類義語に設定されていた方はいらっしゃいましたか？」

「……あのさ、姫路《ひめじ》。実はめちゃくちゃ拗《す》ねてたりするか？」

「拗ねていません。単純な、純粋な興味です」

ぷくっと少しだけ頬《ほお》を膨らませながら、姫路は白銀の髪をさらりと揺らしてそんな答えを返してくる。……まあ、本人が拗ねていないというのなら拗ねていないのだろう。先ほどからやけにジト目で見られていたのは気のせいだったようだ。

とにもかくにも、

「えっと……それじゃ〝はい〟に3枚で」

「――……なるほど。それは、少し予想外でした。お相手は容易に想像できますが、あの方がそこまで踏み込んできているとは……」

驚きと感心と、その他諸々《もろもろ》の感情が混ざり合ったような顔でこくこくと頷《うなず》く姫路。当然ながら俺の答えは〝正解〟なのでチップの所持状況は【15枚－5枚】になるが、とはいえこんな質問を繰り返されていたらあっという間に俺の精神力《MP》が尽きてしまう。出来るだけ早く《決闘《ゲーム》》を終わらせるしかないだろう。

（ただ……）

上手《うま》い〝お題〟を考えようにもなかなか案は出てこない。……が、まあそれも当然の話だった。《究極の選択《ジャッジメント》》という疑似《決闘《ゲーム》》は、やはりイカサマを有効に使わない限り出題者側がチップを稼げるような造りにはなっていない。幸いにも回答者側での稼ぎは安定しているため、このターンは無難に凌《しの》いでおくのがベストだろう。

「ってわけで……俺の〝お題〟は、さっきと同じストップウォッチの下一桁だ。まあ、完全な運ゲーになるものなら何でもいいんだけどな」

「細工《イカサマ》をするつもりがないのであればその通りですね。……では、今回は〝偶数〟に2枚のチップを賭けてみましょう。わたしの所持チップは残り5枚しかありませんので、もしも下一桁が〝奇数〟なら次のターンでご主人様の勝利が決定します」

「……〝奇数〟なら、な」

姫路の発言で嫌なフラグが立ったのを感じつつ、俺は先ほどと同様に適当なタイミングでストップウォッチの画面を二度タップする。祈るように画面を覗《のぞ》き込《こ》んでみれば、浮かび上がった数字の下一桁は〝2〟――またしても偶数、である。

「ったく……何かそんな気がしてたんだよな。《敗北の女神》ってほどじゃないけど、二回連続で当てられるなんていまいちツイてない」

「ふふ、そうでしょうか？　わたしの質問がご主人様を困らせるものばかりだとは限りません。もしかしたら、なかなかの幸運だったかもしれませんよ？」

冗談めかした口調でそんなことを言いながら、姫路《ひめじ》は手元の端末でチップの所持状況を表示させる。今の結果が反映され、数字としては【13枚－7枚】だ。仮に回答者側で3枚ずつ稼げるとしても、姫路の質問をあと二回は受け切らないといけないことになる。

「……それでは、次の〝お題〟に参りましょう」

そのうちの一回を消費して、姫路は静かに口を開いた。

「ご主人様。ご主人様がわたしのことをとても大切にしてくださっているのは分かっています。メイドとして、また補佐組織《カンパニー》の一員として、能力を高く買っていただいていることは分かっています。ただ……わたしは、ご主人様の邪魔をしてしまってはいないでしょうか？　ご主人様は、わたしを疎ましく思ってはいないでしょうか？」

「え……何だよそれ、どういうことだ？」

「先ほどの〝お題〟にも関連することです。ある種当然のことではありますが、ご主人様はたくさんの方から想《おも》われていて、中には【恋人】という関係性を望むような——つまりは恋心を持っている方もいらっしゃいます。そんな中で、専属メイドという立場であるわたしは、何というか……卑怯、なのではないかと思ってしまうのです。リナにも、紫音《しおん》様にも、秋月《あきづき》様にも、水上《みなかみ》様にも、皆実《みなみ》様にも……さらにはご主人様の〝幼馴染《おさななじ》み〟の方に対しても申し訳が立たないような、そんな気がしてしまうのです」

真《ま》っ直《す》ぐに身体《からだ》をこちらへ向けたまま、微《かす》かに震える声で言葉を紡ぐ姫路。

「………」

それを聞いた俺は、否応《いやおう》なく悟ってしまう——姫路が俺に訊《き》きたかったのは、最初からこの質問の答えだったのだろう。俺の本音を知るためだけに、嘘《うそ》がつけない《究極の選択》なる疑似《決闘《ゲーム》》を準備した。要するに、細かいルールや勝敗なんて本当はどうでも良かったんだ。この状況を作り出すための材料に過ぎなかった。

「ですので——もう一度訊きます、ご主人様」

言って、姫路は薄暗闇の中でも俺の顔が見えるよう、静かに顔を近付けてきた。さらりと揺れる白銀の髪に澄み切った碧《あお》の瞳、そして微かに震える桜色の唇が鮮やかに映る。

「ご主人様にとって、わたしは本当に必要でしょうか？　迷惑ではないでしょうか？　わたしは……ご主人様の傍に、ずっと居てもいいのでしょうか？」

「……ったく。そんな当たり前のこと訊いてくるんじゃねえよ、姫路」

「え……？」

そんな〝お題〟を受けて、俺はこれ見よがしに溜《た》め息《いき》を吐《つ》いた。……だって、そうだろう。ここまで場を整えて問い掛けてくるにしては〝お題〟があまりにも簡単すぎる。単純すぎる。考えるまでもなさすぎて思わず拍子抜けしてしまったくらいだ。

当然ながら、俺の答えは――

「〝はい〟に3枚、だ。……こんなこと、わざわざ訊《き》かれる意味が分からないけどな」

「っ……それは、先ほどの話を全て踏まえた上での回答ですか？　たとえば、その……俗な話で申し訳ありませんが、わたしがいなければ今のご主人様には〝恋人〟がいたのではないかと思っているのです。その辺りは、どのように……？」

「どのようにも何も、お前がいなかったら俺はとっくに学園島《アカデミー》から追い出されてるよ。そうじゃなくても、姫路《ひめじ》が何かを遠慮する必要なんて全くない。だって、今は〝恋人〟を作ることより――お前と〝偽りの7ツ星〟を演じてる方がよっぽど楽しい」

「ぁ……」

俺の答えに小さく口を開いてみせる姫路。そのまま至近距離でしばし見つめ合って、やがて同時に気恥ずかしくなってきてパッと互いに目を逸《そ》らす。……まあ何というか、今のが俺の嘘《うそ》偽りない本心というやつだ。姫路が隣にいてくれるというのは俺にとっての〝当たり前〟であり、それを守るというのは何よりも優先順位の高いことにあたる。故に、他の何かによって阻害されるようなことは決してない。

「……ありがとうございます、ご主人様」

「お、おう」

照れたような声音でそんなことを言ってくる姫路に対し、俺も俺で動揺しながら相槌《あいづち》を打つ。自分の顔は見えないが、きっと彼女に負けないくらい赤く染まっているだろう。

「とにかく、これで【16枚－4枚】だ。上手《うま》くいけばあと一巡で終わりだな」

「はい、そうですね。……ただ」

そこまで言った辺りで、姫路はもう一度自身の端末を取り出した。そうして投影展開してみせたのは、先ほどと同じ《LOC》の詳細画面だ。【ミッション】の内容やら指定時間やらを示す諸々《もろもろ》の中に、一つだけまだ達成されていない項目がある。

「必須条件【ホワイトクリスマス】――今朝の天気予報では、残念ながら本日中に雪が降るようなことはなさそうでした。芸術点には欠けますが、ここは〝クリスマスの奇跡〟を使って仮想の雪を降らせる、という流れでよろしいでしょうか？」

「ああ、いや……ちょっと待ってくれ」

一見すれば妥当に思える姫路の提案に対し、小さく首を横に振る俺。

何しろ、彼女の発言は矛盾している――今日の天気予報は夜から〝雪〟だ。そうでなければ一ノ瀬《いちのせ》学長はイベントの時間を前倒しにしてくれていなかったはずだし、先ほどの彩《さい》園寺《おんじ》との会話も意味不明になってしまう。ただ、姫路の〝勘違い〟にももちろん理由があった。そして当然ながら、それを仕込んでいたのは他でもないこの俺だ。

そんなことを思い返しながら端末の時計に目を遣《や》って、俺は微《かす》かな笑みと共に続ける。

「俺の最後の〝お題〟はこうだ——なあ姫路《ひめじ》、今から五分以内に雪が降ると思うか？」

「え？　……それは、つまり〝クリスマスの奇跡〟などの拡張現実《AR》機能ではなく、本物の雪が降るということですか？」

「ああ。いわゆるホワイトクリスマス、ってやつだな」

「………」

俺の発言に対し、姫路は考え込むようにそっと右手を口元へ遣った。しばらく悩んでいた彼女だったが、やがて白銀の髪を揺らすようにして静かに首を横に振る。

「もし本物の雪が降るならロマンチックで素敵だと思いますが……さすがに〝いいえ〟です。こんな【ミッション】を与えられてしまいましたので、わたしだってここ数日は天気予報に注目していたんですよ？　昨日までは降ってもおかしくないかなと少し期待していましたが、今朝の予報では降水確率0％。これはチップ3枚を賭けるに足る数字です」

「そうか。じゃあ——ちょっと、空を見てみてくれよ」

「？　空を、って………え？」

不思議そうな表情を浮かべた姫路の頬《ほお》に、白い粒がふわりと落ちる。

そう。それは、紛《まご》うことなき雪のひとひらだった——決して大降りというわけではないものの、それでも確かにふわりふわりと綺麗《きれい》な結晶が空から舞い降りてきている。雪の粒は俺の手にも落ちてきて、ひんやりとした感触を残しながら水へと変わった。もしもこれが拡張現実《AR》機能だとしたら、さすがに技術が進み過ぎているだろう。

「本物……なのですか？」

両手で雪の欠片《かけら》を受け止めた姫路が、呆然《ぼうぜん》とした表情をこちらへ向けて尋ねてくる。

「あ、有り得ません。学園島《アカデミー》の天気予報はかなりの精度……当日の天気を読み違えるなんて、見たことも聞いたことも――」

「まあ、ないだろうな。だから、それについてはお前に一つ謝らなきゃいけない。……実は俺、姫路の【ミッション】を攻略するための〝クリスマスの奇跡〟はとっくに使っちまってるんだ。用途はリビングのテレビやら姫路の端末やらに対する限定的な〝上書き〟効果。今日一日、姫路が見る天気予報の内容を全部〝降水確率０％〟に塗り替えた」

「塗り替えた……では、本当は」

「ああそうだ。今日の降水確率は１００％――どっかの誰かに借りた天候演算システムによれば、午後七時三十七分ごろから雪が降る。……確か、出題者側が事前に仕込み《イカサマ》をする分にはお咎《とが》めなしなんだったよな？　チップ３枚は奪わせてもらうぜ」

「…………」

俺の言葉を反芻《はんすう》するように息を吸って、それから静かに目を瞑《つぶ》る姫路。……予想外の策で引っ繰り返された悔しさと、その感情を味わうことが出来た喜び、もとい誇らしさ。相反する感情に襲われてしばらく黙り込んでいた彼女だったが、やがてゆっくりと碧《あお》の瞳を覗《のぞ》かせた。そうして口元をほんの少しだけ緩ませると、丁寧な所作で頭を下げる。

「素敵なサプライズをありがとうございます、ご主人様。まさか、本当に【ホワイトクリスマス】を経験できるだなんて思っていませんでしたので……それも、他でもないご主人様と一緒に味わうことが出来るだなんて想像もしていませんでしたので、とてもとても光栄です。わたし、こんなに幸せになってしまっていいのでしょうか？」

「……いや、さすがにそれは大袈裟《おおげさ》だろ」

「いいえ、そんなことはありません。わたしの本心を素直に申し上げただけです」

雪の結晶を閉じ込めた両手を大切そうに胸元に添えてふわりと微笑《ほほえ》んでみせる姫路《ひめじ》。ストレートな言葉と可愛《かわい》らしい仕草に俺がドキドキと心臓を高鳴らせていると、そんな俺の内心を知ってか知らずか、彼女は白銀の髪をさらりと揺らしてこんなことを言う。

「ええと……これで、チップの所持状況は【19枚－1枚】ですね。次はわたしが出題者となる番ですので、賭けるチップの枚数に関わらず、正解の選択肢を選び出すことさえできれば《究極の選択《ジャッジメント》》の勝者はご主人様となります」

「あ、ああ、そうなるな」

平静を装いながら返事をする。……数分前の姫路は〝もしかしたらなかなかの幸運かもしれない〟などと言っていたが、これまでのお題を鑑《かんが》みるに、あまり答えやすい質問が飛んでくるとは思えない。なるべく優しい球ならありがたいのだが。

——俺がそこまで思考を巡らせた、瞬間。

右手の指でそっと耳周りの髪を掻《か》き上《あ》げた姫路が、澄んだ碧の瞳を真《ま》っ直《す》ぐ俺に向けながら、囁《ささや》くようにこんな言葉を口にした。

「目を瞑《つぶ》ってくださいご主人様。今から、わたしは、ご主人様にキスをします——額にするでしょうか？　それとも、唇にするでしょうか？　……最後の二択問題、です」

（————ッ!?）

微《かす》かに緊張の窺《うかが》える声音で衝撃的な二択を提示してくる姫路。言われるがままに目を瞑る俺だが、ドクンドクンと心臓の音が自分でも聞き取れるくらいまで大きくなっているのがよく分かる。視界が封じられているからこそ、否応《いやおう》なしに緊張が高まってくる。

（これ、って……）

急激に熱を帯びてきた頭で考える——《究極の選択《ジャッジメント》》という疑似《決闘《ゲーム》》は、姫路が俺の本心を聞くために作り上げられたモノだ。彼女の〝お題〟は全て俺の答えに依存するものであり、つまりは俺が何を言っても必ず正解になる。最後の二択問題、というのは要するにそういうことだろう。この〝お題〟に不正解など存在しない。

（じゃあ、つまり……額か唇か、俺が答えた方にキスをするってことか？）

脳裏に具体的な言葉を思い浮かべた瞬間、ドッドッドッと馬鹿みたいに心音が激しさを増してきた。目を瞑《つぶ》っているため姫路《ひめじ》の表情は見えないが、いや見えないからこそ、これから起こることに対する様々な感情がより明確に感じられる。

「……あの、ご主人様？　おあずけだけは、どうかご勘弁いただきたいのですが……」

「っ！　……あ、ああ、そうだよな」

ポツリ、と零《こぼ》された言葉にびくっと身体《からだ》を跳ねさせる俺。……もう、こうなったら覚悟を決めるしかないだろう。小さく息を吸い込んでから、俺はなるべく冷静に答える。

「回答は……〝額〟に1枚、だ」

「――はい、かしこまりました」

正解、でも不正解、でもなく、耳元で囁《ささや》かれたのは同意の声――そして直後、両肩にふわりと手が添えられたかと思えば、俺の額に滑らかな感触が触れた。そっと触れるだけの優しいキス。少し気恥ずかしげな「もういいですよ」との声に従っておそるおそる目を開けてみれば、目の前には隠し切れないくらい顔を赤くした姫路白雪《しらゆき》が座っている。

彼女は、碧《あお》の瞳をちらりと持ち上げながら恥ずかしそうな声音で続けた。

「正解です、ご主人様。これでチップは【20枚－0枚】……《究極の選択《ジャッジメント》》はご主人様の完全勝利となります。お付き合いいただきありがとうございました」

「あ、ああ。それはいいんだけど……姫路、さっきのって」

「だ、ダメです、ご主人様。《究極の選択《ジャッジメント》》は既に終了しましたので、判定に対する異議は一切受け付けられません。そ、その……あまりにも、照れてしまいますので」

かぁっと耳まで赤く染めたまま視線を明後日《あさって》の方向に投げる姫路。一体どういうつもりで彼女が最後の〝お題〟を選んだのか知りたい気持ちがないわけじゃなかったが……とはいえ、異議が認められないなら仕方ない。俺の方も気恥ずかしさが限界突破してまともに姫路の顔も見られないし、ここは大人しく引き下がっておくことにしよう。

「……ん？」

そんなことを思った瞬間、ポケットに入れていた端末が軽く振動したのが分かった。画面を覗《のぞ》いてみれば、浮かび上がるのは【ミッションクリア】の表示だ——これで、ようやく全ての【ミッション】が達成されたことになる。とてつもなく長く感じた今年のクリスマス。柚姉《ゆずねえ》との疑似《決闘《ゲーム》》は、俺の勝利という形で重い幕が下ろされたわけだ。

と——、

「あの……ご主人様、少しよろしいですか？」

そこで声を掛けてきたのは、すぐ隣で一頻《ひとしき》り照れていた姫路白雪だった。まだまだ顔の赤い彼女は碧の瞳をこちらへ向けると、どこか上目遣いのような体勢で言葉を継ぐ。

「《究極の選択《ジャッジメント》》が無事に終了しましたので、わたしに課せられた【ミッション】はこれにて完遂です。《LOC》の願掛け効果により、わたしとご主人様との関係もより親密になったことかと思います」

「ああ……まあ、そうなるよな」

「はい。ですので、本日の用件としてはこれで完了、なのですが……」

そこまで言った辺りで一旦言葉を止め、微《かす》かに視線を下げる姫路《ひめじ》。白銀の髪の隙間から碧《あお》の瞳を覗《のぞ》かせた彼女は、囁《ささや》くような声音でこんなことを言う。

「もう少しだけ。今日だけは、一人の女の子として、一緒に過ごさせていただけませんか？」

「っ……」

縋《すが》るような、あるいは甘えるような言葉に撃ち抜かれ、雪の降る空を静かに仰ぐ俺。

《Legend Of Christmas《クリスマスの恋占い》》——柚姉《ゆずねえ》が作り上げたロマンチックな都市伝説。そんなものに振り回された今日という日は、忙《せわ》しないなんて言葉で片付けられるものじゃなかったが。

「……当たり前だろ、姫路」

それでもやはり、聖なる日には違いない——。

そう思えるような一日だった。

【姫路白雪《しらゆき》——《LOC》ミッションクリア】

【内容：対象《ターゲット》と疑似《決闘《ゲーム》》を行うこと。ただしその勝敗は問わないものとする】

【理想の関係性：特になし。ご主人様の隣にいられれば何でも構いません】

エピローグ　冥星と誘拐

liar liar

＃

「ややや、お帰り篠原《しのはら》。くくっ、なかなかに忙しいクリスマスだったようだね？」

——怒濤《どとう》のように過ぎ去ったクリスマスから数日後。

俺は再び、たった一人で英明《えいめい》学園高等部の学長室へと呼び出されていた。

構図としては数週間前のそれと似たようなものだ。ガラステーブルを挟んだ対面に相も変わらずオフィススーツ姿の一ノ瀬《いちのせ》学長と、それから柚姉——篠原柚葉《ゆずは》が座っている。大人っぽい焦げ茶色のセミロングと好奇心旺盛なオレンジ色の瞳。やや前のめりな体勢でソファに座った柚姉は、学長の発言に合わせてパチパチと両手を叩《たた》いている。

「さすがは私の弟だね、緋呂斗《ひろと》。仕掛けておいてなんだけど、もしかしたらクリアできないかもって思ってたから……うん、偉い偉い。お姉ちゃんが褒めてあげよう」

「そりゃどうも。……途中、結構なズルはしたような気がするけどな」

「？　別にいいよ、それくらい。っていうか〝クリスマスの奇跡〟は上手《うま》くズルするための仕様だからね。素直に使ってたら勝てないし、緋呂斗のやり方で大正解！」

「……ったく」

無邪気な笑顔でブイサインを送ってくる姉にそっと嘆息を零《こぼ》す俺。……どうにかクリアできたからいいものの、《決闘《ゲーム》》の難易度としてはこれまでに参加した大型イベントの類《たぐい》と遜色ないほどだった。やはりこの姉は相当な強敵と言えそうだ。

が、まあそれはともかく。

「それで、だ——忘れたとは言わせないぞ、柚姉《ゆずねえ》。俺がこの疑似《決闘》に勝ったら〝冥星〟の詳細を教えてもらう、って話だったよな？」

「うん。ま、忘れてるわけはないよね。だって緋呂斗《ひろと》のお願いだし」

胸元で腕を組みつつうんうんと頷《うなず》いてみせる柚姉。彼女はちらりと隣に座る一ノ瀬《いちのせ》学長を見遣《みや》ってから——正確には彼女が止めないのを確認してから——口を開く。

「それじゃあ、話してあげる。まず初めに、大前提として……今から私が話すのは、あくまでも私たちの推測だよ。私はきっと事実だと思ってるけど、これが確かな真実だって保証はどこにもない。んーん、正確にはそこまで辿り着けなかった」

「……辿《たど》り着けなかった？」

少し引っ掛かる言い方をする柚姉に素直な疑問を返す俺。すると彼女は「うむ」と仰々しく頷いて、焦げ茶色のセミロングを揺らしながら真《ま》っ直《す》ぐ俺の顔を覗《のぞ》き込《こ》んでくる。

そうして一言、

「実はね、緋呂斗——私たちと同じ代の英明にもいたんだよ、冥星の持ち主が」

「え……そうなのか？」

「ん。私とも棗《なつめ》ちゃんとも仲の良い子だったんだよ。《決闘《ゲーム》》の戦力的にも英明《えいめい》学園の中枢の一人って感じでね、まさに私の右腕……っていうともしかしたら棗ちゃんが拗《す》ねちゃうかもしれないから、左腕ってことにしておこうかな」

「馬鹿なことを言うな、柚葉《ゆずは》。高校生じゃあるまいし、そのくらいで腹を立てるものか」

「ええ〜、あとで絶対怒るくせに。……ま、それはいいんだけどね。とにかく、そんな子が〝冥星〟を持ってたんだよ。タイミング的には確か二年生に上がってすぐの頃だったかな。前の持ち主が退学しちゃったみたいで、ランダム譲渡で飛んできた」

「なるほど……ちなみに、そいつの効果は？　退学者が出てるってことは、やっぱり相当キツい〝呪い〟だったのか？」

「うん。ま、控えめに言って最悪だったかな。《黒い絵の具》って名前の特殊アビリティで、複数人が参加するような《決闘《ゲーム》》に出るとチーム全体に凄まじいデバフが掛かって足を引っ張り続けるっていう……たとえば、野球なら毎回コールド負けの寸前からゲームが始まるような感覚だね。だから、その子自身は本当に強かったし優秀だったのに、英明のメインチームにはそれから一回も入らなかった。……ううん、入《い》れなかった」

「くっ……柚葉の言う通り、あいつの才能はなかなかのものだったな。仮定《if》の話に意味はないけど、あいつが〝冥星〟さえ持っていなければ当時の英明はもっと高みを望んでいたかもしれない。それこそ、柚葉《ゆずは》が〝8ツ星〟に至っていた可能性すらあるだろう」

「……そこまで、か」

　聞かされた話のスケールが想像よりも遥《はる》かに大きくて、やや圧倒されながら相槌《あいづち》を打つ俺。……十年前の英明《えいめい》学園に所属していたもう一人のエースプレイヤー。柚姉《ゆずねえ》と一ノ瀬《いちのせ》学長にここまで言わせるその人物だが、チームの足を引っ張る〝負の色付き星《ユニークスター》〟を押し付けられてしまい、学区対抗の大型イベントには一切出場できなくなってしまった。

　当時を思い返しているのか、柚姉は微《かす》かに不服そうな表情を顔に出しつつ続ける。

「だから私たち、色々と調べてたんだよね。その頃の私は三色持ち《トリプルカラー》の7ツ星だったから権限はそれなりにあったし、当時の学長を通じて理事会にも伝手《つて》があった。人脈だって充分だった。……それでもダメだったんだよ。私たちの代では〝冥星〟の謎を解き明かすことが出来なかった。力不足っていうか何ていうか……唯一分かったのは、その出自に〝彩園寺家〟が絡んでるってことくらいかな」

「ッ……それ、間違いないのか？」

「十中八九、九分九厘ね。だって、考えてみなよ緋呂斗《ひろと》？　これまでの三例……まず梓沢《あずさわ》翼《つばさ》ちゃんの《敗北の女神》に邪魔されて、緋呂斗は《流星祭》で負けかけた。さらに衣織《いおり》ちゃんの持つ名称不明の〝冥星〟によって、越智春虎《おちはるとら》くんは《アルビオン》なんて非公認グループを動かす羽目になっている。ついでに十年前の左腕ちゃんが《黒い絵の具》を持っていたから、私はその対処に追われて四色目以降の色付き星をなかなか手に入れられなかった。こうやって並べてみたら、さすがに何か関連性がありそうでしょ？」

「俺に、越智に、柚姉……つまり〝冥星〟は、色付き星所持者の近くに現れる？」

「そ。……だから私、そもそも〝冥星〟っていうのは彩園寺家が作ったシステムなんじゃないかって思ってるんだよね。だって、色付き星を八つ集めると誰でも〝8ツ星〟になれるんでしょ？　で、8ツ星になったプレイヤーは学園島《アカデミー》の支配権を丸ごと獲得できるんでしょ？　そんなの彩園寺《さいおんじ》家からしたら絶対に避けたいはずなんだよ。だけど運営元の彩園寺家が星獲《と》りゲームに直接介入するわけにはいかないから、出自不明の〝冥星〟――負の色付き星、っていう自浄システムを作った。ね、これなら納得できると思わない？」

「…………」

右手をそろそろと口元へ近付けながら静かに思考を巡らせる俺。

〝冥星〟には彩園寺家が関わっている――それは、それ自体は別に予想外というわけじゃなかった。根も葉もない噂《うわさ》の中にもその手の邪推はあったし、都市伝説的な意味でのストーリー性は充分だ。けれど〝伝説の7ツ星〟である柚姉が実体験を基《もと》にそんな話をしてくるのであれば、この説の信憑性《しんぴょうせい》は一気に跳ね上がることになる。

（誰かが8ツ星に近付けば、そいつの近くに〝冥星〟が現れる……それは、彩園寺家が8ツ星を生まないようにするため。学園島《アカデミー》の自浄作用……）

そんなことを考えながら微《かす》かに下唇を噛《か》む。……だとすれば。もしそうだとすれば、やはり最終的に対立する相手というのは他でもない彩園寺家になってしまうのだろう。《アルビオン》に勝利するためには、冥星の謎を解き明かすためには、そして俺自身が8ツ星へと至るためには、きっとそこを避けて通ることなど出来ない。学園島《アカデミー》の創造主にして遥《はる》かな頂点。一度も脅かされたことのないその地位を横から掠《かす》め取る必要がある。

……けれど。

その程度の覚悟なら、姫路や彩園寺と関わり続けている時点で既に固まっているから。

だから俺は、小さく息を零《こぼ》しながら不敵に口角を吊《つ》り上げることにした。

「上等だ。……姉ちゃんたちが解決できなかった〝冥星〟は、俺がぶっ潰しといてやるよ」

##

学長たちとの話を終え、英明《えいめい》学園を後にする。

時間帯としてはそろそろ夕方に差し掛かる頃だ。学長室まで俺を送り届けてくれた姫路《ひめじ》は現在買い物に出掛けていて、これから駅の辺りで落ち合う算段になっている。つまり今の俺は（偽りの7ツ星にしては珍しく）完全に一人きりというわけだ。

「ん……」

脳裏に浮かぶのは当然〝冥星〟のこと……というわけでもない。その重要性は改めて認識したばかりだが、最近一人になるとどうしても考えてしまうことがある。

それは、

『もちろん、男の子なんだから最後の最後には一人を選ばなきゃダメだけど』

『一つだけ気になります。篠原《しのはら》さんは殿方としてどのような決断を下すのでしょうか？』

——柚姉《ゆずねえ》と羽衣《はごろも》から揃《そろ》って釘を刺された言葉。

「…………」

まあ、俺だってその意味が分からないほど鈍感というわけじゃない。《LOC》の〝ターゲット〟に選ばれたからと言って必ずしも恋愛感情を持たれているとは限らないが、とはいえ適当に流すのは単なる〝逃げ〟だ。俺がどっちつかずな態度でいたからこそ彩園寺《さいおんじ》にはあんなことを言わせてしまうし、姫路には気を遣わせてしまうのだろう。柚姉との疑似《決闘《ゲーム》》以前に、《LOC》の【ミッション】が五つも六つも被《かぶ》ってしまったのは俺が何となく中立のポジションを気取っていたからだ。幼馴染《おさななじ》みの存在を言い訳にして、誰の気持ちにもはっきり応えてこなかったからだ。

「じゃあ、やっぱり返事を……〝告白〟をする、ってことか」

思考をまとめるためにそんな言葉を口に出す。……理屈ではそうした方がいいと思っているのだが、どうやって一歩を踏み出したらいいのか全く分からない。大体、俺は誰を、一番に想っているんだ？　大切な人ならたくさんいる。俺に好意を持ってくれている人だっている。その上で、必ず誰か一人を選ばなければならないのだとしたら。

（俺は、きっと――――、ッ⁉）

……そんなことを思った、刹那だった。

「っ……！」

バヂッ、という嫌な効果音と同時に痺《しび》れるような衝撃が俺の全身を襲い、一瞬にして思考がぶった切られた。途端に立っているのも難しくなり、どさっと崩れ落ちるようにして目の前の地面に倒れ伏す。……首筋にスタンガンのようなものを押し当てられたのだ、と気付いたのは次の瞬間だった。どうにか寝返りを打ってみるも、その頃には意識も視界も朦朧《もうろう》とし始めていて、近くに立っているのが誰なのかも分からない。

（く……そっ！　何だよこれ、何がどうなってるんだ……！）

内心での抵抗も虚《むな》しく、彼または彼女あるいは彼らに軽々と担ぎ上げられてしまう俺。

つまり……すなわち、何というか。

どうやら俺は、信じがたいことに今から〝誘拐〟されてしまうらしかった。

あとがき

こんにちは、もしくはこんばんは。久追遥希《くおうはるき》です。

この度は『ライアー・ライアー11　嘘《うそ》つき転校生はクリスマスの悪魔に溺愛されています。』をお手に取っていただき、誠にありがとうございます！

いかがでしたでしょうか？　前巻の《流星祭》編から引き続き――いや、それ以上に思いっきりラブコメ色が強くなること間違いなしの〝クリスマス〟編！　たくさんのヒロインたちからクリスマスの約束を取り付けられた緋呂斗《ひろと》は、とある事情からそれらを一つ残らず達成せざるを得なくなります。もちろん全員の気持ちに報いたいわけですが、その約束はどれも簡単には達成できないモノで……⁉　という、ライアラ（ライアー・ライアーのおススメ略称です）流のクリスマスイベントとなります。《決闘《ゲーム》》としてのハラハラ感はもちろんのこと、今回は普段よりもヒロインたちの可愛《かわい》さをめちゃめちゃ追求してみたつもりですので、ニヤニヤしながら楽しんでいただければ幸いです！

続きまして、謝辞です。

今回も超可愛《かわい》いイラストで本作を彩ってくれたkonomi（きのこのみ）先生。クリスマスのラブコメイベントということでいつも以上に挿絵が楽しみな巻でしたが、そんな期待は遥《はる》かに上回られてしまいました。特に○○と△△の◇◇なシーンが……いや、このくらいにしておきましょう。とにかく最高の一言でした！

担当編集様、並びにMF文庫J編集部の皆様。今回も大っ変お世話になりました！　例によってめちゃくちゃ頼ってしまいましたが、次回以降もそうなる気しかしません。ご迷惑をお掛けしますが、今後ともどうぞよろしくお願いいたします。

そして最後に、この本を読んでくださった皆様に最大級の感謝を。

次巻からはまたまた緊迫の展開＆絶望級の超大規模《決闘《ゲーム》》！　……となる予定ですので、どうか楽しみにお待ちいただけると嬉《うれ》しいです!!

久追遥希《くおうはるき》

ライアー・ライアー
12
学園島の真実に迫る
緋呂斗の身を襲う危機!?
偽りの7ツ星、
最悪の戦いが始まる——！
2022年秋発売予定！

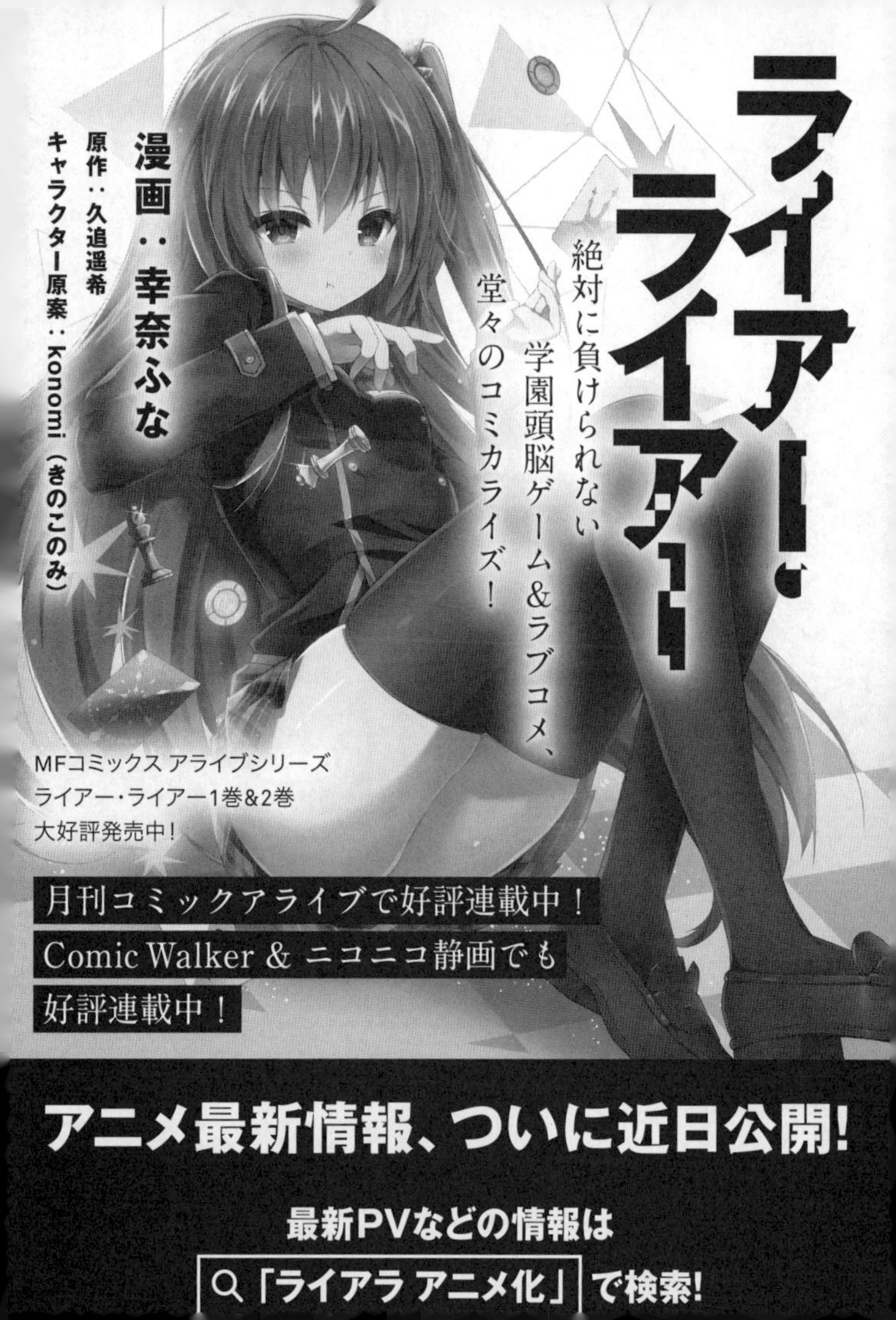
ライアー・ライアー
絶対に負けられない
学園頭脳ゲーム&ラブコメ、
堂々のコミカライズ！
漫画：幸奈ふな
原作：久追遥希
キャラクター原案：konomi（きのこのみ）
MFコミックス アライブシリーズ
ライアー・ライアー1巻&2巻
大好評発売中！
月刊コミックアライブで好評連載中！
Comic Walker & ニコニコ静画でも
好評連載中！
アニメ最新情報、ついに近日公開！
最新PVなどの情報は
「ライアラ アニメ化」で検索！

ファンレター、作品のご感想をお待ちしています

あて先

〒102-0071　東京都千代田区富士見2-13-12
株式会社KADOKAWA　MF文庫J編集部気付
「久追遥希先生」係　「konomi（きのこのみ）先生」係

MF文庫J

ライアー・ライアー 11
嘘つき転校生はクリスマスの悪魔に溺愛されています。

2022年7月25日　初版発行

著者　久追遥希
発行者　青柳昌行
発行　株式会社KADOKAWA
〒102-8177 東京都千代田区富士見2-13-3
0570-002-301（ナビダイヤル）

印刷　株式会社広済堂ネクスト
製本　株式会社広済堂ネクスト

Printed in Japan　ISBN 978-4-04-681582-8 C0193

◇◇◇